DU MÊME AUTEUR
CHEZ POL REY

# JE, FRANÇOIS VILLON

DU MÊME AUTEUR
*CHEZ POCKET*


Ô VERLAINE !

# JEAN TEULÉ

# JE, FRANÇOIS VILLON

JULLIARD

© Éditions Julliard, Paris, 2006
ISBN : 978-2-266-16653-9

*J'ai choisi maistre François pour mère nourricière !*

(Arthur RIMBAUD)

*J'IDOLÂTRE François Villon,*
*Mais être lui, comment donc faire ?*

(Paul VERLAINE)

# 1.

Le corps carbonisé fumait encore entre les chaînes du poteau fixé sur un haut socle de pierre. Sa jambe droite s'était écroulée, provoquant un curieux déhanchement. Le buste penchait en avant. Les volutes ondulantes, s'élevant du crâne, lui faisaient une drôle de chevelure verticale. Un souffle d'air, comme une gifle, lui emporta une joue de cendre, découvrant largement sa mâchoire où les gencives flambaient. Dans la boîte crânienne, le cerveau s'était effondré. On le voyait bouillir par les orbites oculaires d'où il déborda et s'écoula en larmes de pensées blanches. Le bourreau lança un petit coup de pelle latéral dans les hanches. Le bassin se démantela entraînant la jambe gauche dans un nuage de poussière et de débris d'os. De la poitrine restée enchaînée au poteau, les côtes flottantes pendaient. Le cœur y glissa et tomba, encore rouge. On versa dessus de la poix et du soufre. Il s'enflamma. Un autre coup dans le sternum et le reste dégringola. Les bras filèrent entre les chaînes...

Deux hommes d'armes de l'escorte anglaise s'approchèrent en cotte de mailles recouverte d'une tunique peinte d'une grande croix écarlate sur la poitrine. Ils rassemblèrent les cendres et les escarbilles osseuses dans deux seaux en bois qu'ils allèrent renverser dans la Seine parmi les joncs frissonnants où une grenouille coassa.

Un vent océanique soufflait. Les cendres roulèrent sur l'eau et s'envolèrent. Le long du chemin de halage, des hommes de somme, torse nu et en braies nouées à la taille et aux genoux, tractaient à la remonte une barge chargée de sel.

Les cendres s'élevèrent haut dans le ciel vers l'orient, suivant les mouvements de lacet du fleuve. Des forêts magnifiques contournaient des champs en friches, des campagnes désertées, des hameaux abandonnés aux beffrois démolis. Il brillait sur l'horizon une lourde tristesse. Les coqs des clochers de village luisaient, crus, sur les nuages. Le vol anguleux d'un épervier rapace raya le ciel et son cri rauque grinça dans l'espace.

La Seine s'allongeait – elle s'allongeait encore – comme un serpent jaspé de vert et d'or... Le vent frémissait toujours. Puis au sein d'une vallée délicieuse que couronnait un cercle de collines décorées de vignes, de blés encore verts, de seigles déjà blonds, une ville gothique ornée d'un beau rempart... La plus grande ville d'Europe : deux cent mille âmes, quatre fois Londres. Cette cité légendaire, foisonnante de palais, d'églises, de jardins, de boutiques, d'étuves, de fontaines, dressait ses hauts toits aux dentures folles. Il y flottait des bannières. Des fleurs de lys recouvertes d'un lion dressé s'agitaient au-dessus de Paris, la ville aux cent clochers sous domination anglaise.

## 2.

— Fermez cette fenêtre, sœur Tiennette.

Une main adolescente referma la fenêtre et époussseta sur sa manche de sœur novice un peu de poussière ou de cendre :

— Au milieu du parvis, un crieur public disait qu'il faudra se souvenir qu'en ce 30 mai 1431 Jeanne a été brûlée à Rouen…

— La Pucelle sur le bûcher ? s'étonna la voix d'une vieille femme aux paumes enduites d'huiles essentielles qui massaient un ventre. C'est impossible. Même prisonnière des ennemis, elle a dû s'évader, fût-ce au dernier moment.

— Mais non, répliqua la novice. Le héraut criait aussi que ses cendres avaient été jetées dans la Seine afin d'empêcher le peuple ignorant d'en faire des reliques !

Les doigts de la vieille femme continuèrent de masser le ventre méthodiquement, sur les côtés, de haut en bas :

— 30 mai 1431… Une date à se rappeler. Voici des flammes qui traverseront les siècles, dit-elle en appuyant davantage.

Jeanne avait été brûlée. Dans la salle Saint-Louis de

11

l'Hôtel-Dieu, tout le monde était stupéfait. Moi-même, j'en suis tombé de la vulve de ma mère !

La vieille ventrière des accouchies me lève, sangui-nolant, dans ses mains et s'exclame :

— Ah ! Vous voyez bien que cette femme était grosse, monseigneur Thibaut d'Aussigny et que vous ne pouviez donc pas la faire exécuter. Vous ne vouliez pas me croire…

« Je ne crois jamais personne », répond, derrière elle, un jeune évêque en tenue d'apparat – étole, chape et mitre sur la tête – dans la grande salle d'hôpital où gémissent partout des malades, ce qui l'agace :

— Mais arrêtez !

Sous les voûtes de la salle Saint-Louis où des reli-gieuses, un bassin dans une main et une serviette dans l'autre, lavent des visages, consolent les malades, allument des cierges au chevet des mourants, la voix de l'évêque Thibaut d'Aussigny tonne et résonne :

— La maladie est envoyée par Dieu ! C'est une punition des péchés. Aussi, la première aide que l'hôpital doit fournir est spirituelle ! Les soins médicaux sont d'importance secondaire…, continue-t-il en bousculant un médecin qui contemple, désemparé, une fiole d'urine. D'ailleurs, ici, reprend l'évêque, tous les maux ont des noms de saints : saint Leu pour l'épilepsie, saint Aquaire pour la folie. La surdité, c'est saint Flour ! crie-t-il. Les ulcères : la maladie de saint Mathieu. Pour les hémorroïdes, voir saint Fiacre…

Les souffrants l'écoutent, à deux par grand lit parfois trois. Moi, je suis né entre une épileptique et un fou qui réclame l'assistance de saint Aquaire. Corps nus, la tête enroulée d'un linge sur un oreiller de plumes, les patients grelottent de fièvre dans de gros draps gris bordés de lanières de cuir blanc. Les couvertures sont en fourrure de chats écorchés par des mendiants – des *demeurant partout* – qui les revendent à l'Hôtel-Dieu.

Un malade, en l'amertume de l'hôpital où le poursuit un espoir toujours détruit, s'épouvante et se consume :

— Ma jambe… J'ai mal…

— Il vous faut souffrir pour que Dieu vous pardonne, lui lance Thibaut d'Aussigny. Souffrez ! Quand votre âme sera vidée de vos péchés, la jambe ira mieux. Et si on vous l'ampute, c'est que vous n'avez pas tout confessé. Moi, dans ma prison épiscopale de Meung-sur-Loire, les gens que j'interroge montent ensuite à l'échelle de la potence en continuant d'avouer des forfaits qu'ils n'ont même pas commis…

13

Seul, le bourreau peut les faire taire, ricane-t-il d'un grincement de gond rouillé en se retournant et venant vers moi dont la naissance le navre.

Sur les pavés de la salle qu'un frère prêcheur lave à grande eau, les pas de l'évêque sonnent un bruit de quincaillerie. Ses solerets d'acier articulés, en forme de longues poulaines pointues, armés d'éperons lui font aux pattes comme deux griffes d'animal fantastique.

Sur un banc-coffre placé le long du lit, la vieille sœur ventrière a noué le cordon de mon nombril et lavé le sang sur ma peau. Elle me frotte de sel et de miel pour me sécher. Les murs sont peints d'une frise de fresque rouge et bleue écaillée et les vitraux de couleurs des fenêtres tempèrent l'éclat de la lumière.

L'évêque incrédule me prend dans ses mains comme une bizarrerie qu'il soulève par les aisselles. Ses yeux sont vitreux. Il a des gants en peau de chien et une bague à l'annulaire. Je pisse sur sa croix pectorale.

— Ah, par le cœur de Dieu ! Sale fils de putain !

Celle qu'il appelle putain – ma mère – vient de s'évanouir en entendant dehors un homme qui a crié un prénom de femme : « Marie ! » puis on a perçu un claquement. Tandis que la novice ouvre à nouveau la fenêtre donnant sur la foule du parvis, la ventrière qui me récupère soupire en contemplant ma mère : « Pauvre gamine de vingt ans, son lait sera corrompu d'ennui et de tristesse. Tenez, sœur Tiennette, enveloppez l'enfant en blanc drapeau. »

L'adolescente vient me lier étroitement, bras le long du corps, dans des linges serrés par des bandelettes d'où seule la tête dépasse. Je ressemble à une chrysalide inondée de soleil. Soudain, le regard de l'évêque

14

s'allume et va sur moi, cruel et précis comme un doigt :

— Là ! Regardez. Cette fine bande d'ombre en travers sur le maillot du nourrisson. C'est l'ombre de la corde qui vient de pendre son père. Ah, la chose est moult plaisante !

La ventrière referme la fenêtre :

— Ce pauvre gars Montcorbier qui désespérait de trouver un travail de porteur sur la place de Grève. Il n'aura même pas vu sa progéniture.

— C'était un voleur ! s'enflamme Thibaut d'Aussigny. Lors de mon passage à Paris chez ma cousine Catherine de Bruyère, qui a mis bas également ce matin et habite rue du Martroi-Saint-Jean, il a volé sa chemise d'accouchie séchant sur un muret.

— Il a dit l'avoir trouvée par terre… Et puis c'était pour sa femme.

— Il aurait aussi pipé un pain au boulanger.

— Ah, comprend la bonne sœur… nécessité fait gens méprendre et faim saillir le loup du bois. Dans une époque où les bonnes fèves coûtent douze blancs le boisseau et les pois quatorze ou quinze… En tout cas, elle n'était pas complice et vous vouliez la faire exécuter aussi sur le parvis de Notre-Dame. Cette innocente !

— Innocente…

Au pied du lit, le jeune dignitaire religieux, du bout de sa longue crosse liturgique à volute enroulée en argent ciselé, pousse un peu le linge qui enveloppe la tête tournée de ma mère évanouie. Il dégage une tempe d'où s'échappent des cheveux blonds et s'aperçoit qu'elle n'a plus d'oreille droite :

— Un vol…

Puis, du plat de la volute sur une joue, il lui tourne

le visage de l'autre côté, soulève le linge, découvrant aussi l'absence de la seconde oreille :

— Deux vols...

Il glisse latéralement l'insigne sacerdotal en travers de sa gorge :

— La prochaine fois...

## 3.

Le lendemain matin dans la cour de l'Hôtel-Dieu, momie emmaillotée couchée sur un avant-bras de ma mère et la nuque calée au creux du coude, je l'observe. Elle est jolie ! C'est une bohème juvénile au nez retroussé entouré de taches de rousseur sur des joues arrondies. Une petite blonde adorable qui ne ressemble à personne. Moi qui, hier encore, était dans son ventre, je ne regarde qu'elle et ne contemple le monde que dans la gravité sombre de ses grands yeux gris-vert…

Une sœur portière lui demande de patienter pour qu'un chariot, chargé de corps recouverts d'un drap, franchisse en priorité la porte réservée à la sortie des convois. La religieuse s'excuse de nous avoir fait attendre :

— Mais c'est tous les jours comme ça… Un tiers des huit cents malades part pour la fosse commune des Saints-Innocents. Si la peste revenait…

C'est alors qu'on entend un bruit de galop dérapant sur des dalles de marbre et, dans les pupilles de ma mère qui se dilatent d'horreur, je vois surgir, des portes ouvertes de la cathédrale, l'évêque Thibaut

17

d'Aussigny chevauchant un âne. Il stoppe brutalement sa monture richement équipée au ras du chariot et s'écrie à l'adresse des macchabées :

— *Surgite mortui ! Venite ad judicium !* Debout les morts ! Présentez-vous au jugement !

Puis, découvrant ma mère dont les yeux s'embuent, je le discerne, de plus en plus flou, piquer des éperons dans la direction de la potence au-dessus de laquelle des oiseaux noirs tournent par vols flottants…

Crosse sous le bras, tel un chevalier lors d'un tournoi, il boute les jambes nues et en l'air de mon père puis, se diluant et se déformant au bord des paupières gonflées de larmes des grands yeux gris-vert… il continue tout droit, criant « Dia ! », criant « Hue ! », criant aussi : « Allons accrocher de nouveaux chapelets de pendus aux bras des forêts d'Orléans ! »

Ma mère, filant devant la potence, baisse le front et le voile qui la coiffe serpente, nuage, autour d'elle. De ses cils inondés, luit maintenant un sillon bleuâtre jusqu'au milieu d'une joue. J'y repère le reflet du cadavre de son amour seulement vêtu d'une chemise d'accouchie en dentelle tachée de terre – l'objet de son larcin dont on l'a ridiculement accoutré. Son pauvre corps, bouté par l'évêque, tourne et moi, je crois le voir vivre. À l'écoute du grincement de la corde qui s'enroule et se déroule au nœud coulant de sa gorge, il me semble entendre sa voix. Dans le miroitement des larmes maternelles qui pleuvent sur mes bandelettes, je découvre que, posées sur son crâne, deux corneilles lui secouent les yeux de leur bec avide. Selon qu'elles picorent de concert à droite des paupières, à gauche, puis ensemble vers le nez, on dirait que mon père roule des pupilles, qu'il cherche quelqu'un sur le parvis, à droite, à gauche, puis louche sur moi. Il me tire une langue bleue. Ma mère plaque une main sur mes yeux !

# 4.

— Maintenant, tu peux regarder…

Je soulève docilement mes paupières et suis stupé-fié par ce que je découvre. Mais qu'est-ce que c'est que ça ? Devant moi, dans l'encadrement de la porte ouverte du gourbi où nous habitons, une grosse boule blanche surmontée d'une autre plus petite avec dessus de la paille pendant comme des cheveux… Deux mor-ceaux de charbon de bois, côte à côte, sont des yeux ronds qui me fixent obstinément. Une paire de pétales de roses de Noël, disposés telles des lèvres, palpite dans l'âpre bise qui souffle au seuil et j'entends une voix solennelle clamer : « Bonjour… Je suis venue jouer avec toi. Est-ce que tu sais parler ? »

Je ne parle pas encore mais crie de panique ! Ma mère espiègle repousse la porte vermoulue qu'elle avait tirée sur elle pour se cacher :

— Oh… tu as eu peur ? Mais c'est une gentille poupée de neige. Viens la caresser. Essaie de faire tes premiers pas vers elle.

Enfant récemment démailloté et sevré, maintenant nourri de poires et de pommes cuites, je quitte la pail-lasse de feutre de seigle où nous dormons et, sur le sol en terre, j'enchaîne périlleusement trois pas mal assurés vers la poupée et plaque mes menottes sur elle. Elle est glacée comme la mort !

Je retire prestement mes paumes et chancelle. Ma mère rit et me soulève dans ses bras : « Oh, elle est froide la dame ? Viens qu'on s'enveloppe tous les deux dans une couverture et on va aller en voir de plus belles. Aujourd'hui, c'est la fête de la neige. »

Dehors, tout est blanc. En pourtant dix-huit mois d'existence, jamais vu ça. Devant la cabane en torchis où nous logeons face à la Seine, le fleuve est de glace. Les coques compressées des barques y ont explosé dans la nuit. De lourds chariots de l'armée anglaise roulent dessus traînés par des chevaux. Une voisine dit à ma mère qu'elle a compté, ce matin, jusqu'à quarante oiseaux gelés sur un seul arbre. Il fait un froid à éclater les pierres !

D'ailleurs, des sculpteurs, sur des places, à l'entrée des marchés, devant les églises, taillent des blocs de glace, font apparaître des poupées de neige que les gens applaudissent aussi pour se réchauffer les mains.

En cette ville famineuse, privée par l'occupant de ses richesses et sa joie, où la peste erre sournoisement ; point de viandes aux cuisines, point de bûches aux foyers ; la nuit, le hurlement des loups derrière les remparts... la population misérable aime voir surgir, des doigts des sculpteurs, ces scintillants miracles de neige qui consolent un peu des duretés de l'époque. Même ma mère sans emploi, qui souffre pour moi douleur amère et maintes tristesses car je ne vois de pain qu'aux vitrines des boulangers, a le visage qui s'éclaire.

Les statues de femmes grandeur nature, ciselées dans la neige glacée, sont empruntées à la mythologie, à la culture populaire. J'entends parler d'Archipiades et Thaïs qui serait sa cousine, de la sage Héloïs qui aurait fait je ne sais quoi, de la déesse Écho qui répète tout ce qu'on dit, Bietrix, Aliz… Ce sont des femmes aux poses antiques, des figures légendaires ou historiques. Même Jeanne a son bûcher de glace !

Mais celle qui me plaît le plus, à moi, c'est Flora la belle Romaine à l'entrée du marché aux pourceaux. Ma mère qui perçoit mon excitation me laisse glisser le long de sa hanche et sa jambe pour que j'aille mieux la contempler. La poupée opaline est agenouillée, assise sur ses talons. Son visage est à ma hauteur. Dans ses paumes en offrande, côte à côte et tournées vers le ciel, le sculpteur a déposé des feuilles de houx qui reflètent, dans les grands yeux de la belle Romaine, une teinte gris-vert. Un timide soleil de janvier allume sa chevelure de glace d'un rayon blond. Je titube un pas tournoyant et acrobatique vers elle et tombe une première fois, les mains dans la terre, puis me relève vers son petit nez retroussé entouré de joues arrondies que je caresse. Mes doigts souillés y laissent des particules de terre qui scintillent alors sur son visage comme des taches de rousseur.

— Ma-ma-ma-ma…

Souvent, les semaines suivantes, j'entraîne, par la main, ma mère attendrie vers cette poupée de neige qui lui ressemble tant. « Ma-ma-ma… » Mais les après-midi ensoleillés de février adoucissent l'air et les formes des dames changent curieusement. Leurs aspérités s'effacent et gouttent. Les traits s'affaissent. Une reine blanche et détrempée a son corps qui se tord. Maintenant mi-femme avec une queue de poisson, elle pleut tant sur son socle qu'on dirait qu'elle chante.

23

Et un matin, la belle Romaine n'est plus là ! Où est-elle, la poupée de neige ? Moi qui aimais tant la voir, pourquoi est-elle partie ? Ma mère, qui me comprend, répond : « Elle est allée sous terre. Elle a changé de pays. Elle sera peut-être de l'eau dans une rivière ou la mer, un peu de nuage dans le ciel... Elle a changé de pays. »

Je m'agrippe à sa jupe écrue de laine feutrée et scrute les alentours, ne vois plus Jeanne à son bûcher de glace, ni...

— Les autres, c'est pareil...

## 5.

En juin, Paris a l'odeur des rosiers en fleur et le goût de la cerise. Les cerisiers, surtout, s'épanouissent dans la ville. Griottes, guignes, marasques, croulent des branches derrière des murets d'enclos ecclésiastiques, de jardins d'hôtels particuliers auxquels on n'a pas accès. Des sergents à verge circulent dans les rues en tapotant leur baguette de bois qui sert à corriger. Ils surveillent les chapardeurs, grognent en rappelant que : « Sur ordre du prévôt, si un enfant est pris, franchissant une barrière, les lèvres trop rouges, il sera fouetté au sang avec une branche de groseillier au cul d'une charrette ! » Pourtant la cité entière scintille de ces fruits charnus.

À leur forme, on dirait des petits cœurs rouges que les oiseaux qui ont gelé pendant l'hiver auraient laissés, pendus aux branches. De jeunes pillards, de jeunes enfants ?... en tout cas une profusion d'oisillons chanteurs – rossignols, geais, tourterelles, chardonnerets, hirondelles – se moquent bien de la loi du Châtelet et se jettent contre ces cœurs qui éclaboussent les becs d'un jus de bonheur.

Un papillon monte et descend, plane et vire. Le soleil du matin paillette chaque fleur d'une humide

25

étincelle. Sur l'île Notre-Dame où nous traînons avec ma mère, les gens disent que Paris sera bientôt repris aux Anglais, que les offensives se multiplient aux abords de la capitale, à Charenton, Vincennes…

En petit sarrau de toile grise élimée et chaussé de sandales en corde rafistolées, je regarde les tirs d'arc et d'arbalète. Soixante arbalétriers bourguignons et les cent vingt archers de la ville s'exercent sur des cibles – hommes de bois peints en noir et blanc qui me font peur quand ils tombent parce que je les avais crus vivants. Au ronflement des flèches, des pigeons s'envolent.

Une mômerie d'une vingtaine de petits mendiants musiciens arrive sur l'île, jouant flûtes et tambours. Ils ont des airs absolument canailles et la bouche maculée de rouge jusqu'aux joues. Certains ont mon âge à moi qui marche et qui parle :

— Elles sont bonnes !

— François !

Venu m'asseoir entre un bonhomme et ma mère sur un muret au bord du fleuve, j'ai pris une cerise dans le petit panier du gros monsieur assis à côté. Ma mère me gronde. Le gros monsieur en robe noire m'excuse : « La jeunesse est un peu gourmande. » Puis il cherche dans son panier deux paires de cerises aux tiges qui se rejoignent, me les accroche de chaque côté du visage comme des pendants d'oreilles, en cherche d'autres :

— Tiens, en voilà aussi pour faire des bijoux à ta mère.

Celle-ci, sous son serre-tête noir et voile de paysanne qui recouvre ses épaules, refuse. J'insiste : « Mais si, tu seras encore plus jolie ! » Le gros monsieur insiste aussi : « Mais oui, madame ! Des cerises, j'en ai plein mon panier. Mets-les à ta mère ! » Les yeux rayonnants comme un jour de fête, je force et déplace le serre-tête qui entraîne aussi le voile s'envolant au-dessus de la Seine. Ma mère a des cheveux blonds courts et pas d'oreilles.

Les enfants de la mômerie s'arrêtent tout net de jouer et un rouquin tambourineur aux cheveux drus coupés en brosse, le visage grêlé de taches de rousseur, tend sa baguette vers ma pauvre mère et s'exclame :

— Ouh ! Elle n'a pas d'oreilles ! Elle n'a pas d'oreilles !…

Les autres battent en chœur sur la peau de chèvre des tambours, lancent des sifflements stridents de flûtes et hurlent aussi :

— Elle n'a pas d'oreilles ! Elle n'a pas d'oreilles !

Dans le vacarme des notes désaccordées et des cris, des gens se retournent. Paumes jetées aux tempes et les doigts tendus en étoile, ma mère part en courant sous les quolibets et les insultes. L'un des gosses crie au rouquin :

— Hé, Robin Dogis ! Ses oreilles, elle a dû les mettre dans la soupe pour donner du goût ! Ton frère dit que les oreilles de pource parfument le potage !

Je suis abasourdi. Le gros monsieur désolé en robe noire court après ma mère et la rattrape par le bras sur le pont :

— Pardon madame ! Je suis le chanoine de Saint-Benoît-le-Bétourné. Si vous avez un jour besoin d'aide, venez me voir…

Les servantes couraient en tout de [...] faire se
daignait se faire une concentration aussi longue à [...]
tant fin dessins de la Scène. Mer avait aussi choses [...]
plantes colère et passé bruillées.

Les enfants de la propriété à direction pour tous les
roter et un ronronnant rambouttant aux cheveux droit [...]
Sounds en bras au visage plus de mobilis de roué
sur [...] aud [...] beguerre vers une panier un [...]
s'explique.

— Oui! Elle n'a pas d'oreilles! biue m'a pas
d'oreilles!

Les auditeurs nont un cliese sur la centre [...]
De taologene lancent des [...]ltéuens students de
[...]tes la mrsit assis.

— Elle n'a pas d'oreilles! Elle n'a pas d'oreilles!
[...]dans le vagur de desauliee dans nompère clesiere
des gens se rencontren. Quinies pieces aux jambes et
les doigt [...]dus en cecile, ind individuel en coprant
sous les qualités et les valeurs, ? [...]nes gos assisse
au conduit [...]

— [...] Elles n'ban. Depuis sos oreilles, elle a vu une
moitie clire ses ouinen encourer du golf. Tout Sote
[...]ne les oreilles de pouce indienne ti le porach [...]
yua sur s'aborantit. Les gres ruoiseu devoti, en robe
moire cloth apres ina terre et la curique trel le loin, ma
le pluit [...]

— Pardon mademoid, je suis le chairone du colaïe.
Bonojec Demandes-Su vous avez un pour hasan
d'une venir me voir [...]

## 6.

12 novembre 1437. J'ai un peu plus de six ans. Quatre trompettes sonnent. Le pont-levis de la porte Saint-Denis s'abaisse. Six bourgeois lèvent les longues tiges d'un rectangulaire dais de satin bleu semé de fleurs de lys. Charles VII, à cheval, vient s'y mettre à l'abri du crachin d'automne et le cortège s'ébranle dans la capitale reprise.

Sans casque, une cape de drap d'or flottant par-dessus le plastron de son armure, le roi, sur un cheval blanc également vêtu d'or, avance parmi les acclamations et le chant des cloches. Une femme aux mains jointes le supplie : « Faites bien diligence, sire, car votre peuple est ébahi et tout désespéré ! » Le souverain la fixe d'une lueur froide...

Mais après tant d'années si dures où la famine s'est autant fait sentir que le gel et les épidémies, il règne une soudaine atmosphère de kermesse dans la cité gothique. La voie royale est tendue de tapisseries et de guirlandes. Les rues, couvertes de feuillages et d'herbes odorantes. Des couvertures de laine, draps brodés, ciels de lit pendent aux fenêtres, encourtinent les hautes maisons à colombages contre lesquelles le peuple de Paris s'écrase en poussant des cris hystériques.

29

Après plus de cent ans de guerre, l'Anglais sera bientôt totalement hors de France comme jamais de mémoire d'homme… Des artisans crient au monarque d'alléger les impôts, de procurer nourriture et travail : « Sauvez-nous ! » La foule est si dense et les chevaux de la garde royale si nombreux que des gens sont piétinés à mort, qu'il y a de nombreux blessés. Un enfant roule en chiffon sous les sabots du cheval du roi qui baisse vers la petite dépouille un regard voilé d'indifférence et de mélancolie. Il ne paraît pas heureux d'être là ni aimer Paris. Pourtant, sur son passage, des instruments jouent de grandes mélodies, trois belles filles déguisées en sirènes, les seins nus, folâtrent dans un bassin, des mystères sont joués en plein air sur des estrades. Des fontaines de lait et de vin à la cannelle coulent pour que tout le monde puisse s'y désaltérer. Ma mère s'étourdit de cette abondance, de ces théâtres, de ces musiques. Légère et sûre d'elle-même, elle entrevoit l'avenir… Elle rit tandis que le roi, qui arrive à notre hauteur, semble morose devant ces Parisiens lançant sous les pas de son cheval des pétales achetés en vrac à des vendeuses ambulantes qui circulent, énervées, dans la bousculade. Des bourgeois leur prennent des couronnes de roses hors de prix dont ils se coiffent. Ma mère insouciante, moqueuse et libre, en attrape une sur le plateau d'osier d'une vendeuse et la pose sur mes cheveux : « C'est toi, mon roi ! Je te donne le don d'être aimé ! » Gamine blonde, elle rit aux éclats. Le jeune dauphin Louis, chevauchant derrière son père, tourne les yeux vers ma couronne et me regarde. Il a quatorze ans. La tête de son cheval qui s'emballe devance la queue de celui de Charles VII. Un comte vient en saisir le mors et immobilise la monture du dauphin : « Même si vous regrettez la longévité de votre père, prenez garde à ce que le mufle de votre cheval ne dépasse jamais la queue de l'étalon du souverain. Ne vous impatientez pas. Votre tour viendra de chevaucher en tête de cortège lorsque vous serez Louis le onzième… » Charles VII roule vers son fils des pupilles méfiantes. Un connétable lui confirme son inquiétude à l'oreille : « Sire, vous logez un renard qui veut manger tous vos poulets. » Le roi est de petite taille, le teint jaune, les joues flasques, un long nez et des yeux ronds cerclés de cernes profonds. Sa jupe fleurdelisée révèle des genoux cagneux et des jambes maigres. On sent, qu'au sol, sa démarche doit être hésitante. Autant son fils est curieux de tout, autant lui dégage une profonde apathie dont on lui fait reproche dans la foule :

— Il n'a même pas proposé une rançon pour sauver Jeanne à qui il doit son trône… Et, depuis plus de vingt ans, il a maigre souci de racheter son cousin Charles d'Orléans, fait prisonnier à Azincourt tandis que lui se cachait dans ses châteaux…

Ma mère veut remettre ma couronne de roses sur le plateau de la vendeuse. Elle tend les doigts vers mon front. La marchande ambulante lui demande :

— Qu'est-ce que vous faites, vous avec cette ?…

— Rien, je ne l'ai pas volée.

— Alors payez-la !

— Mais non, je ne peux…

— Vous êtes une voleuse !

Un des nombreux lieutenants, qui guettent les coupeurs de bourses et surveillent les incidents, se retourne dans la cohue : « Que se passe-t-il ? »

— C'est une voleuse !

Couronne de roses sur la tête, je regarde ma mère. Autour de moi, le monde flotte en silence.

# 7.

Ma douce génitrice, accompagnée de deux sergents du Châtelet, me conduit avec un baluchon dans le quartier des universités, à Saint-Benoît-le-Bétourné.

C'est une église gothique flanquée à gauche d'un étal de boucher et, à droite, d'une potence donnant sur la rue Saint-Jacques. Nous y entrons par le côté. Un des deux sergents demande à un bedeau de le conduire au chanoine.

— Guillaume de Villon ? Il est dans le verger du cloître. Suivez-moi.

L'autre sergent nous garde sous les arcs brisés du plafond. Un chœur de cloches monte à l'adresse du Dieu d'amour. Le jour mystique d'un vitrail vient baiser le mur d'en face où un Christ, éperdu de bonté, écarte les bras tandis qu'une petite porte s'ouvre sur Guillaume de Villon qui arrive et dit :

— Me voilà. Dès que le sergent m'a parlé de cerises, j'ai su que c'était vous, fait-il en saluant ma mère. Ma pauvre fille, j'ai donc appris pour hier pendant la visite du roi… Et vous voudriez savoir si je pourrais m'occuper de votre fils, c'est ça ?

Ma mère, coiffée de son voile de paysanne, baisse la tête :

— Lui apprendre l'écriture, lui...

En surplis blanc par-dessus sa soutane, le chanoine aux joues rouges et rondes – à tête de cerise – tend ses amples manches brodées de dentelle vers ma mère qu'il attire dans le rayon d'un vitrail. Il l'enserre de ses bras dans un bain de lumière si blanc que les ombres sont roses et, par-dessus une épaule, s'adresse à l'un des sergents dont le casque brille près d'une colonne :

— Pourquoi une telle punition ?

— C'est une double récidiviste. Deux fois déjà on lui a coupé une...

— Je sais ! l'interrompt le chanoine à l'accent bourguignon. Mais il n'y a même jamais eu *sang menu* dans ce qu'on lui reproche ! C'est vous, sergent, qui me l'avez dit au verger. Bon... une fois, tirer deux harengs dans un baril de mille sur la place de Grève... puis, une deuxième fois, piper trois sous de tripes au baquet d'un boucher pour les fricasser à l'abreuvoir avec son mari affamé... Ces deux délits auraient pu être considérés comme *suite de la nécessité* en cette époque de désolation. Quant à hier, pourquoi ne veut-on pas l'entendre lorsqu'elle jure que c'est un malentendu ?

— Elle a été surprise *in flagranti* sur le territoire du chapitre de Notre-Dame et l'évêque d'Orléans y avait laissé des ordres.

— Ah, Thibaut d'Aussigny avec ses longues griffes d'acier aux pattes... Celui-là, moins on le croise...

L'ecclésiastique d'une quarantaine d'années desserre l'étreinte autour des épaules de ma douce mère et vient vers moi qu'il évalue d'un regard : « Un bien bel enfant, droit comme jonc... » Il me caresse le

34

crâne : « On dirait qu'une fée est passée dans ces boucles blondes. Quel âge as-tu, François ? »

Ma mère s'attend à ce que je réponde, que je me montre sous mon meilleur jour, que je sois séduisant. Je n'y arrive pas. Elle dit :

— Il est né le jour où Jeanne fut brûlée et où son...

Elle ne peut pas continuer non plus. Le chanoine de Villon réfléchit en contemplant l'autel :

— J'ai l'habitude d'élever et d'héberger, très jeunes, de futurs clercs... Il sera mon apprenti comme si j'étais tailleur ou couvreur. Nourri, logé, je lui donnerai une éducation. Il apprendra le catéchisme, le latin, un peu d'arithmétique et la grammaire. En échange de quoi, il devra faire les courses, allumer le feu, chanter la messe. Devenu clerc tonsuré, il pourra poursuivre des études juridiques... et vous, madame, aurez fait un bon garçon que tout le monde citera en exemple.

— Pourvu que...

— Au moins pour cela, ne soyez pas inquiète. Dieu fera, sur ce front, neiger ses bénitiers. Avant de partir, voulez-vous que je ?...

— Oui, mon père.

Près d'un banc de pierre où je me pose avec mon petit baluchon, le chanoine l'entraîne dans un confessionnal dont elle tire le rideau sur elle :

— Je suis une Angevine illettrée et orpheline qui a fui les massacres et les pillages des campagnes pour se réfugier à Paris où j'ai rencontré le père de François. Nous espérions...

Je m'endors sur le banc de pierre... où vient me réveiller ma mère. Je me cramponne alors à elle et ma bouche plonge dans les plis de sa robe de laine feutrée. J'y inhale ses odeurs jusqu'au fond de mes poumons, de ma mémoire, de mon cœur, ne veux pas la lâcher. Les deux sergents aux armures métalliques luisantes la prennent par les épaules et la retirent à mon étreinte. Elle trace sur le front de son garçon un pauvre signe de croix pour le garder du mal... et sa main s'en va comme un voile.

*Dites-moi où, en quel pays...*

## 8.

J'ai passé la nuit dans une petite chambre au premier étage d'une demeure exiguë à l'enseigne de *La Porte Rouge*. C'est une maison mitoyenne avec, d'un côté, La Sorbonne et, de l'autre, le verger du cloître de Saint-Benoît.

Les cheveux en broussaille, les yeux encore gonflés d'un sommeil au creux d'un oreiller moelleux, je descends l'escalier qui mène au rez-de-chaussée en nouant à ma nuque le cordon de mon sarrau usé. Mes sandales en corde rafistolées ne font pas de bruit dans l'escalier. J'entends en bas le chanoine dire à son bedeau :

— Mais bien sûr, Gilles Trassecaille, que je lui ai menti en disant que j'avais l'habitude d'élever et d'héberger, très jeunes, de futurs clercs... La vérité est que je ne me suis jamais occupé d'enfants ! Et je suis si maladroit. D'ailleurs, c'est en commettant un impair que j'ai rencontré sa mère. Si je n'avais pas dit au fils de lui mettre des pendants d'oreilles... Vous avouerez... Faut que je surveille mes bévues. J'espère que je saurais m'y prendre avec ce petit, trouver les mots et qu'il va bien tourner si...

Il s'interrompt quand j'arrive dans la salle à manger brune que parfume une odeur de vernis et de fruits.

— Tiens, François ! Je ne t'avais pas vu venir. Bien dormi ? me demande-t-il, lui, dont les yeux sont cernés par l'insomnie.

Il y a ici un fauteuil aux accoudoirs patinés et haut dossier sculpté près de la cheminée, un buffet et quelques coffres, une longue table de noyer où sont accoudés le chanoine et le bedeau Gilles Trassecaille qui se lève :

— Bon, ben j'y vais !

Guillaume de Villon m'apporte un bol d'eau de Seine, des tartines de beurre, du jambon tiède dans un plat colorié. Je constate qu'il tient le plat avec seulement quatre doigts de chaque main – auriculaires crispés dans les paumes. Je n'ai pas remarqué ça, hier, lorsqu'il m'a caressé les cheveux.

Toute la matinée, le chanoine va chercher à m'occuper – je le sens bien – mais il a la tête prise par autre chose – je le sens aussi. Il ne sait pas quoi faire pour me distraire.

— Tiens, je vais te faire visiter.

Nous traversons le verger du cloître et pénétrons dans l'église. Il m'explique :

— Lorsqu'on dit Saint-Benoît-le-Bétourné, les gens comprennent « Bien tournée » alors qu'on devrait dire « détournée » car, à sa construction, elle fut mal tournée. Le chœur était à l'ouest et ça choquait. Alors on a déplacé l'autel près du porche d'entrée qu'on a condamn… Il se reprend… qu'on a fermé. Et tu as remarqué, hier, lorsque tu es venu avec ta… Ah ! fait-il… tu es entré par le côté. De toute façon, tout le nom de ce sanctuaire est un contresens. On y célèbre le 11 juillet la mémoire de saint Benoît alors que cette vieille église fut consacrée à Dieu : « Dieu béni » qu'on prononçait autrefois « Dieu benoît » mais c'est chose oubliée. Et tout le monde, maintenant, se trompe et fête ici, de bonne foi, saint Benoît dont ce n'est pas le nom de l'édifice. Le nom… Zut ! Hier, j'ai oublié de demander le tien, François. Je crois que le sergent m'a dit que ton père s'appelait Des Loges et que ta mère ét… est !

se reprend-il, née Montcorbier. Ou alors, c'est le contraire. Est-ce que tu sais comment tu t'appelles ?

— François Villon.

Il est si attendrissant quand il rougit. Il ressemble encore plus à une cerise. Il bafouille et grommelle :

— Bon, ça, c'est pour l'intérieur de l'église. Quant à l'extérieur, à gauche, il y a un étal de boucher et, à droite, la pot… Ah ! Allez viens, on va aller t'acheter des vêtements.

Il revêt une aumusse par-dessus sa soutane et, dans cette longue pèlerine à capuche bordée de fourrure d'écureuil, me prend par la main, m'offre, dans une boulangerie de la rue Saint-Jacques, une brioche à un blanc.

Sur le Petit-Pont, toutes les boutiques accolées les unes aux autres sont hautes avec des toits très pentus. Mon tuteur m'y achète des souliers à boucle, quelques chemises et demande un pourpoint.

— Comment, le pourpoint ?

— Quelque chose de gai, répond le chanoine.

Le marchand propose un court pourpoint de toile à fleurs et des chausses jaunes moulant mes mollets et mes cuisses. Il sort aussi des aiguillettes – sortes de lacets pour accrocher deux vêtements : braies ou chausses à la chemise. Guillaume de Villon veut me faire une démonstration :

— Tu vois, ce sont des lanières terminées par un bout métallique : le ferret qu'il faut passer dans les œillets de la chemise.

Il n'y arrive pas. Ses doigts tremblent. Il trouve une excuse :

— Dans les habits d'ecclésiastique, il n'y a pas d'aiguillettes.

Le marchand vient à sa rescousse et noue ensemble les différentes parties du costume :

— Voilà, un vrai petit troubadour. C'est ta mère qui va être…

— Combien je vous dois ? l'interrompt le chanoine.

Au retour, dans une boutique à l'enseigne de *L'Image Saint-Étienne* – un parcheminier en face de Saint-Benoît – maître Villon me prend une écritoire peinte en vert et faite en manière de petite table. Dans sa bibliothèque, il me laisse feuilleter des livres manuscrits pour regarder les miniatures. Je contemple surtout un gros livre de messe où j'admire toutes les couleurs variées des peintures. Il attend quelqu'un, va souvent à la fenêtre qu'il ouvre. De l'autre côté de la rue Saint-Jacques, un peintre, sur un échafaudage, est entouré de ses pots de couleur. Je me lève et viens voir. Le chanoine me dit :

— T'as vu ce qu'il peint ? Une jolie biche poursuivie par des chiens et des chasseurs juste avant la cur…

Il referme la fenêtre. Il est nerveux. Il ne va pas bien :

— Mais qu'est-ce qu'il fiche ?

Celui qu'il attend arrive. C'est le bedeau qui fait une drôle de tête. Le chanoine s'aperçoit que :

— Zut ! J'ai oublié de te préparer à déjeuner !…

Dans sa maison, il m'assoit à la table de noyer et

pose devant moi un grand bocal de confiture de cerises et une cuillère en bois :

— Attends-moi là.

Il part prestement. Moi, lent, je me lève et, bocal de confiture à la main, je le suis à distance sous la galerie à colonnes qui encadre le verger du cloître. Il se précipite sur le bedeau qu'il entraîne vers Saint-Benoît :

— Alors ?

— Alors quoi ? répond Gilles Trassecaille.

— Elle a été exécutée ou pas ? A-t-elle été graciée ?

— Pensez-vous ! soupire le bedeau en baissant la tête pour entrer dans l'église. Le roi a quitté furtivement Paris sans avoir rien fait de bon, sans grâces traditionnelles, ni levée d'imposition, ni libération de prisonniers, ni amnistie pour les condamnés. À croire qu'il n'est venu que pour voir la ville.

Je m'adosse contre un mur et m'accroupis en mangeant avec les doigts la confiture de cerises tandis que j'entends mon tuteur demander :

— Et donc ?

— Eh bien, et donc !... Elle a été enterrée vivante dans la fosse aux chiens puisqu'elle a été condamnée « *à souffrir mort et être enfouie toute vive devant le gibet de Montfaucon !* »

— Comment ça c'est passé ?

— Ah, maître Guillaume, vous avez de ces questions ! Comment ça c'est passé ?... Elle a chié sous elle, qu'est-ce que vous voulez ! Elle a hurlé, elle pleurait, criait le prénom de son fils. Vous n'avez jamais assisté à ça, chanoine ?

— Non.

— Ben, ce n'est pas beau à voir. D'abord, on lui donne « le dernier morceau du patient », lui expliquant

41

que si elle mange avec appétit ce sera bon augure pour son âme... Quand même... fait le bedeau en tapotant des ongles le mur de pierre. Et alors après... dénudée, chevilles et poignets liés ensemble, on la balance dans une fosse de sept pieds de long qu'on remplit aussitôt de terre. Quand la fosse est pleine, la terre bouge encore un peu par endroits puis c'est terminé.

J'entre dans l'église, les bras le long du corps. Le chanoine, surpris, se retourne :

— François, tu n'aurais pas dû venir sans mot dire ou toussoter.

J'ai le bocal vide à la main et sans doute parce que j'ai mangé toute la confiture, je vomis sur mon beau pourpoint et mes chausses neuves.

## 9.

*Dites-moi où, en quel pays*
*Est Flora la belle Romaine,*
*Archipiades, et Thaïs,*
*Qui fut sa cousine germaine ;*

*Écho, parlant quand bruit on mène*
*Dessus rivière ou sur étang,*
*Qui beauté eut trop plus qu'humaine.*
*Mais où sont les neiges d'antan ?*

*Où est la très sage Héloïs,*
*Pour qui fut châtré et puis moine*
*Pierre Esbaillart à Saint-Denis ?*
*Pour son amour il eut cette peine.*
*Semblablement, où est la reine*
*Qui commanda que Buridan*
*Fût jeté en un sac en Seine ?*
*Mais où sont les neiges d'antan ?*

*La reine blanche comme lys*
*Qui chantait à voix de sirène,*
*Berthe au pied plat, Bietrix, Aliz,*
*Haremburgis qui tint le Maine,*
*Et Jeanne, la bonne Lorraine*
*Qu'Anglais brûlèrent à Rouen,*
*Où sont-elles, où, Vierge souveraine ?*
*Mais où sont les neiges d'antan ?*

*Prince, ne chercherez de la semaine*
*Où elles sont, ni de cet an,*
*Sans qu'à ce refrain, je vous ramène :*
*Mais où sont les neiges d'antan ?*

Il m'aura fallu attendre presque huit années avant d'oser aller à Montfaucon. Pourtant des lieux patibulaires, j'en ai vu. Les jours de fêtes religieuses, toutes les rues de Paris sont rouges de sang.

Appliquant la rigueur civile du prévôt et celle des hauts justiciers ecclésiastiques, chaque quartier a sa potence, son bûcher ou son pilori. On y coupe des langues, des poings, des oreilles, des nez, la distribution des coups de fouet, les enfants fessés au sang, les sorcières brûlées, crucifiées, les yeux crevés des voleurs nocturnes, les nobles décapités qui gouttent pendus par les pieds et celui qui a trahi le roi, attaché à la queue d'un cheval lancé au galop à travers la ville. Son corps vite disloqué éclabousse de sang toutes les façades des échoppes. La tête me tourne. Les écorchés portés vifs dans un sac rempli d'épices, les écartelés aux membres exposés à quatre portes de Paris, buste pendu par les aisselles au Châtelet. Et moi qui n'avais encore jamais osé aller à Montfaucon…

Sur cette colline après les remparts, je surplombe la capitale et la rougeur du soleil couchant se fond dans le gris-bleu des brumes qu'elle teinte d'incendie et de sang. Je regarde les étoiles et les nœuds d'univers. Voilà, c'est le siècle d'enfer.

Derrière moi, le plus ancien et plus énorme gibet du royaume – un parallélépipède de maçonnerie, haut de quinze pieds, large de trente, long de quarante, avec une porte, un escalier et une cave à ciel ouvert au milieu. Autour de la plate-forme, seize hauts piliers en colonnade et liés entre eux, sur trois étages, par des poutres vermoulues où quatre-vingts pendus, au bout de leurs chaînes rouillées, menacent de tout faire écrouler. De longues échelles sont placées contre les poteaux pour y monter les condamnés.

En chemise, ils dansent un branle en l'air parmi des odeurs… La bise du soir froisse chaînes et corps décomposés, remue tout cela dans l'ombre. Les débris humains qui se détachent des chaînes tombent dans la cave où les magiciens viennent la nuit chercher des bouts de cadavre, émasculer les charognes.

Je suis assis sur les marches de ce monument

devant la fosse aux chiens où l'on a enterré vivante ma mère. Depuis, il a beaucoup plu, neigé. L'eau a ruisselé de la colline, emportant des particules de celle qui ressemblait à Flora la belle Romaine.

> *Dîtes-moi où, en quel pays*
> *Est...*

À coups de pierre, je cloue le parchemin de ma ballade sur un des poteaux du gibet, redescends vers Paris avant qu'on en ferme les portes pour la nuit.

## 10.

— Tu as bouffé ma mère en pâté ?

Je n'en reviens pas, suis abasourdi par ce que je viens d'apprendre, ne réussis à y croire :

— C'est une blague, Dogis ?

— Non, non, non, François ! Tu sais, je n'ai pas tellement le cœur à rire ce soir… me répond l'adolescent rouquin à la figure grêlée de taches de rousseur. Mais je crois bien que j'ai dû en bouffer de ta mère. Ça lui est arrivé quand son truc ?

— Deux jours après l'entrée de Charles VII dans Paris.

— Ah oui, alors c'est ça. Déjà à l'époque, Christophe, dès qu'il apprenait qu'une femme serait enterrée vivante, allait se servir à Montfaucon.

Au-dessus de la charcuterie de la rue de la Parcheminerie près de la rue de la Harpe, dans une maison à l'enseigne du *Chariot*, je suis sidéré :

— T'as bouffé ma mère en pâté…

— Arrête de répéter ça, François. Tu te fais du mal.

— Mais comment faisiez-vous ?

— Un peu de veau, un peu de porc, un peu de ta mère… Des clous de girofle, un rameau de romarin, quelques graines de paradis, du laurier, des oignons et

47

du vin de Bagneux où on trempait les viandes douze heures en marinade…

— Non mais, pour déterrer les corps ?…

— Ah ! On attendait que les magiciens soient d'abord passés prendre les testicules et les langues des pendus. En montant, on leur disait « Salut ». Mon grand frère avait une pelle et comme la terre de la fosse aux chiens avait été remuée le matin même, ce n'était pas trop difficile d'atteindre le corps. Moi, je portais un brandon enflammé pour qu'il observe la bonne femme. Si c'était une jeune, ça allait, on la sortait du trou. Les vieilles, il remettait la terre dessus disant que : « Passé quarante ans, une femme est impossible à cuire ou alors il faut compter deux, trois, fagots de plus et ça lance dans des frais. » Elle avait quel âge ta mère quand ?…

— Vingt-six ans.

— Ah, vingt-six ans, on l'a ressortie du trou, c'est sûr… En ces temps de disette nationale, on n'allait pas gâcher. Mon frère a dû la porter sur une épaule pour descendre la colline de Montfaucon. Ensuite, on l'aura nettoyée en bas, au bord de la rivière. Moi, les femmes, pour les tremper, je les tenais par les pieds et mon frère les prenait par les aisselles. Mais au début, j'étais petit, hein… on a le même âge, Villon… alors si la fille avait la chair persillée, était grosse, les pieds glissaient d'entre mes mains et elle tombait dans l'eau, suivait le courant. Fallait aller la rechercher à la nage. Il y a des fois, qu'est-ce qu'on a ri avec Christophe !…

Robin Dogis, accoudé devant moi à la table du petit appartement sombre qu'il partageait avec son frère, nous sert un verre de vin et regrette le bon temps :

— Les pâtés de chair humaine, on les cuisinait dans

une cabane sur la plaine au pied de la colline de Mont-faucon. Puis les gardes de la porte Barbette nous laissaient entrer dans Paris avec notre chariot chargé de terrines… On leur en donnait une quelquefois pour rire. Ils s'exclamaient : « Elles sont bonnes ! Elles sont à quoi ? » On était heureux. Moi, je ne jouais plus de tambour, ne mendiais plus dans une mômerie sur l'île Notre-Dame. Je devenais l'apprenti de mon frère. Tout aurait pu continuer ainsi s'il n'y avait pas eu cette connerie !…

— Que s'est-il passé, Robin ?

Le rouquin aux cheveux en brosse s'essuie les yeux avec la manche de son pourpoint bleu :

— La fatalité, François ! Un sot, dont la jeune femme fut enterrée vive, avait tenu à ce qu'on lui laisse sa bague de mariage au doigt. Manque de pot, une semaine plus tard, il nous a acheté une terrine et a retrouvé la bague dedans.

— Oh…

Dogis nous ressert un verre et nous trinquons au destin. J'apprécie ce vin de Beaune : « On sent qu'il n'est pas blanchi à la craie comme chez Marion la Peautarde… » mais ce soir, Robin n'a goût à rien. Il renifle fraternellement : « Alors tu penses, il y a eu une enquête ! Et quand au Châtelet, ils ont interrogé Christophe… après la chaise à clous, l'élongation et l'estrapade, il n'a pas eu besoin du garrot, de l'immersion et des fers brûlant pour donner la recette de ses pâtés. » Il boit une gorgée : « C'est vrai qu'il est bon ce vin. Tu ne veux pas goûter du morillon aussi ? »

— Si.

Robin se lève. Il est trapu, soulève le couvercle d'un coffre, retire la cire du goulot d'une bouteille. Je finis mon verre de Beaune :

— Quand je pense que t'as bouffé ma mère !

— J'ai mangé *un peu* de ta mère, minimise Dogis. Je ne m'en suis pas bâfré trente terrines non plus ! J'ai dû en avaler quoi ? Une tranche ! C'est moi qui rectifiais l'assaisonnement. Mon frère disait : « C'est comme ça que le métier va rentrer ! » soupire Dogis en nous servant un vin rouge foncé. Tiens, goûte celui-là, tu m'en diras des nouvelles.

Je sanglote et déguste : « Ptt, ptt… C'est vrai qu'il laisse un souvenir sur la langue. » Je pleurniche : « Mais elle était jolie, elle était douce… »

— Et bonne aussi ! précise Robin. Les blondes, c'est ce qu'il y a de plus fin comme goût. Mon frère affirme qu'elles ont la chair du cou aussi tendre qu'un jeune poulet. Moi, je ne sais pas, je n'ai jamais mangé de poulet ! En ces temps d'austérité, on trouve plus facilement des suppliciés… Hips ! Les brunes ont le goût du gibier. Les hommes, on en prenait pas. « Ça pue la bite », disait Christophe qui est un gastronome. J'ai mal au ventre, ça me noue cette histoire…

Il prend une bougie et descend le petit escalier pour aller vider sa colique dans le jardinet derrière la maison. J'ouvre une fenêtre et, de là-haut, le regarde faire et miaule à la lune :

— Moi, qui me demandais où elle était passée ma mère !… qui avais écrit une pathétique ballade sur cette énigme : « *Dites-moi où, en quel pays est…* » Et en fait, elle t'est sortie du cul ! Ah ben merde alors ! je gueule dans la ville gothique.

Dogis remonte en titubant et réajustant ses chausses :

— Chut ! Fais moins de bruit, François. Un chevalier du guet va taper à l'huis. Je sais que t'as écrit une belle ballade. C'est même moi qui l'ai déclouée d'un des piliers de Montfaucon. Quand j'ai vu que c'était signé Villon, je me suis demandé : « Est-ce que François ne voudrait pas aussi écrire un rondeau pour mon frère ? » Hein, François ? Hein ? Hein ?

— Ah, dis donc, Robin, regarde : il s'est tout évaporé le morillon... Hips ! Il ne te resterait pas de l'eau-de-vie ?

À la moitié de la bouteille d'alcool de prune, tous les deux bien torchés et en larmes, front contre front de chaque côté de la petite table, on chiale : « Bouh ! Bouh-hou-hou... » Je crie mon désespoir éthylique :

— Ma mère !...

— Mon frère ! crie Dogis. Quand je pense à ce que, demain, ils vont lui faire !...

Bouh ! Bouh-hou-hou... » se lamente-t-on ensemble.

## 11.

Hier soir, n'ayant pas rejoint la maison à l'enseigne de *La Porte Rouge* près de Saint-Benoît à cause du couvre-feu et la crainte d'être attrapé par un des chevaliers du guet qui sillonnent la ville, j'ai passé la nuit à boire chez Robin et, ce matin, nous allons ensemble au marché aux pourceaux.

Nous y arrivons en même temps qu'une charrette, transportant Christophe Dogis, déboule de la rue des lingères. La trentaine, assez grand, mince, les cheveux raides et roux coiffés à la mode de notre époque – coupe au bol dégageant le front, nuque et tempes rasées – il est debout, en chemise blanche, chevilles ligotées et les mains liées dans le dos. Le charcutier est accompagné d'un lieutenant criminel, de sergents du Châtelet et de quelques archers. Un confesseur assis dans la charrette lui fait baiser un crucifix, lui lance régulièrement des gouttelettes d'eau bénite… froide en décembre.

Contre le mur du cimetière des Saints-Innocents, une estrade a été dressée face au marché. Les porcs grognent, enfermés dans des petits enclos aux barrières basses ou attachés à des piquets. La foule s'approche de l'estrade.

La charrette y arrive aussi. On en fait descendre l'aîné Dogis tandis qu'un ventripotent bourreau aux bras nus, habillé tout en rouge et portant un tablier, renverse des seaux d'eau glacée dans un énorme chaudron en cuivre cabossé, taché de vert-de-gris.

Deux sergents attrapent Christophe, l'un par les pieds et l'autre par les aisselles – comme le charcutier faisait avec son jeune frère lorsqu'ils rinçaient les corps de femmes dans la rivière en bas de Montfaucon – et le jettent dans le grand chaudron. Mû par un réflexe, il se redresse et se lève comme s'il voulait absolument quitter cet ustensile de cuisine. Le bourreau prend alors une fourche et assène au condamné plusieurs coups sur la tête pour le forcer à replonger dans la cuve. J'y trempe aussi les doigts :

— Brrr, elle est froide ! Quelle idée aussi d'aller se baigner en cette saison.

Le bourreau, entre une pierre plate et la base du chaudron, enflamme du petit bois et des bûches de hêtre. Je commente à voix haute ce choix en direction de Christophe :

— Le hêtre, c'est parfait. Ça va te donner un bon goût. C'est ce qu'on utilise pour fumer les harengs saurs à Boulogne.

Autour de moi, les gens rigolent de mes commentaires sauf Robin qui s'en indigne : « François, c'est mon frère… » Je me retourne vers l'assistance et explique d'un ton exagérément professoral : « L'intérêt de la bouillure est qu'elle ne procure pas une mort immédiate comme la pendaison ou la décapitation qui sont très décevantes à cet égard. Ici, pendant le supplice, on a le temps d'aller faire ses courses et les longs cris du condamné rehaussent l'événement. »

Le frère de Christophe dodeline de la tête en se

disant que, quand même… Je vais le voir et lui lance :
« Allez, Robin, ne fais pas la gueule, c'est l'heure de
la soudure. Plutôt que de rester là à attendre et prendre
froid, rejoignons une taverne où le crédit n'est pas
mort ! »

Passant près du chaudron, où le bourreau ôte avec
sa fourche la chemise qui flotte en surface autour du
cou du condamné, je m'adresse à celui-ci comme une
bonne mère laisserait ses recommandations :

— As-tu pensé à te mouiller la nuque ?

Robin pouffe derrière moi : « François… » Nous
entrons à *La Mule* en gueulant un mot d'ordre :
« Hypocras ! » Une fille avenante à gros tétins nous
sert à chacun un plein bol puis deux, puis trois, de ce
vin chaud à la cannelle, gingembre, noix de muscade
et de garingal, qui provoque une béatitude érotique.
Réconfortés et un peu étalés sur la table, je demande à
Dogis :

— Est-ce que les bouillis bandent comme les
pendus ? Pas quand l'eau est glacée bien sûr mais
après ?…

— Ah, j'en sais rien, rote le frère du condamné.
Faut qu'on aille lui demander !

Il se lève, renverse la bancelle, chancelle, ses yeux
brillent… et nous allons, titubant à l'autre bout du
marché, cogner, de l'articulation de l'index, contre le
chaudron en cuivre :

— Oh, oh ! Y'a quelqu'un là-dedans ?

— Christophe, est-ce que tu bandes ? demande
Robin.

Le charcutier qui mijote dans l'eau frémissante nous
regarde en grimaçant. Visiblement, le feu sous la cuve
commence à lui chauffer les jambes qu'il remue souvent pour les remonter vers sa poitrine.

— As-tu pied ?

— Mais non, regarde comme il secoue les pattes. Il nage… Mais avec la vapeur, on ne voit pas s'il bande.

Manche de pourpoint remontée jusqu'à l'épaule, nous plongeons tous les deux un bras dans l'eau pour vérifier. Dogis s'extasie : « Ah moi, dans une eau comme ça, je banderais. »

— Ah oui, elle est bonne.

Le lieutenant criminel, sous son chapel en cuir bouilli renforcé de ferrure, nous engueule :

— Ce n'est pas bientôt fini, vous deux ? Encore un mot et on vous jette aussi dans la cuve.

— Oh, là, là, si on ne peut plus rigoler ni s'instruire ! fait-on en s'éloignant et se retenant l'un à l'autre vers l'auberge de *La Mule* où nous entrons en gueulant : « Hypocras ! »

Trois bols plus tard (chacun), nous revenons écroulés de rire en lançant des oignons dans le chaudron :

— Tiens, te voilà des copains !

Maintenant l'eau commence à bouillir. De grosses bulles éclatent en surface et le charcutier anthropophage boit souvent la tasse (d'eau bouillante). La langue gonflée de cloques, il hurle quand même à son confesseur, aux sergents, au lieutenant criminel, à la justice civile et ecclésiastique de son pays :

— Mais ce n'est pas moi qui les ai tuées ! C'est vous ! C'est vous qui devriez être dans le chaudron ! Qu'elles aient ensuite pourri sous terre ou qu'elles aient été dégustées, qu'est-ce que ça pouvait vous foutre ? !

Robin est épaté par cette déclaration :

— Il parle bien, mon frère, non ?

— Il ne parlera plus longtemps. Allez, Christophe, sois sage.

— Ne t'éloigne pas du bord, lui conseille son jeune frère. On revient !... Parce que si toi, tu es bien au chaud là-dedans, nous, dehors, on se les pèle.

Lorsque nous revenons – après ô combien d'hypocras bus ? – c'est trop tard. Même le marché a remballé ses pourceaux. La dépouille du charcutier refroidit dans l'eau du chaudron sous lequel le bourreau a éteint le feu.

Robin et moi, côte à côte, les doigts au bord du cuivre de la cuve, regardons Christophe devenu méconnaissable. La chair s'est retirée des os et surnage entre deux eaux. Sa chevelure rousse a bouclé pendant la cuisson. Elle flotte en surface comme une vieille serpillière orange parmi les oignons et des yeux devenus totalement blancs.

Le bourreau, une grosse écumoire à la main, récupère les restes du défunt charcutier pour les mettre dans un sac en cuir cousu qu'il pend à la corde d'un gibet. Le jus de cuisson goutte à travers les coutures. Sitôt l'exécuteur en allé, Robin charge, sur son dos, ce sac contenant la chair du frère.

— Qu'est-ce que tu vas en faire, Dogis ?

— Du pâté !

Nous tombons dans les bras, l'un de l'autre, et on rit ! Le sac se renverse et laisse échapper des morceaux de viande de Christophe que des chiens jaunes et faméliques, aux yeux fous, nous volent aussitôt. La queue entre les jambes, ils filent, emportant dans leur gueule des restes du charcutier. Robin veut rappeler les chiens mais il se trompe et s'adresse à ce qu'ils ont entre leurs crocs : « Christophe, reviens ici ! » Alors

on rit. « C'est l'émotion ! » s'excuse le jeune frère.
Alors on rit !

De retour à la maison de *La Porte Rouge*, chez mon
tuteur, je file dans ma petite chambre aux deux
fenêtres tissées de toiles d'araignée parce que je n'y
fais jamais le ménage. Une écritoire, une chandelle, un
coffre près d'un lit où je tombe, visage dans l'oreiller.
Et encore tout secoué de spasmes nerveux...

> *... Je ris en pleurs.*

## 12.

— Mais qu'il a changé en huit ans ! Mon Dieu, je n'en reviens pas, Trassecaille. Lui qui arriva ici, petit enfant poli et réservé… À bientôt quatorze ans, je ne le reconnais plus. Je ne sais pas si c'est de ma faute ou si c'est l'âge mais…

— Mais oui, c'est l'âge ! rassure le bedeau, de sa voix ensoleillée. Le printemps fait éclater les bourgeons. Plante et enfant, c'est pareil.

— Plante et enfant, c'est pareil… Ah quel tuteur je suis, incapable de le faire pousser droit, se lamente le chanoine en tournant autour de sa table de noyer. C'est un écolier médiocre et indiscipliné qui n'aura pas son baccalauréat avant dix-huit ans au mieux. Si sa mère, là-haut, me voit, que doit-elle penser de moi ?

Gilles Trassecaille, à l'émouvant physique de gargouille accoudé à la table, entrouvre ses lèvres trop épaisses : « Il aime lire et écrire, connaît son rudiment de grammaire latine. C'est déjà ça. Bon, évidemment, la géométrie, l'astronomie… »

Moi, je suis en haut de l'escalier où je viens de refermer doucement la porte de ma chambre. Je boutonne ma longue robe grise et me coiffe du béret des écoliers en velours noir orné d'un ruban aux couleurs du collège de Navarre. Je descends à pas de loup vers le dos du bedeau tandis que le chanoine reprend en contemplant ses sandales :

— Ne nous voilons pas la face, Trassecaille, je n'ai aucun sens de l'éducation ! Je manque d'autorité et, quand j'en ai, c'est au mauvais moment. Je fais tout à contretemps. On dirait lui qui chante à l'église…

— C'est parce qu'il mue.

— Cette voix qu'il a pendant les *Te Deum* ! À chaque messe, on dirait qu'il enterre sa…

— Wouah !

Je viens de bondir dans le dos du bedeau qui sursaute de terreur sur le banc :

— Ah, monsieur François, vous m'avez encore fait peur alors que je suis fragile, je vous l'ai dit cent fois ! Un jour ou l'autre, vous me ferez claquer le cœur.

Je fais semblant de vouloir lui coller une petite bigne derrière la tête. Craintif, il a un grand mouvement d'épaule en guise de protection.

— Tu as dû en recevoir des bastonnades pendant ton enfance à Toulouse, hein Gilles, pour maintenant te protéger autant ?…

— Ah, c'est sûr que j'ai été moins aimé que vous ! Mon père, lui…

— Pourquoi ne l'as-tu pas tué à coups de pierres, Gilles ? Il faut parfois savoir s'illustrer par un beau parricide.

Mon tuteur soupire : « Mais comment je l'ai élevé ?… » puis me dit : « Te voilà enfin, toi ! On frappe dix fois à ta porte et c'est seulement maintenant que tu te lèves alors que la cloche du collège a déjà sonné. Es-tu devenu comme loir qui reste trois mois sans s'éveiller ? Et puis où étais-tu ces deux derniers jours alors que je

60

me faisais un sang d'encre ?… » continue-t-il en venant m'embrasser. « Mais comment as-tu fermé ta robe ? Regardez-moi ça, Trassecaille : dimanche boutonné avec lundi… Et le ruban de sa faluche ! Tout coincé dedans plutôt que bien pendu sur le côté. » Il rectifie ma tenue et me dévisage : « Tu es pâle. Tes yeux sont rouges comme si tu avais pleuré… » Il panique : « N'as-tu pas, ces deux derniers jours, appris quelque chagrin que tu me caches ? »

— Moi ? C'est la géométrie, maître Guillaume. D'apprendre toute la nuit à la chandelle chez un ami, on pâlit et les yeux rougissent…

— C'est ça, prends-moi pour un imbécile ! souffle le chanoine en poussant dans ma direction, sur la table, un bocal d'oignons confits dans l'huile de noix tandis, qu'à la cheminée, je me sers une demi-louche de potage aux amandes.

— C'est tout ce que tu vas manger ? Mais c'est une ration d'enfant de chœur, s'inquiète mon tuteur. Tu es en pleine croissance. Il te faut, le matin, déjeuner davantage pour bien travailler à l'école… L'école ! répète-t-il, les bras au ciel. Tiens parlons-en encore de celle-là ! J'ai croisé le doyen du collège qui s'est une nouvelle fois plaint de toi. Tu n'y fiches jamais rien. Pourra-t-on un jour savoir pourquoi ?

— Il ne fait pas si bon s'y user la robe…, dis-je en soufflant sur mon demi-bol de potage.

— Non mais, vous entendez ça, Trassecaille ? Non mais, vous entendez ce que me répond l'insolent ? Puis, blême de colère, il s'assoit dans son fauteuil au haut dossier sculpté près de la cheminée. Sais-tu combien d'écus me coûte ta pédagogie dans le meilleur collège de Paris ? Tout le loyer annuel de l'étal du boucher accolé à l'église y passe pour un garnement

61

dont on me dit aussi qu'il a commis, hier, cent excès au marché aux pourceaux...

— Moi ? C'est foleur d'écouter ces paroles !

— Ah, j'en ai honte et désespoir ! se lamente le chanoine en tapotant, de ses ongles d'index, les accoudoirs patinés. Cela n'est pas possible, scélérat ! Ah, mais comment te sauver ? Vas-tu finir, comme tant d'autres, clerc sans emploi qui rejoint une bande d'Écorcheurs ? Faudra-t-il, qu'un jour, je te voie pendu au gibet de Saint-Benoît ? Je meurs si cela arrive !

Le bedeau se signe à la hâte. Moi, je ricane. Le chanoine, blanc comme un linge, me menace : « En tout cas, écoute-moi, écoute bien ce que je vais te dire, François. Ce soir et dorénavant tous les soirs, je te veux ici à cinq heures, tu m'as bien entendu ? Je n'ai pas dit à la brune à sept heures au moment du couvre-feu. J'ai dit, dès la sortie de l'école, à cinq heures ! Est-ce clair ?

— Mais oui, maître Guillaume !

J'arrive derrière lui et lâche un gros baiser sonore sur le sommet de son crâne tonsuré qu'une bande circulaire de cheveux coiffe en auréole :

— Oooh, mon plus que père ! Mon plus doux que mère...

Et je pars. J'entends Gilles s'esclaffer et le chanoine lui demander : « Pourquoi riez-vous, Trassecaille ? »

— Vous êtes tout rouge...

# 13.

Je descends la rue Saint-Jacques vers la Seine. L'accent bourguignon de mon tuteur me hèle :

— François, l'école, c'est dans l'autre sens !

Ah !… Je pivote sur mes talons, ma robe s'envole et je remonte la rue en direction des remparts. Sur le pas de sa porte, près du bedeau, le chanoine lève la tête vers le cliquetis de deux chaînes qui pendent.

— Où est passée notre enseigne ? Est-ce vous, Trassecaille, qui l'avez décrochée pour la nettoyer ?

— Non.

La rue est émaillée d'échoppes où travaillent des artisans du cuir, des fileuses, des fabricants de clous, des drapiers… En face, le pont-levis de la porte Saint-Jacques est baissé. Des charrettes y sont contrôlées par des gardes. Derrière, c'est la campagne attractive. J'irais bien me promener vers les vignes de Bagneux. Je continue tout droit lorsqu'on m'attrape par une oreille que l'on tire fort à me décoller du sol. C'est Martin Polonus, l'opulent doyen du collège de Navarre. Il est vêtu d'une robe brune à capuchon fourré de menu vair et porte quelque chose enveloppé sous un bras. Il m'entraîne jusqu'à l'école. Aïe ! Aïe ! Aïe !

Nous grimpons un vaste escalier de pierre et au premier étage entrons dans un réfectoire ressemblant à une salle de château fort où l'on s'enrhume.

— Veuillez excuser mon retard, lance le doyen aux élèves, mais j'ai trouvé un écolier qui a failli l'être bien plus que moi. On ne l'a pas vu depuis deux jours et – est-ce le manque d'habitude ? – il a failli louper l'école malgré l'enseigne jaune et bleue aux couleurs du ruban de sa faluche. Il partait dans la campagne… Peut-être avait-il mieux à y faire ?…

Dans la salle incommode où l'enseignement se distribue à la cantonade, un tronc d'arbre crépite dans la cheminée. Les élèves riches sont assis près du feu sur des bancs. Les pauvres se les gèlent par terre au fond du réfectoire. Moi qui suis d'une classe intermédiaire, je m'assois au milieu sur une botte de paille.

Martin Polonus va à sa haute table écritoire. Quelques piles de livres manuscrits sont posées au sol sur les dalles de pierre. Le professeur désenveloppe ce qu'il portait sous le bras et raconte :

— Je reviens de la rue de la Parcheminerie où j'étais allé déposer un manuscrit chez un relieur. En sortant, j'ai voulu m'acheter un morceau de pâté dans la charcuterie d'en face tenue par un rouquin de votre âge qui écrivait sur sa vitrine : « Changement de propriétaire ». Et là, quelle ne fut pas ma surprise de découvrir que ce jeune charcutier, en guise de cadeau de bienvenue à ses nouveaux clients, enveloppait les tranches de sa première terrine – un produit entièrement maison a-t-il insisté ! – dans des feuilles de parchemin sur lesquelles sont écrits les vers d'une balade signée… François Villon.

Tout le monde en est très étonné. Et moi aussi !

Je vais vous en faire la lecture car c'est assez édifiant… Ah, vous verrez, nous sommes loin des rassurantes pastorales du pâtre Franc Gontier que j'aime tant vous faire étudier. *Bergers et bergères faisant contenance de manger noix et cerises…* Monsieur François Villon n'a pas écrit cela car il n'est pas l'évêque Philippe de Vitry. Dans son texte mécréant, plane une angoisse alors que la poésie se doit d'être légère et joyeuse », dit le doyen. Et dès lors, il se met à baver ma ballade. Il crache sur ma rose. Il bégaie et prolonge chaque syllabe avec un ricanement de haine concentrée : « *Dites-moi où-hou-hou…* » Il imite le loup. Il dit cela d'un ton… en fronçant avec un frisson son abdomen proéminent, avec un ton si affreux… Les élèves des premiers rangs, enfoncés dans leur ventre, tournent vers moi leur haleine épaisse et chaude comme celle des vaches. Certains ricanent, d'autres s'étonnent. Quelques-uns s'intéressent. Il y en a un, nommé Tabarie, qui, pouce en l'air, me fait un clin d'œil.

Et tandis que Polonus déroule mon texte pour me faire sombrer sous l'insulte universelle, je repense à Robin Dogis, à ce qu'il a fait de son frère bouilli, à la fille avenante à gros tétins de *La Mule* qui, pendant l'exécution, nous servit des hypocras…

J'attends que l'autre ait fini. J'étends mes bras, je soupire, j'étends mes jambes… Je sens des choses dans ma tête, oh ! des choses… Des effluves mystérieux secouent mon âme et ma jeune chair.

Martin Polonus a des petites lèvres serrées en cul de poule et tendues en avant comme s'il lançait continuellement des petits baisers à tout un chacun : « *Hou,*

*hou ! où sont...* » Il s'interrompt et s'adresse à moi : « N'avez-vous jamais entendu parler du Paradis, de l'Enfer, ni même des limbes, monsieur Villon ? Mais où pensiez-vous donc que les morts pouvaient aller ? » dit-il, tenant aussi son pâté. De la lame d'un couteau, il s'en sert un morceau qu'il renifle. Il a l'air de trouver que le pâté pue : « Une odeur de... »

Moi, j'ai les jambes écartées. Il se trouble : « Je constate là-dedans, fait-il en exhibant sa charcuterie puis, se reprenant, tendant ma ballade... dans cette confession impie, un abandon dangereux. » Il se tait, déguste la terrine, fait frissonner de haut en bas son abdomen puis, solennel : « *Dites-moi...* Jeune homme, avez-vous la foi ? » Je fais l'offusqué :

— Maître Polonus, pourquoi cette parole ? Vos lèvres plaisantent-elles ?

Il pose son couteau, sa terrine, puis en mâchant – cannibale – il vient vers moi : « Depuis quelques semaines, je remarque chez vous un écartement des jambes de plus en plus notoire dans votre tenue à l'étude à la façon d'un... Vous écartez beaucoup vos jambes à l'étude », fait-il en me tournant autour. Puis il met une main sur ma nuque qu'il malaxe et ses yeux deviennent clairs et il veut me faire dire des choses sur cet écartement des jambes à propos duquel je ne saurais que répondre. Il retourne à sa haute écritoire.

Sur son front brille, comme un éclair furtif, son dernier cheveu. Ses yeux émergent de sa graisse. Il me regarde en suçant lentement l'extrémité de son index, tourne quelques feuilles d'un livre manuscrit dont il entame la lecture commentée en levant souvent les yeux vers moi :

— Isidore et Sénèque...

Mais je ne l'écoute plus. Je songe à d'autres vers, je ressens des rimes inconnues qui frissonnent. Et que m'importent à présent, les bruits du monde, les bruits de l'étude.

## 14.

Dans le verger du cloître de Saint-Benoît-le-Bétourné, le chanoine et le bedeau s'engueulent devant un jeune cerisier :

— Mais pourquoi le taillez-vous en décembre ? C'est au printemps qu'on élague les cerisiers ! s'indigne Gilles, vêtu d'une chape bleue. Et seulement tous les trois ou quatre ans ! Laissez-le pousser, cet arbre…

Mais maître Guillaume, en soutane, n'écoute rien. Alors que dix-huit coups ont déjà sonné aux cloches de la Sorbonne, de sa serpe, il tranche rageusement, depuis plus d'une heure, les extrémités des branches au pourtour de l'arbre. Le bedeau s'en offusque :

— Mais comment vous le taillez ? C'est le cœur du cerisier qu'il faut éclaircir pour que le soleil puisse y pénétrer.

— Qu'en savez-vous, Trassecaille ? Que je sache, Toulouse n'est pas la ville des cerises !

Devant tant de mauvaise foi, le bedeau à la bouille attachante lève les yeux au ciel et moi j'arrive, accompagné d'un camarade :

— Maître Guillaume, voici Guy Tabarie. Vous savez, mon ami qui habite chez sa mère aux Céles-

69

tins… Nous montons dans ma chambre pour réviser l'astronomie. On s'intéresse à tout ce qui luit, accroché dans le ciel.

Le chanoine surpris examine celui qui m'accompagne. Il paraît sage, sa frimousse est coiffée d'une chevelure blonde coupée à la manière d'un gentil page. Maître Guillaume lui trouve un air catholique. On lui donnerait le bon Dieu sans confession. Le ruban jaune et bleu de sa faluche porte les mêmes couleurs que le mien, ce qui rassure mon tuteur :

— Pourquoi te tiens-tu le ventre, François ? Tu as mal ?

— Non, non, ça va. Ce sont les études…

« Bon, grommelle le chanoine. Alors allez-y et prenez au passage un bocal de confiture de cerises sur la table. » Nous nous éloignons tandis que maître Guillaume demande au bedeau :

— Pensez-vous que je sois trop sévère ? Ce matin, je l'ai traité de scélérat. Regardez, ça l'a rendu malade.

Devant le jeune cerisier en partie saccagé, il ne sait plus que faire de sa serpe : « Bon, vous avez dit au cœur… », soudain s'inquiète : « Trassecaille, n'avez-vous pas entendu un cliquetis sous sa robe ? Comme un bruit d'épée courte dans un fourreau… » Il se retourne, serpe à la main : « Il ne sort pas armé, au moins ? !… »

— Attention, vous allez blesser quelqu'un ! lui fait le bedeau. Et qu'allez-vous encore imaginer ? Calmez-vous à la fin plutôt que de vous angoisser continuellement pour rien.

— Pour rien…

— Mais oui, pour rien ! Regardez ça : une heure de retard, vous détruisez un arbre.

Le doux chanoine tend les bras vers une branche cassée qu'il tente de réparer. Avec trois doigts de chaque main, il soulève le bout qui pend, auriculaires et annulaires repliés et crispés dans les paumes.

— Ça ne s'arrange pas, vos doigts, soupire le bedeau. D'abord un et puis deux…

## 15.

— 3, 4, 5, 6… 17, 18, 19, plus celle-là !…

Guy Tabarie est sidéré devant la plaque de tôle jaune et bleue avec ses chaînes que je sors, de contre mon ventre, sous ma robe d'écolier. Cet élève, qui subit aussi les cours de Polonus, n'en revient pas :

— Si le doyen savait ça ! Tu as volé l'enseigne du collège de Navarre ?

— Oui ! Et l'autre soir aussi celles des facultés de la rue du Fouarre. Regarde ça : *Le Cheval Rouge*, *Le Puits de Chartres*, *Le Petit Écu* et *L'Aigle d'Or*.

Toutes les enseignes conquises à la ville sont là, dans le coffre à linge près de mon lit. Tabarie et moi, les contemplons les unes après les autres comme on feuillette les pages d'un gros livre métallique. J'aime les peintures idiotes, les dessus de porte, les décors, les toiles de saltimbanques, les enluminures, les contes de fées, les refrains niais… et les enseignes des commerçants. Je leur trouve un charme spécial, naïf et roublard.

Les enseignes des tavernes sont pittoresques et baroques, ornées de dessins cocasses : *La Truie qui file*, *Le Chat qui pelote*, *Le Lapin qui saute*…

Même les maisons particulières ont leur enseigne.

*La Porte Rouge* indique la maison dont la porte est rouge.

Celles des échoppes, sans écriture, doivent être comprises par les illettrés. Elles ont des formes d'objets qui présentent aux passants le travail fait par l'artisan : *La Chaise*, *La Cuiller*, *Le Plat d'Étain*... Une clé pour le serrurier, un clou pour celui qui en fabrique, une queue de renard pour le fourreur...

— Et toi, Guy, tu as volé quoi ? Quel est ton butin ?

Il sort, de sous sa robe grise, une plaque martelée sur laquelle on peut lire : *Le Trou Margot*. Le « o » de « Trou » est un trou dans la tôle qui m'étonne :

— Où est-ce que t'as décroché ça ? Qu'est-ce qu'on peut vendre là-bas ? Des trous ?

— C'est ça.

— ?!

## 16.

— Bienvenue en notre palais ! Pas eu trop de mal à trouver malgré l'enseigne qu'on nous a volée ? Ah, si j'attrape celui qui a fait ça…

En bord de Seine, dans cette maisonnette avec jardinet, l'homme qui nous accueille, Tabarie et moi, est coiffé du bonnet des faussaires, hasardeur, joueur de faux dés, pipeur ou larron… que la justice condamne à porter ce couvre-chef comme une couronne de déshonneur. Le petit homme n'a pas l'air d'en être navré.

— Je te connais toi, dit-il à Guy.

— Oui monsieur.

— Tu es déjà venu baiser ma femme, c'est ça ?

— Oui monsieur.

— Et lui, que veut-il ?

— Faire pareil.

— Margot, c'est pour toi !

Dans cette cabane au dallage sale et cassé, le bois noir d'une table poisseuse luit, à droite, sous une fenêtre et, partout, des enfants de tous les âges : des blonds, des bruns, des roux, des grands, des petits, des gros dont aucun ne semble être du même père. À même le sol ou autour de la table, ils biseautent des

75

cartes à jouer, taillent et plombent des dés, truquent le vin dans des tonneaux en y mélangeant de la craie pour en réduire l'acidité. L'un d'eux, un morveux, tourne la tête vers moi. Il a trois ans et de pauvres yeux si rouges par la faute qu'on le laisse boire à pleines gourdes.

En face, quelques marches en planches mènent à un rideau taché qui s'étire sur un réduit bas de plafond où trône un matelas abîmé. Une femme, qui s'y prélassait, se lève et descend les marches. Elle est aussi grosse et puante qu'un tonneau contenant des harengs. Je m'en étonne auprès du mari :

— Madame est ?…

— Mais oui, putain comme chausson ! Allez, la mômerie !… tape-t-il ensuite dans ses mains à l'adresse de tous ces gosses dont certains sont plus âgés que moi. On s'en va. Maman doit travailler ! Prenez tambours et flûtes et allez jouer de la musique dans le jardinet pendant que je fais les courses. Puis s'adressant à Tabarie, il déclare : « Ce sera vingt sous. » Guy, petite écritoire pliée sous un bras, ose s'en offusquer :

— Vingt sous ? Pourquoi pas une livre parisis ? Oh, oh ! C'est pour lui seul et c'est sa première fois. Vous nous rabattrez bien quelque chose. Cinq sous.

« Regardez-moi ce gringalet ! s'indigne le petit mari ridé, couronné du honteux bonnet rouge des larrons en makellerie. Ça a une tête d'ange et discute les prix au bordeau ! Les temps sont durs… » se lamente-t-il en s'en allant et laissant des recommandations à sa femme beaucoup plus grande et plus large que lui : « Margot, ne te fais pas escalader par les deux, hein ! Ils ont payé pour un seul. Et moi, si pour de l'argent je comprends, pour le plaisir, alors là… Je pourrais encore te froisser les molaires à coups de pelle et même te tuer si tu me trompais un jour. »

« Allons, Pierret, tu sais bien que c'est toi que j'aime », roucoule la grosse Margot en repoussant, de son vaste cul, la porte derrière son mari qui bascule et s'exclame derrière l'huis : « Et qu'il ne t'arrose pas le jardin ! Treize enfants, dont sans doute aucun de moi, ça va peut-être aller comme ça ! Heureusement que la justice nous en pend un de temps en temps… »

La grosse Margot rit dans sa trentaine d'années passée. Ses lèvres s'écartent comme celles d'un âne qui brait, découvrant des dents cassées ou gâtées. Le gras de sa gorge danse sous sa tête en forme de poire coiffée d'une longue chevelure frisée et noire. Ses petits yeux pétillent, tassés par la graisse des joues qui remonte, de chaque côté des crevasses de son gros nez violet où poussent des poils.

— Buvons un coup !

Elle tire au tonneau deux pichets et trois godets en étain de vin blanc. Je suis troublé par l'énormité de ses seins où plisse le linge mou de sa robe jaune. Elle ne porte pas le moindre bijou, ni broderie, perle, bouton doré ou argenté. Toute parure lui est défendue – à l'épaule, le Châtelet l'a marquée au fer rouge d'une fleur de lys.

— À la vôtre !

Tabarie déguste et s'étouffe, les yeux exorbités : « Ah, mais il est infect ! Idéal pour bouillir les hures de loup… »

La grosse Margot aux joues pustuleuses rigole en lui balançant une énorme claque dans le dos : « Ah ça, le cru d'Argenteuil dit : *la terreur des palais raffinés*, n'est pas destiné aux délicats ! Mais ça fait monter le lait aux tétins et descendre le sang aux couilles. Pas vrai, toi ? »

Face à moi, elle soulève, d'un geste, ma robe grise par-dessus ma faluche et s'exclame : « Ah mais oui, tu as une petite plante d'amour qui pousse là ! Viens par là qu'on allonge ça. » Elle m'attrape par la petite plante d'amour qu'elle secoue et, de l'autre main, s'empare des deux pichets, m'entraîne ainsi, en haut des quelques marches, dans son réduit dont elle rabat, d'un coude, le rideau.

Ses mains ont des paumes potelées et des phalanges de plus en plus fines jusqu'à des ongles comme des griffes... On dirait des pattes d'oursonne.

— Allez mon garçon, raidis-toi et n'oublie pas que pour la femelle, ange ou pource, il faut un gaillard de solide gréement. Bois un coup, ça ira.

Je fais couler dans ma gorge une longue rasade de vin d'Argenteuil. Hou, effectivement, c'est âpre ! En bas, Tabarie s'est assis à la table et, parmi les dés pipés, les cartes biseautées, les tonneaux de vin truqué, il recopie en plusieurs exemplaires ma « Ballade des dames du temps jadis » et râle :

— Que douze écoliers réclament ce texte lu par Polonus en classe, c'est bien... Ça fera un peu d'argent à nous partager... Plus les feuilles d'emballage pour le pâté de Dogis, elle va finir par être célèbre, ta ballade !... Mais quand même, ce ne serait pas mal qu'un jour quelqu'un invente un système pour recopier les textes autrement qu'à la main...

La grosse Margot l'interrompt : « Arrête de jacasser, toi, en bas. Tu le déconcentres ! » Elle se retourne et se met à quatre pattes, soulève le linge par-dessus son dos :

— Tiens, prends-moi à la façon des juments !

78

Tous les flots de sa robe jaune bouffent jusqu'au gras du cou et s'épanouissent autour d'elle. Quel cul ! Crasseux, il en monte des effluves mais quel cul ! Je rebois un coup de vin d'Argenteuil. Ah, nom de Dieu !

— On dirait que ça va mieux, me dit-elle. Fais attention à ce qu'a dit Pierret, hein, Couille de Papillon ! Ne m'arrose pas le jardin. Tu t'excites, tu t'excites… tu m'inquiètes. Tiens, attrape-moi plutôt comme les hommes se prennent.

Percevant mon étonnement, elle tend un bras derrière elle, montre du doigt : « Là. » Ah ?… Hop là, j'y vais et m'agite dans tout cela :

— Mh ! Raah ! Gr…

En bas, Tabarie se plaint :

— Ah, je te jure, François, ce n'est pas pratique de recopier des poésies dans ces conditions-là !…

« Plutôt que de grogner, apporte deux autres pichets ! » lui lance Margot qui commence à en avoir un coup dans le nez. Quant à moi…

Elle se retourne encore – je vois passer des flots de chair – me fait la position de la femme sur l'homme : « La sorcière chevauchant son balai ! » hurle-t-elle, engloutissant à plein pichet le nectar d'Argenteuil que Guy vient de lui tendre. Le vin déborde et ruisselle sur ses seins pendants et énormes – plus gros que ma taille – qu'elle balance de gauche à droite et dont elle me gifle les deux joues en braillant des refrains orduriers. Dans les éclaboussures enivrées de ses mamelles mythologiques, elle meugle aussi : « Hardi petit ! », s'anime d'une frénésie. Elle tape des reins et m'écrase par coups violents à m'en faire éclater les os. Les planches du réduit tressautent. Des filets de poussière s'en élèvent. Elle bat du cul tandis que dehors, ses enfants jouent du tambour et de la flûte. Ah, mais

quelle femme ! Je nais aussi de ce carnage-là, bar-
bouillé de lie dans le délire enflammé des torches.
C'est une révélation. Je veux cette vie-là jusqu'à la
corde. Ah, je me plais dans cette ordure. Ah, nom de
Dieu !

— Tabarie ! Hâte-toi d'écrire ce que je te dicte puis
fais-le répandre partout qu'on revienne souvent ici.
Voici le commencement.

Les bras et les jambes en croix comme à l'écartèle-
ment, sous les secousses de l'écrasement qui me
démolit, je me lance :

> Je suis français, ce qui me pèse,
> Né de Paris emprès Pontoise,
> Et par la corde d'une toise,
> Mon cou saura ce que mon cul pèse… aaah !

— Pèsa ? s'étonne mon copiste. Mais ça ne rime
pas avec le premier vers.

— Dis donc, toi, le poète, je t'avais dit de faire
attention ! me lance Margot, soudain très poings sur
les hanches. Et si j'étais encore une fois pleine alors
que Pierret ?…

Elle attrape ma faluche qui a roulé sur les planches
et s'éponge, s'essuie le cul avec. Je m'en recoiffe fort
dignement, le ruban souillé pendant devant un œil, et
descends les marches en titubant et hoquetant, doigt en
l'air, d'un ton sentencieux :

— Joseph déclara crûment à la Vierge : « Vous
direz que ce n'est pas moi ! »

Le mari entre à ce moment là, les bras chargés de
victuailles, et me désigne :

— Qu'est-ce qu'il dit, lui ?

— Rien, c'est un poète, fait Margot, étirant sa robe et descendant aussi.

— Ah bon ? Alors faudra qu'il rime une ballade sur toi, la belle, continue Pierret en déposant sur la table pain, fromage et fruits. S'il t'écrit, même un rondeau, la prochaine fois, ce sera cadeau...

La grosse Margot croque une poire et se marre : « Une ballade, j'ai bien une tête à ça ! Et tu sais lire, toi ? »

« Ça ferait joli sur un mur, dit le mari. Et puis, qu'as-tu besoin de savoir lire. Les petites lettres, quand tu ne comprends pas, tu imagines... » Il étend ses bras et rêve : « Ballade de la grosse Margot ». Les gens se rappelleraient de toi, des siècles plus tard.

— Oh, mon Pierret, tu m'aimes trop !

Margot est franchement émue. Son petit mari nous chasse : « Revenez ici quand vous serez en rut. » Puis dans le jardinet, il appelle sa mômerie : « Allez les enfants, on rentre. À table ! »

Sabots sur la terre gelée, la grosse prostituée pisse dehors. Dans les lueurs bleu nuit et rose du soleil couchant, elle regarde s'échapper, de sa lèvre d'en bas, un fil d'urine fumante et me fait un petit signe de la main.

## 17.

## BALLADE DE LA GROSSE MARGOT

Si j'aime et sers la belle de bon cœur, m'en devez-
vous tenir pour vil et sot ? Elle a en elle les qualités
qu'on peut souhaiter : pour son amour, je prends
dague et bouclier. Quand des gens viennent, je cours
et happe un pot. Au vin, m'en vais sans faire grand
bruit. Je leur tends eau, fromage, pain et fruit. S'ils
paient bien, je leur dis : « Ça va. Revenez ici quand
vous serez en rut, dans ce bordel où nous tenons notre
cour. »

Mais il y a parfois grand déplaisir quand, sans
argent, s'en vient coucher Margot. Je ne peux plus la
voir, mon cœur à mort la hait. Je prends sa robe, sa
ceinture, son surcot, jurant que cela tiendra lieu d'écot.
Cet Antéchrist met les mains sur ses hanches ; elle crie
et jure, par la mort du Christ, qu'il n'en sera rien.
Alors j'empoigne un éclat de bois dont, sur le nez, je
lui fais une marque dans ce bordel où nous tenons
notre cour.

Puis, la paix faite, elle me fait un gros pet plus
gonflé qu'un immonde escarbot. En riant, elle m'assène son poing sur la tête. « Allons, allons ! » me dit-

83

elle et elle frappe ma cuisse. Ivres tous deux, nous ronflons comme une toupie. Puis au réveil, quand son ventre fait du bruit, elle monte sur moi pour que je n'abîme pas son enfant. Sous elle, je geins. Elle m'aplatit plus qu'une planche. Elle me démolit à force de paillarder dans ce bordel où nous tenons notre cour.

Qu'il vente, grêle ou gèle, j'ai mon pain cuit. Je suis paillard, la paillarde me suit. Lequel vaut mieux ? Nous nous entendons bien. L'un vaut l'autre : à mauvais rat, mauvais chat. Nous aimons l'ordure, l'ordure nous poursuit. Nous fuyons l'honneur, il nous a fuis dans ce bordel où nous tenons notre cour.

*Se j'aime et sers la belle de bon het,*
*M'en devez-vous tenir ne vil ne sot ?*
*Elle a en soi des biens à fin souhait :*
*Pour son amour ceins bouclier et passot.*
*Quand viennent gens, je cours et happe un pot,*
*Au vin m'en vois, sans démener grand bruit ;*
*Je leur tends eau, fromage, pain et fruit.*
*S'ils paient bien, je leur dis que « bien stat ;*
*Retournez ci, quand vous serez en ruit,*
*En ce bordeau où tenons notre état ».*

*Mais adoncques il y a grand déhait*
*Quand sans argent s'en vient coucher Margot ;*
*Voir ne la puis, mon cœur à mort la hait.*
*Sa robe prends, demi-ceint et surcot,*
*Si lui jure qu'il tendra pour l'écot,*
*Par les côtés se prend cet Antéchrist,*
*Crie et jure par la mort Jésus-Christ*
*Que non fera. Lors empoigne un éclat ;*
*Dessus son nez lui en fais un écrit,*
*En ce bordeau où tenons notre état.*

Puis paix se fait et me fait un gros pet,
Plus enflé qu'un velimeux escarbot.
Riant m'assied son poing sur mon sommet,
« Go ! Go ! » me dit, et me fiert le jambot.
Tous deux ivres, dormons comme un sabot.
Et au réveil, quand le ventre lui bruit,
Monte sur moi que ne gâte son fruit.
Sous elle geins, plus qu'un ais me fait plat,
De paillarder tout elle me détruit,
En ce bordeau où tenons notre état.

Vente, grêle, gèle, j'ai mon pain cuit.
Ie suis paillard, la paillarde me suit.
Lequel vaut mieux ? Chacun bien s'entresuit,
L'un vaut l'autre ; c'est à mau rat mau chat.
Ordure aimons, ordure nous affuit ;
Nous défuyons honneur, il nous défuit,
En ce bordeau où tenons notre état.

## 18.

— Donc, tu écris des poèmes… Et depuis longtemps ?

— J'ai commencé vers l'âge de quatorze ans.

— Ah bon ? Cela fait sept ans… Et pourquoi tu ne me l'as jamais dit ? Vous saviez qu'il écrivait des poèmes, vous, Trassecaille ?

— Non.

Lorsque le chanoine et son bedeau sont entrés dans la taverne flamboyante, pleine du cri des buveurs et du ricanement des ribaudes, moi, j'étais, de dos, debout sur une table. À vingt et un ans, clerc tonsuré le matin même – parce qu'en ce jour du 26 août 1452 j'ai enfin obtenu ma maîtrise ès arts… – j'avais les jambes écartées dans ma nouvelle robe de bure et les bras étendus de chaque côté. Chaussé d'amusants souliers rouges qu'on m'avait prêtés, je m'étais coiffé d'un chapeau de fleurs et roulais des yeux sur un public tout acquis à ma cause. Il y avait là, des ouvriers, des étudiants, des marins du port de Saint-Landry, des clercs de la Cité et des putains qui allaient reprendre en chœur le refrain de mon poème. J'avais tendu un doigt vers la blouse plissée d'un apprenti coiffé du calot des tailleurs de pierre et, d'un débit rapide et saccadé, lui avais asséné le début de ma « Ballade de bonne doctrine à ceux de mauvaise vie » :

— Car que tu sois faux pèlerin, tricheur ou hasardeur de dés, faux-monnayeur, et que tu te brûles comme ceux que l'on fait bouillir, traître parjure, déshonoré, que tu sois larron, chapardeur ou pillard, où s'en va le butin, que croyez-vous ?

La salle entière répondit :

— *Tout aux tavernes et aux filles !*

Je m'étais ensuite adressé à Robin Dogis qui, attablé, avait interrompu sa partie de glic. Je lui fis signe de reprendre les cartes :

— Toi, rime, raille, joue des cymbales ou de la flûte comme ces sots déguisés et sans vergogne, fais le bouffon, bonimente, joue des tours et trompe, monte des farces, des jeux et des moralités dans les villes et dans les cités, gagne aux dés, aux cartes, aux quilles, de toute manière le profit ira, écoutez bien !...

La salle : « *Tout aux tavernes et aux filles.* » Puis changeant soudain de ton, je m'étais penché vers Tabarie pour lui minauder à voix basse :

— Mais si tu recules devant de telles horreurs alors laboure, fauche champs et prés, soigne et panse chevaux et mules si tu n'as pas fait d'études : tu gagneras assez si tu sais t'en contenter ! Mais même si tu broies et entortilles le chanvre, n'offres-tu pas le gain de ton labeur...

« ... *Tout aux tavernes et aux filles ?* » lui avaient chuchoté clercs et marins, ouvriers et putains. Puis j'avais sauté de la table en faisant violemment claquer les talons de mes chaussures rouges sur la dalle. Et comme un diable, genoux pliés, j'avançais entre les tables vers le fond de la salle, attrapant au passage, des bonnets, des calots, des faluches, des voiles, des tissus et, c'est en les enserrant dans mes bras que j'avais conclu ma ballade :

— Vos chausses, pourpoints à aiguillettes, robes et toutes vos hardes, avant que vous ne fassiez pire, portez...

— *Tout aux tavernes et aux filles !*

Puis je m'étais retourné et avais lancé tout en l'air. Je fus acclamé, on tapait du poing contre des tonneaux : « François ! François ! » Il y avait autour de moi autant d'anges que si j'étais Jésus-Christ soi-même. On passait des commandes de boissons : « Holà ! Des pots ! » « Desquels ? » « A-t-on été quérir ces pots ? » « On vous les porte ! »

Le tavernier avait frappé dans ses mains pour hâter

le service. Les ribaudes s'étaient levées, ouvrant leur robe – Marion la Dentue appelée l'Idole, Jeanne de Feuilloy, Marguerite Voppine, Jeanne la Vilaine… toutes ces bordelières de la rue Glatigny, femmes *di mor sorte* qu'on renverse aussi dans les fossés des remparts. Des poules volées à Saint-Germain-des-Prés tournaient embrochées dans la cheminée. Et c'est alors que j'avais découvert le chanoine et son bedeau près de la porte d'entrée. Je m'étais dirigé vers eux : « Maître Guillaume, mais qui vous a dit que j'étais là ? ». Mon tuteur avait soupiré :

— Donc, tu écris des poèmes… Et depuis longtemps ?

— J'ai commencé vers l'âge de quatorze ans.

— Ah bon ? Cela fait sept ans… Et pourquoi tu ne me l'as jamais dit ? Vous saviez qu'il écrivait des poèmes, vous, Trassecaille ?

« Non », répond le bedeau, voyant s'avancer vers lui une fille voûtée vêtue d'une robe rouge qui se présente en disant : « Voici maintenant le corps venu ici pour satisfaire votre plaisir. » Un sourire affreux entrouvre ses lèvres et montre à ses gencives maigres des dents noires comme la faïence d'un vieux poêle. Gilles en a un mouvement de recul. Je ris :

— Laisse, La Machecoue, tu n'es pas son genre.

Et tandis que la « folle de son corps » repart, jambes cagneuses, en traînant ses chaussons vers d'autres gars qui la refusent, je conduis mon tuteur et le bedeau jusqu'à une table qui va, s'écroulant d'un côté. Sous les poutres du plafond noir, maître Guillaume en soutane contemple le délire des flambeaux qui rougit tristement les murailles :

— François, pourquoi dis-tu des ballades ?

— On ouït bien le rossignol chanter.

90

Une fille m'apporte une volaille : « Voilà le canard que tu as étranglé sur les fortifications. » Je demande au chanoine et au bedeau : « Que voulez-vous boire ? Rien ? Mais si… Un lait de chèvre, de vache ? Plutôt non, dis-je à la servante. Sers-leur deux eaux de gingembre et pour moi un hypocras. »

Dans la salle, Tabarie circule de table en table et vend aux étudiants, aux clercs, des copies de ma ballade.

— Gagnes-tu quelques revenus avec ces « beaux diz » ? m'interroge mon tuteur. Tu parais ici aussi à l'aise qu'un brochet en Seine. Donc, au lieu d'étudier, tu écrivais des poésies et assiégeais les tavernes. Poète et ribaud tout ensemble, hein ! Fais attention de ne pas passer de la plaisanterie à la criminalité, jeune merle, continue-t-il devant l'eau de gingembre qu'on vient de déposer devant lui.

Il se lève. Gilles plisse les yeux, pommettes et lèvres épaisses remontées parce qu'il voit mal. Je me lève aussi :

— Maître Guillaume, ces cinq dernières années, Paris a perdu un quart de sa population. La peste a tant tué que je m'étonne de vivre encore. Et du sursis, je veux profiter.

— Deviens sérieux.

— Je n'en ai pas la moindre envie.

Et je les quitte tous les deux en dansant le pied de veau. Bras en corolle par-dessus mon chapeau de fleurs, je tournoie et emporte l'ironie atroce de ma lèvre. Le chanoine, suivi du bedeau, se dirige vers la porte d'entrée :

— Nous avons perdu en François un honnête homme mais avons gagné à jamais un grand poète…

## 19.

« *Car ou soies porteur de bulles,*
*Pipeur ou hasardeur de dés,*
*Tailleur de faux coins et te brûles*
*Comme ceux qui sont échaudés,*
*Traîtres parjurs, de foi vidés ;*
*Soies larron, ravis ou pilles,*
*Où en va l'acquêt, que cuidez ?*
*Tout aux tavernes et aux filles.*

« *Rime, raille, cymbale, fluctes,*
*Comme fol feintif, éhontés ;*
*Farce, brouille, joue des flûtes ;*
*Fais, ès villes et ès cités,*
*Farces, jeux et moralités,*
*Gagne au berlan, au glic, aux quilles,*
*Aussi bien va, or écoutez !*
*Tout aux tavernes et aux filles.*

« *De tels ordures te recules,*
*Laboure, fauches champs et prés,*
*Sers et panse chevaux et mules,*
*S'aucunement tu n'es lettrés ;*
*Assez auras, se prends en grés ;*
*Mais, se chanvre broyes ou tilles,*

Ne tends ton labour qu'as ouvrés
Tout aux tavernes et aux filles ?

« Chausses, pourpoints aiguilletés,
Robes et toutes vos drapilles,
Ains que vous fassiez pis, portez
Tout aux tavernes et aux filles !

# 20.

Maître Guillaume et Gilles Trassecaille en allés… le canard, étranglé sur les fortifs, dévoré, le soir tombe. Un sergent du guet, portant une étoile blanche sur sa tunique, donne plusieurs coups de poing contre la fenêtre de la taverne pour rappeler au tenancier qu'il n'aura pas le droit, la nuit venue, d'exercer son commerce. Dehors, des portes d'échoppe se ferment déjà et des flammes de chandelier sont soufflées.

Le soir qui tombe s'accompagne d'une angoisse métaphysique, de la peur du crime et du vol à la faveur de l'obscurité. Quelques sergents à cheval et des fantassins armés entreprennent leur ronde dans la ville fortifiée qui va s'endormir.

Alors, avant que sonne la cloche du couvre-feu et qu'elle fasse taire toute vie, nous sortons en bande de la taverne. Guy Tabarie est devenu un très joli damoiseau dont les filles admirent les longs cheveux blonds, peignés et soyeux, qui frôlent ses épaules. Il plaisante avec Dimenche Le Loup – apprenti sculpteur vêtu d'une blouse plissée aux teintes atténuées. Sous le calot, ses cheveux châtains frisés sont toujours un peu blanchis de poussière. La Machecoue lui dit à l'oreille : « Voici maintenant le corps venu… » Il se secoue d'un rire. Un nuage de poudre de pierre s'ébroue autour de sa bouille agréable et de sa blouse. J'aime l'odeur minérale qu'il dégage. La pauvre putain voûtée et cagneuse fait la gueule et boude. Robin Dogis est toujours aussi roux mais il a beaucoup grossi depuis qu'il a bouffé ma mère.

D'autres ribaudes communes nous suivent. Marion l'Idole me prend par la taille et, glissant sa main le long de ma robe de bure, elle me caresse les fesses : « Alors, tu es devenu curé… »

— Ah, ne me touche plus, femme de champ, hors de ma vue comme si tu étais la Machecoue ! fais-je en riant. Regarde mon crâne tonsuré, on l'a pelé comme un navet. Puis, joignant mes paumes en position de prière, je continue : Aujourd'hui, on m'a revêtu de la robe sacrée. J'irai à la Sorbonne puis servirai Dieu ! J'aurai une cure dans un village et une modeste servante. J'ai la foi ! Je ferai mon salut et, sans être dispendieux, je vivrai comme un bon serviteur de Dieu. Ma mère, la sainte Église, me réchauffera dans son sein. Qu'elle soit bénie ! Que Dieu soit béni ! Alléluia !

— Mais qu'il est bête, ce poète…, se marre la catin brune et, relevant sa robe rayée, elle dévoile ses jambes. Moi, je sais bien que tout clerc que tu sois devenu, si les pages de mon livre s'ouvrent, ta plume y boutera, raide et dure. Où va-t-on ?

— À la *festa stultorum*, pardi !

Rue Neuve puis celle de la Juiverie, on passe la Seine au pont Notre-Dame. Nous sommes une vingtaine d'écoliers, de clercs, d'apprentis, de filles, et il fait de plus en plus noir dans la ville aux ténèbres mal dominées par le manque d'éclairage. Seules trois chandelles extérieures scintillent la nuit à Paris. Là-bas, en bord de fleuve, le fanal de la tour de Nesle accroché à la muraille guette, de lueurs incertaines, les invasions fluviales. Nous longeons les grilles du Châtelet où, dans la cour, luit une chandelle près du garde qui surveille le mur de la prison. Place aux veaux, rue Saint-Denis, marché aux pourceaux, nous entrons dans un immense terrain vague rectangulaire cerné d'un haut mur couvert d'un toit. Dessous, une galerie gothique à arcades longe la face intérieure du mur d'enceinte. À gauche, l'église des Saints-Innocents dont le porche s'ouvre sur ce cimetière. Au centre du terrain vague, dans la petite tour octogonale Notre-Dame-des-Bois, une Vierge, masquant une chandelle, scintille comme une étoile. Des cinq portes du cimetière, arrivent d'autres bandes comme la nôtre et tous allons vers elle – papillons de nuit attirés par sa lumière. Déjà, des étudiants en pourpoint très court et chausses, moulant de façon indécente la forme de leur sexe, plongent la main dans le décolleté profond des filles qu'ils embrassent bec à bec. Sinon, partout ça rôde, s'installe. Certains apportent des tonneaux de vin et des gâteaux sous les arcades. La Sainte, dans sa tour, rayonne sa lumière jusqu'à la fosse commune réservée à l'Hôtel-Dieu – profonde bande de terrain à ciel ouvert où l'on jette en pleine terre et sans linceul les malades décédés à l'hôpital. Et des malades, avec la peste, il y en a eu – cinquante mille morts – le sol en est saturé. Au bord de la fosse, Robin Dogis se lamente devant tous ces corps perdus pour la charcuterie :

— Quel gâchis.

Ça s'agite, ça grouille de jeunesse dans le cimetière – point de ralliement nocturne des canailles et des voleurs, des filles de joie et des étudiants, des souteneurs et des clercs… On est peut-être deux cents. La cloche a sonné. Il n'en viendra plus et nous, on devra rester là jusqu'au matin puisqu'il est interdit, la nuit, d'aller par les rues. On referme les portes de la nécropole et je décide : « Allez, les filles, peinturlurez-moi. » J'expédie ma robe de bure par-dessus tête et me retrouve nu, assis sur la croix dressée d'une tombe. La Machecoue et Marion l'Idole me noircissent la figure et le corps en frottant sur ma peau des bouts de charbon de bois avec leur paume. L'Idole fait du zèle, elle s'attarde en un endroit. « Dis donc, Marion, tu ferais ça au pape ? » Oui, répond-elle en s'esclaffant et remuant ses longs cheveux noirs. Un souteneur touille un pot de peinture blanche apporté par un voleur et tend le pinceau à Dimenche Le Loup : « À toi l'artiste. » Je suis sculpteur, précise l'autre qui, sur mon corps noirci, recouvre quand même mes bras d'humérus, de cubitus et de radius et ailleurs tout un squelette d'omoplates, de côtes, de vertèbres, de fémurs, de bassin et il termine par une tête de mort sur mon visage :

— Wouah !

Tout le monde me fuit, épouvanté, en riant. Des musiciens accordent leurs instruments. Des clercs en soutane et sandales courent au bord des fosses communes où ils passent le mouvement d'une torchère qui enflamme les gaz des cadavres. Le cimetière s'illumine alors de ces gisements et de feux épars qu'alimentent des planches de cercueils.

— Rouiin ! Rouiin ! Rouiin…

Les vielles à roue se mettent à ronfler au mouvement circulaire de bras de musiciens. Ça bat, du tambour, un air de Lorraine. Dans cet antre de la mort aux vapeurs méphitiques, les voisins se plaignent souvent

98

de l'odeur nauséabonde qui en émane. Ils vont bientôt
se plaindre également du bruit. Je tape, du talon nu,
le sol du terrain vague. Des dents, détachées de
mâchoires à moitié enfouies, se déchaussent et s'envolent. Je saisis, d'une main, la faux qu'on me tend et,
de l'autre, attrape celle de la Machecoue qui s'empare
de celle de Guy Tabarie. Nu et la peau noire peinte
d'un squelette, j'entraîne dans une course sans fin tous
ceux que croise ma farandole. Tabarie tend la main à
l'Idole qui chope celle d'un voleur qui dérobe celle
d'un souteneur qui attrape Dimenche Le Loup qui...
Tout le monde est embarqué. *Mort n'épargne petits ni
grands.* Je suis la Mort à la faux qui mène la danse !
Je ressemble à celle de la fresque murale peinte sous
le charnier des lingères où j'étire mon cortège. Ici
commence *La Danse macabre* – célèbre série de
tableaux juxtaposés qui dure dix arcades. Dans chaque
scène, on voit un personnage de chaque ordre social
que la Mort entraîne : un pape à la triple couronne, un
empereur qui tient le globe, un roi... Clerc tonsuré,
riche marchand, enfant, médecin, astrologue sont
entraînés individuellement par la Mort représentée
avec un réalisme effrayant – chairs en lambeaux, rictus grimaçants. Je tire la langue et roule des yeux en
contournant, l'une après l'autre, les arcades. Derrière
moi, la farandole vorace serpente, passe de la nuit à
la lumière, sépare des couples, se nourrit d'amants,
enlève des timides, invite des filles. Sous la fresque
sont écrits des huitains mais que tous les humains
soient soumis à la mort se comprend ici sans peine.
Même ceux qui ne savent pas lire ne peuvent échapper
au martèlement de cette évidence assenée par *La
Danse macabre* sur laquelle glissent nos ombres
juvéniles.

Je file dans le terrain vague, prélève toute vie que je croise. Quelle folie ! Flûtes et bedons jouent. Je saute par-dessus des tombes d'enfants, tout le monde bondit aussi, grimpe les marches de l'église que je dévale déjà. Les ombres mouvantes des croix funéraires glissent sur la beauté, la jeunesse, contraste avec les blessants débris d'ossements que mon pied nu foule. Dansant le pied de veau puis sur l'air joyeux de la carole, nous tressautons en louvoyant vers l'ombre impressionnante de l'ossuaire abrité à vue dans des combles sous le toit du mur d'enceinte. Ici finit le trop-plein des fosses communes. Les dizaines de milliers d'os longs exposés d'un côté et les crânes de l'autre expriment avec force l'œuvre de destruction de la mort.

> *Rien n'est d'homme, qui bien y pense,*
> *C'est tout vent, chose transitoire.*

La lame de ma faux luit. Ah, l'énergie que, Mort, je déploie ! Ma danse scande et emporte la vie. Ce geste fatal suggère un mouvement cosmique, l'élan universel sous un chaud ciel d'août où passent les dernières étoiles filantes. Je cours vers la tour Notre-Dame-des-Bois, enclenche une spirale improbable suivie d'un « huit » où la chaîne humaine se désagrège aux pieds de la Vierge. Tous les corps en nage, s'entrecroisant, butent les uns contre les autres, tombent et roulent dans la poussière et les os. Des robes se lèvent, des éclairs de chevilles apparaissent, des fesses. Des canailles étalent fièrement leur membre par le pli de la gaine. Ils sont naturellement conduits à accomplir sur leur voisine les œuvres de Vénus comme le cheval et la mule suivant l'instinct de nature. Tabarie avec Marion l'Idole, Dimenche ébroue sa poudre de pierre sur une petite. Dogis plonge ses canines gourmandes dans le cul d'une grosse. Seule la Machecoue, cagneuse et à la bouche hideuse, se désole, debout en robe rouge, au milieu de cette lave de chairs roses :

— Et moi alors ! Personne ne veut de moi ?

C'est alors que s'ouvre notre boîte de la nuit. Par la porte de la rue aux fers, six brandons enflammés de la garde ecclésiastique entourent une femme grande et sèche.

— Ah ! Revoilà l'autre garce, la cousine de ce fou de Thibaut d'Aussigny, fait Robin Dogis en se redressant.

Accompagnée d'une fille de mon âge, elle arrive vers nous, d'un pas décidé.

— Elle va encore nous faire chier, la veuve Catherine de Bruyère. J'espère que personne ne copule sur le tombeau de son mari…, se retourne Tabarie en lissant ses cheveux blonds vers une des galeries gothiques qui sert de promenoir et reçoit les caveaux des gens fortunés.

— C'est moi qui, l'an dernier, ai ciselé le mausolée, se souvient Dimenche Le Loup en rabattant sa blouse poussiéreuse. Cette pource l'a voulu en ciment armé d'os de pauvres.

— C'est une honte !…

Et l'autre qui s'amène en gueulant que c'est nous, la honte : « Cessez tout, ordonne-t-elle, haute et d'ailleurs hautaine. On entend vos vagissements jusqu'à l'hôtel de la borne du Pet-au-Diable. Et ne vous touchez plus ! Seul l'esprit vivifie, la chair ne sert à rien. Résistez aux dangers des sens pour éviter la mort éternelle. On sait bien ce que produit la chair : fornication, impureté, débauche, idolâtrie, magie, orgies ! Ceux qui commettent ces fautes-là n'hériteront pas du royaume de Dieu ! »

La prêcheuse nous engueule, entourée de gardes qui soulèvent les flambeaux, et commande à Dimenche de lâcher sa petite en expliquant que :

— Si sa chair ou ses entrailles étaient ouvertes, vous verriez quelles saletés recouvrent sa peau. Si une mousse de pourpre éclatante recouvrait un fumier, y aurait-il quelqu'un d'assez fou pour aimer à cause d'elle le fumier ? Et toi aussi, lâche-la, lance-t-elle à Tabarie qui pourtant repoussait la Machecoue. Cette fille n'est pas à toi. Elle est à Dieu !

— Ah bon ? s'étonne, tout d'un coup intéressée, la putain cagneuse dont personne ne veut. Vous croyez que…

La veuve austère vient vers moi :

— Et vous, le meneur, quelle honte ! Non mais, regardez-vous.

Trop grand et mince, épaules un peu étroites, je suis nu devant elle, faux à la main, grimé en effrayant personnage de la Mort. Ruisselant de sueur, les os, peints en blanc sur mon corps frotté de charbon de bois, fument d'une transpiration qui s'élève et bavent des rigoles grisâtres. Tout perlé de scintillements, je ressemble à ces terribles sauvages indigènes que jurent avoir vus et ont décrits ceux, retour de croisades audelà de Babylone.

Et c'est alors que… dans un triangle rectangle de lumière – pointe en haut, large au sol parmi les débris d'ossements humains – apparaît la fille qui était entrée dans le cimetière près de la vociférante. Dissimulée par la noirceur, elle apparaît dans le rayon comme si elle sortait de la tour octogonale. Face à moi, elle me scrute de ses grands yeux et sa bouche harmonieuse vibre.

Coiffée d'un humble bonnet à rubans, elle est vêtue d'une longue robe blanche aux manches ajustées. Une étroite dentelle entoure sa gorge, fait valoir l'éclat délicat de sa poitrine qui palpite. Je ressens son souffle. Je n'entends même plus que cela. Catherine de Bruyère agite ses lèvres sous mon nez mais je n'ois plus rien d'autre que la respiration oppressée de celle que voilà.

Je la contemple, pauvre fou aux yeux noircis d'orbites et mâchoire de tête de mort peinte entre le nez et le menton par-dessus mes lèvres. Les vertèbres cervicales qui maquillent ma gorge se soulèvent. Le sommet de mon crâne rasé brille, entouré par la fine bande de cheveux de la tonsure.

« C'est une honte ! Mais pour qui vous prenez-vous ? Votre temps libre doit absolument se limiter aux fêtes prescrites par l'Église ! » J'entends à nouveau le vacarme assorti de morales de la revêche hystérique : « Ah si mon cousin, l'évêque d'Orléans était là… comme il saurait, lui, vous enfoncer ça dans le crâne ! Mais bon, il a assez à faire là-bas. Priez Dieu qu'aucun d'entre vous ne tombe un jour sous ses griffes ! » continue-t-elle, se retournant et s'en allant dans des gesticulations. La fille sort du triangle de lumière et marche auprès d'elle. Les six gardes ecclésiastiques les précèdent et, afin d'éviter qu'elles se tordent les chevilles ou écorchent le cuir délicat de leurs souliers sur des débris d'os, ils baissent leurs brandons enflammés près du sol. La lumière des flambeaux éclaire à contre-jour la robe blanche de la fille et révèle en transparence indiscrète la silhouette de ses longues jambes parfaites, sa taille fine et ses hanches qui ondulent.

Autour de moi, toujours à poil, la vie s'ébroue à nouveau. Ça boit du vin sous les arcades, ça mange des gâteaux, ça s'apprête à reprendre la danse. Marion l'Idole remarque mon inertie. Elle vient devant moi et agite ses bras :

— Le beau galant, il rêve ! Je peux savoir à qui ?

## 21.

Le lendemain matin, au lever du jour, Guy Tabarie m'accompagne jusqu'au puits du marché aux pourceaux où nous nous débarbouillons. Pour lui, ce délicat, c'est vite fait mais pour moi… tout peint et noirci de charbon de bois ! En robe de bure aux larges manches relevées par-dessus les épaules, je frotte vigoureusement, de cendre et de terre mêlée d'eau, mes bras, mes pieds, ma figure.

— Vas-y doucement avec la terre, me conseille Guy. Celle des Saints-Innocents a la propriété de rapidement dissoudre les chairs. C'est pour ça que le cimetière est là.

— Ah oui ?

Tandis que je me rince, le ventripotent bourreau qui avait bouilli le frère de Robin vient emplir deux seaux d'eau au puits. Là-bas, derrière lui sur la pierre plate, des bûches crépitent sous un chaudron sans condamné dedans. Je demande à l'exécuteur :

— Il s'est évadé ?

— Non, c'est une variante. Il sera jeté dans l'eau bouillante.

— C'est qui ? demande Guy.

— Guillaume de Chemin, dit Blanc-baston.

105

— Mais je croyais qu'il avait été banni à jamais de Paris…

— Oui et puis il est revenu.

— Ah !

Le bourreau s'essuie les mains à son tablier puis emporte ses seaux d'eau vers le chaudron tandis que Tabarie et moi quittons ce haut lieu du spectacle judiciaire pour retourner dans le cimetière. Sous la galerie du charnier des lingères, de l'autre côté du mur donnant sur la place du marché, on entend venir vers les enclos le grognement des pourceaux, le murmure excité de la foule s'agglutinant autour du chaudron où l'eau chauffe, le grincement des roues de charrettes des livreurs qui envahit les rues et les ruelles, les cours et les courettes, le cri des harengères : « Hareng… soret ! » et l'ensemble devient le ventre grouillant de Paris.

Dans la nécropole, les galeries gothiques sont propices à l'aménagement d'échoppes. Apothicaires, potiers d'étain, s'installent sous les arcades à l'abri du soleil. Malgré l'odeur, au-dessus, des ossements du charnier, c'est le lieu idéal. Des petits merciers, des marchandes de cheveux et de chandelles en suif étalent leur camelote sur les tombes. Toutes sortes d'animaux se promènent en liberté. Des chiens pissent contre les sépultures. Au bord des fosses communes, la terre herbeuse est broutée par des chèvres dont Tabarie apporte deux bols de lait. Il m'en tend un. Dogis me propose du pâté.

— Non merci.

Dehors, l'engorgement du quartier est maintenant tel que les riches marchands en manteau de soie et coiffés d'un chaperon à longue cornette viennent négocier, plus au calme, entre les tombes. Ils sont d'autant mieux ici qu'ils ont la possibilité de trouver sous les arcades la présence de conseillers juridiques et d'écrivains publics pour établir les contrats.

À vingt sols le haut-style ou dix sols, le bas-style, les nouveaux clercs comme moi, qui poursuivent des études juridiques, gagnent ainsi un peu d'argent pendant leur scolarité. J'ai été instruit dans le style du palais, connais la langue du Droit, les formules de la chancellerie. J'aime manier ces termes étranges : « *le Décret qui articule* », « *assigner la vie* », « *pur don* », « *laisser par résignation* », « *faire griefs exploits* », je suis un spécialiste du testament et des legs. Je rédige aussi les missives de valets et autres illettrés qui veulent envoyer des lettres à leurs parents. Je suis dépositaire des tendres secrets des servantes. Je m'assois en tailleur contre un mausolée et sors une écritoire que j'avais dissimulée derrière. Guy Tabarie s'approche de moi en faisant le joli cœur désemparé par l'amour qui cherche un écrivain public :

— *Monsieur, prenez votre écritoire*
*Car je suis au désespoir.*
*J'aime une demoiselle*
*Mais ne suis point connu d'elle.*
*Il faut que vous preniez la peine*
*De m'écrire une lettre pleine*
*De beaux discours pour elle.*
— Quel est son nom ?... fais-je soudain en rêvant.
— La Machecoue !

Éclat de rire général sous les arcades. Je m'ébroue et sors de ma torpeur : « Alors là, beau blond, si c'est pour la Machecoue, je suis votre scribe. Je vous donne mon encre, mon papier, ma cire à cacheter et mon style pour cinq sols ! Et nous irons bientôt tous en noces ! » J'en rigole d'avance en imaginant la cérémonie et tape, de la main, le ciment du tombeau auquel je suis adossé. Je m'y écorche la paume sur un débris d'os qui dépasse.

— Attention de ne pas abîmer le patrimoine de Catherine de Bruyère ! me lance Dimenche Le Loup, venant caresser hypocritement le mausolée qu'il a ciselé l'an dernier. Cette veuve de trésorier épiscopal est procédurière. Qui lui réplique la diffame. Alors, si t'emportes dans ta chair un éclat d'os de pauvre qui arme le ciment de la sépulture de son mari, tu la voles, cette pource !

— Tu ne l'aimes pas, hein…, lui dit Robin, raclant de la pointe de sa dague un bout de pâté resté coincé entre ses dents.

« Ah non ! » s'exclame le jeune sculpteur. Il s'agite et diffuse autour de lui un nuage de poudre minérale. « Cette vieille garce ne vaut pas mieux que son cousin. Elle avait commandé à mon maître de tailler et sceller une borne en pierre pour protéger des coups de charrettes l'angle de son hôtel particulier, rue du Martroi-Saint-Jean. Elle n'a jamais payé, prétextant que j'avais mal fait le travail. Mais quand des mendiants déjeunaient sur la borne ou que des vieux s'asseyaient dessus pour se reposer, si elle les voyait par la fenêtre de sa chambre au deuxième étage, elle hélait un garde et les faisait exposer au pilori par le prévôt pour violation de domicile. » Dimenche regarde autour de lui puis chuchote vers nous trois, assis contre le tombeau du défunt trésorier épiscopal : « C'est pour cela qu'une nuit… profitant du court vacarme des sergents à cheval dont la ronde passait au bout de la rue, j'ai rapidement sculpté la borne en forme de cul dirigé vers sa fenêtre. »

Tabarie en renverse son lait de chèvre sur son pour-point. Dogis s'en blesse la gencive, de la pointe de sa dague, dans sa bouche bée :

— Ch'est toi qui as fait cha, Dimenche ?... Tu es chelui qui a taillé cha borne en Pet-au-Diable ? Chi la couchine de Thibaut d'Auchigny...

— ... et protégée du prévôt Robert d'Étoutteville apprenait ça..., poursuit Tabarie qui éponge son joli pourpoint.

Ce Dimenche Le Loup, avec sa tête mignonne et frisée sous le calot, me plaît ! Il s'agenouille devant nous, assis par terre, qui nous penchons vers lui. On ressemble à un groupe de conspirateurs. Il parle encore plus bas :

— Le plus drôle, c'est que quand les services du prévôt sont venus pour la lui changer, elle a fait un scandale, hurlant que cette borne était sa propriété. Elle a menacé d'alerter le pape si un sergent la descellait.

Tout le monde réfléchit. Je dis :

— On va la lui voler.

Guy écarquille les yeux :

— Voler le Pet-au-Diable ? À Catherine de Bruyère ? C'est un coup à se retrouver le buste au Châtelet, le bras gauche à la porte Saint-Jacques, le droit à la porte Saint-Denis, une jambe à la tour de Nesle et l'autre à la Bastille. Hé, François... Est-ce que tu te rends compte ?

— Wouah ! ! !

Derrière le mur, Blanc-Baston vient d'être jeté dans l'eau bouillante.

## 22.

C'est un hôtel particulier à encorbellement qui s'avance au-dessus de la rue au fur et à mesure de ses trois étages. Soutenu par des poutres obliques, son toit en arrive à toucher presque celui de la maison d'en face.

Alors, malgré la nuit claire et sans nuage, les rayons de la pleine lune n'infiltrent entre les toits qu'une étroite lueur sur le pavé gras et plein de paille où ruissellent les eaux sales déversées depuis les maisons éteintes et silencieuses. Un hibou s'envole d'un lourd battement d'ailes. Cet hôtel particulier exhibe, à son rez-de-chaussée en pierre, une fenêtre aux volets fermés près d'une entrée gothique. Le reste de l'immeuble s'élève en torchis beige et colombage apparent peint de couleur verte. Derrière les carreaux des chambres du deuxième étage, des rideaux en dentelle blanche s'illuninent. Sous le toit, les chambrettes des domestiques ont des vitres en cuir.

— Regarde, là !

Au-dessus de la porte, accrochée à une solive en saillie, une enseigne pend au bout de ses courtes chaînes.

— Ce n'est pas croyable…

L'enseigne en tôle émaillée est illustrée d'une borne en forme de cul comme celle que l'on voit, juste dessous, scellée dans le sol à l'angle de la rue du Martroi-Saint-Jean.

« Cette pource en a fait une enseigne… », s'extasie Dimenche en chuchotant. Je murmure, plein d'excitation : « Il me la faut. » Comme je suis le plus grand, c'est moi qui grimpe sur les épaules de Dogis. Tabarie, d'un côté, et Dimenche, de l'autre, me retiennent les jambes tandis que, sur la pointe des sandales, je m'élève, en robe de bure, jusqu'à décrocher les deux chaînes de leur potence. Je les retiens par le dernier anneau pour éviter tout cliquetis, les passe à Dogis et je glisse le long de son dos. Dimenche, d'une main, dégage déjà la terre autour de la borne. Il est venu avec une civière et des barres de levage. Souvent, nous dressons l'oreille pensant avoir entendu un bruit et prêts à tous sauter par-dessus le muret du jardinet accolé à l'hôtel de Catherine de Bruyère. Mais non, tout est calme à part divers grognements de bêtes qui rêvent. L'apprenti sculpteur, paumes placées au sommet, pousse et teste la résistance de la borne du Pet-au-Diable. Avec ses doigts, il creuse dans la terre deux encoches où il faudra glisser les barres. Puis on attend.

Pas très longtemps. Bientôt résonne, au bout de la rue, le choc régulier et familier des sabots d'équidés de la compagnie royale mobile qui rassure le bourgeois dans son sommeil. Ils sont huit cavaliers portant une étoile blanche sur leur tunique. L'échevin qui chevauche en tête tient une lanterne qu'il passe mécaniquement de droite à gauche de l'encolure de sa monture. Une façade de la rue s'éclaire et puis l'autre. Arrivé à la hauteur du muret derrière lequel nous sommes cachés, la bête de l'échevin s'arrête soudain, hennit et s'ébroue. Le garde lève sa lanterne vers le jardinet. Je baisse le front puis écoute le cheval se remettre au pas et donner de la tête en soufflant. Sitôt qu'ils ont tourné vers la petite place en face, où se trouve la taverne de *La Truie qui file* (dont l'enseigne est dans le coffre de ma chambre), Dimenche Le Loup franchit en tête la clôture. Il donne des coups de marteau sur des cales qu'il a placées dans les encoches. Il frappe au rythme des sabots ferrés des chevaux s'éloignant sur les pavés et chuchote :

— Glissez les barres. Y êtes-vous ? Très bien. Levez à présent.

Dogis et moi nous appuyons de tout notre poids sur les barres d'élevage tandis qu'en face Tabarie et Dimenche tirent, ébranlent la borne du Pet-au-Diable et la basculent dans la civière étalée auprès. Je me saisis d'un brancard et Robin prend celui d'en face. Les deux autres, devant, soulèvent la civière : « Putain, c'est lourd. » Mais nous courons avec l'objet de notre larcin vers le Pont-au-Change. Nous filons d'un côté et de l'autre des rues, évitant les façades éclairées par la lune. En bord de Seine, nous nous cachons dans une courette car on entend venir le guet des bourgeois qui montent aussi la garde chaque nuit. Ils font du bruit comme s'ils voulaient prévenir les malfaiteurs pour ne pas avoir d'ennui et râlent :

— Ce n'est quand même pas normal que de l'autre côté de la Seine, les Universitaires soient exemptés de toute imposition ainsi que du guet et de la garde des portes. Je ne vois pas pourquoi les métiers de l'alimentation, du textile, du cuir, du bois, du bâtiment, doivent à tour de rôle garder la ville et pas eux.

— C'est comme ça…, fait, fataliste, un autre.

— Oui ben, même le prévôt commence à trouver

excessifs tous ces privilèges ! Il m'a dit qu'il avait l'intention un jour ou l'autre d'y mettre bon ordre.

Ils s'éloignent, faisant délibérément traîner le son de leur rapière sur les pavés. Nous franchissons la Seine. Rive gauche, nous sommes chez nous, remontons la rue Saint-Jacques. J'aperçois là-haut, devant la lune, la découpe lugubre du gibet de Saint-Benoît-le-Bétourné où pend un condamné. Dogis, qui ne perd jamais le nord, demande à Dimenche :

— Au retour, tu m'aideras à le porter sur la civière jusqu'à ma charcuterie ?

## 23.

Six heures du matin sonnent à la cloche de la Sorbonne. Je m'étire et, pour aérer, ouvre en grand une fenêtre de ma chambre – celle qui donne sur la rue Saint-Jacques. En revêtant une soutane propre, je regarde, presque en face, la rue du Mont-Saint-Hilaire aux quatorze librairies et souris du spectacle d'un attroupement dans l'expectative. En arc de cercle, des graveurs de sceaux, des fabricants de cire à cacheter et des parcheminiers retirent leur bonnet corporatif et se grattent la tête.

Un accent toulousain s'approche, en bas, de la maison à l'enseigne de *La Porte Rouge*. Je me penche, reconnais d'abord le crâne tonsuré et le ventre rond de maître Guillaume, debout sur le perron, vers qui Gilles arrive :

— Vous aviez raison, cette borne est apparue dans la nuit. Elle a été scellée et sculptée en forme de cul dirigé vers la rive droite.

Le chanoine ne dit rien. Le bedeau tourne la tête, regarde en l'air en plissant les paupières :

— Ben, et le pendu, où est-il ? Il a disparu ?

Dans la cheminée de la salle à manger, au-dessus de braises rouges comme des yeux mal réveillés, s'échap-

115

pent d'une marmite les minces filets d'une odeur céleste de soupe aux haricots. Mais je m'enfuis en douce dans la ville par la porte au fond du cloître.

J'arrive à la taverne de *La Truie qui file* qui ressemble à une cave aux murs tout nus et sol en terre battue jonché de feuillages. Le matin, on y boit du cidre chaud sur des tonneaux. Je rejoins Tabarie, assis près des petites vitres irrégulières et colorées de la fenêtre :

— Dogis n'est pas là ?

— Il cuisine.

— Et Dimenche ?

— Aujourd'hui, il dégrossit une Vierge que son maître doit finir pour la paroisse Saint-Jacques-de-la-Boucherie. On leur racontera.

— Elle n'est toujours pas sortie ?

— Non, j'attends, fait la buée de la bouche de Guy au carreau.

De l'autre côté de la petite place, la porte de l'hôtel particulier s'ouvre enfin. Une servante, sur le seuil, secoue un tapis. Un nuage de poussière s'en dégage. Elle tourne la tête et rentre précipitamment :

— Madame ! Madame !

Je pousse discrètement la fenêtre pour mieux entendre la suite.

À travers un carré de vitre bleue, en bas du battant de droite, je vois Catherine de Bruyère surgir dans la rue. Découvrant la disparition de sa borne, elle bondit sur place comme un lièvre traversé d'une flèche : « Ah ! », lève la tête vers son enseigne disparue aussi : « Ah ! » Elle court à droite puis file dans l'autre sens. Je déplace ma tête vers la gauche et la regarde à travers le carreau vert.

116

Ses yeux d'acier sont hébétés. Son faciès se déforme dans les bulles de la vitre, se plombe, s'étire. Son visage est comme incendié. Je passe la langue sur mes lèvres et me lève.

Au-dessus du carreau vert, dans la vitre rouge, j'assiste à sa colère. Son cou se tasse, s'allonge. Elle bave tel un mufle de vache :

— Pendus, rôtis, bouillis ! Ceux qui ont fait ça, comme il leur en cuira !

Elle soupçonne, s'en prend aux passants. Entre une charrette de foin et une autre de vin, cette folle en Christ jure qu'elle fera battre tout le monde comme toiles lavées au ruisseau :

— Je suis connue pour ma fortune et vantée pour ma vertu ! Je vais porter plainte et la justice ouvrira une enquête !

Une haine rance courbe son nez, gonfle les veines de son cou, durcit son corps. À des étudiants qui ricanent – car nul n'entend parler d'elle sans en rire à pleine gorge – elle rappelle que :

— Jamais personne ne m'a volée sans en payer ensuite bon prix. Il y a vingt et un ans, juste après la naissance de ma fille Isabelle le jour où Jeanne fut brûlée, j'ai même fait pendre un chômeur qui pourtant n'avait fait que de s'emparer d'une chemise d'accouchie dont je m'étais débarrassée par-dessus mon muret. Alors imaginez ! Celui qui a décidé du vol de la borne du Pet-au-Diable sera traîné par les rues, attaché à la queue d'un cheval au galop. Son corps désarticulé éclaboussera les façades !

La spectrale marâtre n'en peut plus de rage. Les arrondis de ses sourcils se tendent comme des arcs.

— De toute façon je me doute d'où vient le forfait. Beaucoup de crimes ont leur origine dans le quartier

117

universitaire où de vulgaires bandits et voleurs se font passer pour des étudiants clercs tonsurés et commettent cent excès sous couvert du privilège universitaire. Mais ça ne se passera plus comme ça !

Très au-dessus d'elle, mon attention est distraite par l'étirement d'un rideau. Je pousse ma tête à droite et change de carreau. À travers la vitre jaune, je découvre, au deuxième étage de l'hôtel particulier, une fille nue qui coiffe ses longs cheveux blonds. Je la contemple et ouvre en grand la fenêtre de la taverne. Elle le remarque, me regarde et lève devant ses seins une étoffe de soie. Le ciel est joli comme un ange.

## 24.

Je suis échoué comme une peau de bête étalée sur le dos de la grosse Margot. Elle est à quatre pattes et moi, vautré sur elle, mes bras et mes jambes pendent sans énergie. Elle remue son énorme cul et me secoue le bassin. Mes membres balancent autour d'elle comme des chiffons. Par-dessus son épaule droite, mon visage est écroulé dans ses longs cheveux frisés noirs qui puent. Elle tourne vers moi sa tête, brait :

— Eh bien alors, tu te vides en moi ou quoi ? Que t'arrive-t-il, ce matin ? D'habitude, tu aimes bien à la façon des juments, Couille de Papillon !

J'avoue à celle qui, depuis l'enfance, m'appelle Couille de Papillon :

— Je crois que je suis amoureux d'une Isabelle.

— Ah bon ? Ah ben, c'est bien ça.

— Non, ce n'est pas bien…

« Qu'est-ce qu'il a encore, celui-là ? » râle, en bas, la voix de Pierret qui, sur la table poisseuse près de la fenêtre, épluche des légumes pour la soupe.

— Il est amoureux, lui dit Margot.

— De toi ?

— Mais non ! Qu'il est bête, celui-là.

« Ah bon ? J'aime mieux ça. Sinon, je prends dague

119

et bouclier ! » continue-t-il en venant nous voir. Il grimpe les quelques marches en planches qui mènent au réduit, étire le rideau sale : « Mais comment te prend-il ? Il n'est pas dans ton jardin. Heureusement, maintenant à ton âge, la baratte à enfants ne fonctionne plus alors pourquoi ne te prend-il pas normalement ? Là, il t'enc... »

— Mais laisse-le tranquille. Si ça l'amuse... Oh, là, là, que d'histoires ! Il a toujours fait ça. Il est bien, là, à l'étroit et au chaud.

De sentir que je suis compris et défendu par la grosse et bonne Margot, ça me fait du bien. Je m'ébranle doucement et, grâce à elle, reprends goût à la vie :

— Mh, Raah ! Gr...

« Ah ben, ça va mieux », constate le mari sous son bonnet de faussaire.

— Raah ! ! !

— Eh bien voilà. Dis donc, j'ai cru que ça n'allait jamais venir, rigole la prostituée en se retournant et s'essuyant le cul avec un pan de ma soutane. Elle est jolie, au moins, ta princesse ?

— Très.

— Et elle, elle t'aime ?

— Je ne sais pas. Je n'ai jamais entendu sa voix.

« Hou, là, là ! Encore un amour de poète, ça... » fait Pierret, les yeux au ciel, prenant mon billon (ma monnaie) et rajoutant en ouvrant la porte de sa cabane : « Reviens ici quand tu seras en rut. »

## 25.

— Certes ! Vous avez raison, Trassecaille. Bien sûr que cette femme exagère ! Lorsqu'on possède vingt immeubles à Paris, on ne fait pas un tel scandale auprès du prévôt pour une malheureuse borne de protection… Surtout quand, paraît-il, on a refusé de la payer au tailleur de pierre. Mais… elle est comme ça. Loyers de retard, rentes différées, propos en l'air, tout est bon à procès avec elle.

J'entre dans la salle à manger de la maison à l'enseigne de *La Porte Rouge* et clame comme si je pénétrais dans une taverne :

— Holà ! Des morceaux savoureux et friands ! Tartes, flans, grasses gelines dorées ! Je suis affamé.

Le chanoine se retourne, surpris :

— Bah, j'ai fermé le porche de l'église. Comment es-tu entré ici, toi, monsieur courant d'air ?

— Par la petite porte derrière les cerisiers du cloître. À propos de qui faisiez-vous péché de médisance, maître Guillaume ?

— Catherine de Bruyère. La borne qui est arrivée la nuit dernière rue du Mont-Saint-Hilaire est celle du Pet-au-Diable.

121

— Ah bon ?

— Ah bon… Ce matin, tout le quartier universitaire a ri de cela, est venu danser autour et toi, tu l'ignorais ? Pourtant, moi, je trouve que le Pet-au-Diable a échoué bien près de Saint-Benoît…

Il lève sa tête de cerise pour m'embrasser, retire de ma tonsure un très long cheveu noir frisé tandis que je regarde le bedeau chausser d'épaisses lunettes cerclées dont les tiges se croisent sur le haut de son nez :

— Tu portes des besicles, Gilles ?

— Pour lire la Bible et faire la cuisine. C'est un cadeau de votre tuteur.

— Si on te voyait un peu plus souvent, tu saurais davantage ce qui se passe ici…, persifle le chanoine en se débarrassant vers le carrelage du cheveu de Margot.

— Allez-vous réellement déjeuner avec nous ? me demande Trassecaille pour parler d'autre chose et éviter que le ton monte. J'ai préparé des brochettes d'anguilles à la Saint-Vincent.

Assis sur un banc devant la table, il penche sa tête très près d'un récipient contenant sel, vinaigre, goutte d'huile, clous de girofle et cannelle. Pratiquement le nez dessus, il y remue un rameau de romarin pour oindre ensuite les morceaux d'anguilles. Il pivote vers la cheminée, dispose ses brochettes sur des braises. Une fumée s'en élève qui embue totalement les carreaux de ses lunettes.

Je tire un pichet de vin au tonneau tandis que le chanoine ouvre la porte d'un buffet pour y prendre trois assiettes et un plat :

— Je n'aime pas beaucoup cette histoire de borne

122

qui change de rive. Surtout qu'elle n'est pas venue toute seule. Et en cette période où de l'autre côté de la Seine on conteste les privilèges de l'Université, ce qui doit être une polissonnerie d'écoliers tombe mal à propos. Mais aussi, dans un quartier de dix mille étudiants et enseignants, cent tavernes estudiantines… c'est trop. On sait que c'est autour d'un hypocras que naissent les projets de cambriolages et d'expéditions. N'est-ce pas, François ?

— Je vous sers un verre de vin, maître Guillaume ?

— Non merci. Tu ne me réponds pas ?

« À table ! » coupe Gilles, étalant les brochettes d'anguilles cuites dans le plat. Il presse dessus trois grenades, le jus d'une orange amère, saupoudre de galanga et de zédoaire, arrose de verjus. Maître Guillaume déplie une serviette sur ses genoux, se sert :

— Ton ami blondinet, là… le bien poli, pas comme toi…

— Tabarie ?

— Oui, voilà… Il te cherchait, a demandé que tu le rejoignes là où tu l'as vu ce matin. Il n'a pas dit l'endroit. Où dois-tu le voir, dans une taverne ?

— Si on parlait plutôt du prix des choux et des poireaux, mon cher tuteur, du temps qu'il fait sur la moisson, de votre délicieux vin du Clos aux bourgeois ?

Gilles intervient : « Il est bon, hein ? Il s'attarde sur la langue des gourmets. Les autres ne doivent pas y goûter. » Puis il lève son verre, regarde au travers : « Voyez, chanoine, comme il mange bien sa mousse et sautille, comme il arrange son homme. Vous n'en voulez vraiment pas ? » Le bedeau m'en emplit un autre plein godet.

123

Le repas se déroule en silence hormis les bruits de mastication et le petit choc des arêtes sur le bord de l'assiette. Ces anguilles étaient délicieuses. J'enchaîne aussitôt avec le dessert. Maître Guillaume soupire :

— En tout cas, cette affaire de Pet-au-Diable est réglée. Je suis soulagé que le lieutenant criminel Jean Bezon ait envoyé une charrette et des sergents reprendre la borne pour la mettre dans la cour du Châtelet.

Je renverse mon bol de poires au sirop sur ma soutane.

« Et voilà ! » tape, du poing sur la table, le chanoine assis près de moi qui me lève. Il observe un pan de mon habit ecclésiastique : « Qu'est-ce qui est poisseux, là aussi ? Et cette traînée, c'est quoi ? » Il la renifle : « Mais c'est de la m... » Je me dégage de son étreinte.

— Où vas-tu ?

— À mon rendez-vous.

— Donc, on est bien d'accord, depuis que tu as eu ta maîtrise... à la faculté des Arts... tu n'y vas pas ! Tu cesses là, tes études. Mais qu'est-ce que tu diras plus tard ? Quel poème écriras-tu là-dessus ?

> *Bien sais, si j'eusse étudié*
> *Du temps de ma jeunesse folle*
> *Et à bonnes mœurs dédié,*
> *J'eusse maison et couche molle.*
> *Mais quoi ! je fuyais l'école,*
> *Comme fait le mauvais enfant.*
> *En écrivant cette parole,*
> *À peu que le cœur ne me fend.*

— Pauvre François.

124

— Ça dépend, fais-je en m'en allant.

Le bedeau me trouve des excuses : « C'est votre vin, maître Guillaume. Quand on en boit le midi, il monte à la tête comme l'écureuil à l'arbre. »

## 26.

Mon bras droit passe à travers la grille, entoure la gorge du garde, revient en arrière de l'autre côté, s'agrippe à un barreau, étouffe celui qui était assis et adossé contre la clôture de la cour du Châtelet.

Tabarie lui bâillonne la bouche, pour l'empêcher de crier, et les yeux pour qu'il ne reconnaisse personne malgré la chandelle allumée au-dessus de lui dans la nuit noire.

Dogis attrape ses bras, les lie dans son dos à un barreau tandis que Dimenche s'empare du trousseau de clés accroché à sa ceinture. Il trouve vite celle qui permet de pénétrer à l'intérieur de la cour du Palais de Justice mais le garde s'agite. Ses grosses jambes moulées de chausses à rayures jaunes et noires sont bottées, guêtrées comme celles d'un pêcheur d'huîtres et sonnent du talon sur les pavés. Robin grimpe sur le bas muret où sont scellés les barreaux. Il retire le casque à plume de notre victime, lève haut son bras à angle droit, coude en l'air, et l'assomme d'un coup de poing sur le sommet du crâne. Le garde ne bouge plus.

Dimenche Le Loup et moi filons vers la cour pendant que Guy surveille les alentours. Dogis se tient la main en soufflant car il pense s'être cassé le poignet droit quand il a frappé sur la tête. La borne du Pet-au-Diable attend couchée face au mur de la prison. On la roule sur la civière. Devant, l'apprenti sculpteur soulève les deux extrémités des brancards. J'en fait autant à l'arrière. Putain, que c'est lourd. Sur la place, Tabarie vient aider Dimenche. J'appelle – en chuchotant – Dogis à ma rescousse :

— Prends le côté gauche mais dépêche-toi ! Je veux qu'on installe l'autre borne…

— L'autre borne ?

# 27.

Catherine de Bruyère est effondrée sur une chaise
qu'on vient d'apporter pour qu'elle s'y pose. Ses bras
pendent de chaque côté du dossier. Une joue sur une
épaule, elle cherche à retrouver son souffle devant la
porte gothique de son hôtel particulier. Une servante
lui délace sa robe en lin bleu et écarte la broderie de
l'encolure pour qu'elle puisse mieux respirer. Mais, à
moitié évanouie, l'autre gît telle une poupée de chiffon
près d'une nouvelle borne vers laquelle elle lève parfois les paupières :

— Ah… Ah… Ah !… souffre-t-elle.

La borne toute neuve qui remplace celle du Pet-au-
Diable représente encore un cul mais une lave de
pierre sculptée s'écoule d'entre les fesses et s'étale en
bouse au sol.

— C'est un pet foireux, commente quelqu'un parmi
la foule en demi-cercle qui ricane du spectacle de la
borne et de la procédurière déconfite.

— Chez moi, quand ça arrive, on dit lâcher une
vesse ! clame un accent du Poitou.

— La Vesse est la fille du Pet-au-Diable, rit un étudiant vers qui la riche propriétaire hisse un regard
plein de haine.

Tout autour, en ce début de matinée, les commerçants de la rue du Martroi-Saint-Jean et ceux de la petite place tirent les volets de leurs échoppes. Je m'approche de Tabarie qui fait mine de s'intéresser à l'étal d'une harengère. Celle-ci ouvre des ballots de toile et, emballés dans de la paille, sort des poissons badigeonnés de gros sel qu'elle lave dans des cuves d'eau douce :

— Ha… rengs frais ! Voilà de la belle marée !

— Et fraîche ? lui demande Guy en lorgnant vers la Vesse.

— Plus fraîche que ton œil ce matin ! réplique la harengère bien dessalée. Qu'as-tu fait de ta nuit, joli damoiseau ? Des folies ?

— Je vais en prendre deux.

Tandis que, bouches au ciel et ressemblant à des phoques, Tabarie et moi engloutissons les poissons scintillants, de l'autre côté de la place, Dogis lustre, du bandage de son poignet droit, un pot d'étain qu'il repose sur un étal. Il se tourne vers l'attroupement. Seul Dimenche s'est mêlé à la foule.

Un bruit de galop venu du Châtelet remonte la rue Saint-Denis. Le lieutenant criminel Jean Bezon chevauche en tête, entouré de cavaliers qui font siffler les verges dans le dos des manants qui ne dégagent pas assez vite le passage. Ils renversent des charrettes de légumes et des contenus de brouettes que les maraîchers ramassent après qu'ils soient passés. La foule s'écarte prudemment devant la borne litigieuse, ouvre la voie au lieutenant criminel qui reste à cheval pour constater le délit. Sa monture trépigne, avance, recule, souffle, donne de l'encolure. Jean Bezon est coiffé d'un casque à cornes comme lui seul en porte encore à Paris. Ses yeux globuleux scrutent la borne :

— Ça représente quoi, une chiasse ?

— Bouh, hou, hou…, s'effondre, à côté, la victime.

Il est vêtu d'une cape marron et d'une tunique à blason orange par-dessus sa cotte de mailles. Un tas de ceintures entourent sa taille. Il a une tournure inquiétante et dans le regard quelque chose qui laisse impression sur la foule :

— Je devrais vous faire tous massacrer car je suis sûr que ceux qui, cette nuit, ont assommé un garde, volé la borne du Pet-au-Diable et installé celle-ci sont parmi vous et s'en amusent. Je devrais ordonner à mes sergents : « Sortez vos haches danoises et tuez ! Tuez tout ! Vous tuerez aussi les coupables… »

Les gens pétrifiés ne savent plus que faire.

Ceux qui voudraient s'en aller craignent de se faire accuser. Jean Bezon glisse sur eux ses yeux de braise jusqu'à un Dogis jovial, sourire aux lèvres. De profil, le lieutenant criminel baisse la tête vers notre compagnon – jeune gros charcutier roux au visage hilare grêlé de taches de rousseur. Il le fixe tel un reptile. Sa moustache se poursuit en visage mal rasé. Son épaisse lèvre inférieure, traversée au milieu d'un profond pli vertical, ressemble à deux petites fesses qui bougent :

— Quelque chose t'amuse ? demande-t-il à Robin, de sa voix grave et caverneuse. Ne serais-tu pas un de ceux qui ont commis les forfaits de la nuit dernière ?

— Moi ? s'esclaffe Dogis. Avec un poignet cassé muni d'attelles ? Ça aurait été un exploit !

Tout le monde rit jusqu'à ce que Bezon glisse sur eux son regard. Puis il ordonne : « Sergents, en attendant de retrouver l'autre borne, réquisitionnez une charrette, transportez celle-ci et qu'on la détruise à la masse dans la cour du Châtelet ! » Mais la Catherine de Bruyère a repris des forces et redevient furie :

— Quoi ? Ah ça, jamais ! La Vesse est ma borne ! Et je ne veux plus que quiconque touche à ce qui est à moi !

Hilarité générale parmi les étudiants et les clercs. Je recule sur la place, scrute les fenêtres de l'hôtel particulier, n'y vois personne.

28.

Le 4 septembre 1452, à huit heures du matin, Gilles Trassecaille se frotte les yeux avec le bas de ses paumes qu'il glisse ensuite vers les oreilles. Il regarde devant lui, installe ses lunettes, les enlève :

— N'est-ce pas le Pet-au-Diable que je vois là-bas ?

Il plisse ses paupières, penche sa tête d'un côté puis de l'autre :

— Est-ce que je vois double ?

— Non, non, il y en a deux, répond le chanoine en le rejoignant et continuant vers le porche de Saint-Benoît.

— Ah.

Le bedeau, pour suivre des yeux mon tuteur, se tourne vers le gibet, regarde en l'air :

— Ben, le pendu aussi est revenu ?…

— Non, là, c'en est un autre, dit maître Guillaume en poussant la porte de son église.

— Qu'allez-vous faire, chanoine ?

— Prier.

## 29.

Le Pet-au-Diable et la Vesse sont bloqués côte à côte par des ferrures, elles-mêmes scellées au plâtre dans un mur à l'entrée de la rue du Mont-Saint-Hilaire. Depuis ce matin, toute la jeunesse du quartier latin danse devant ces trophées. Les jeunes de la rive droite viennent aussi en masse voir les deux bornes apparues ici dans la nuit. J'ordonne que les notables et les bourgeois assez téméraires pour s'aventurer du côté du Mont-Saint-Hilaire soient obligés de jurer solennellement qu'ils respecteront les privilèges du Pet-au-Diable et de la Vesse. Certains s'agenouillent de bonne grâce — amusés, ils jurent et sourient. D'autres s'exécutent par crainte. Nous sommes mille. Des filles fleurissent les bornes. Elles glissent les tiges entre les fesses sculptées. Ce geste donne des idées. Quelques-unes d'entre elles perdent leur vertu, copulent à cette occasion sauf la Machecoue. Ventre à plat sur la Vesse, elle soulève sa robe par-dessus ses reins, se retourne, attend : « Et moi ? » tandis qu'autour d'elle on trinque, entrechoquant des pots de vin vermeil. Ce vin nouveau et ce vent de liberté qui souffle sur le quartier me tourne la tête. La putain cagneuse partie en grognant, je grimpe sur les bornes, suis le ménestrel de cette foule. Par vastes balancements de mes longs bras, je rythme le débit d'une ballade qu'ils connaissent par cœur et scandent :

— *Tout aux tavernes et aux filles !*

En souliers rouges écrasant les fleurs et en verve, je les préviens ensuite :

— Des sergents vont venir tenter de reprendre les bornes. Préparez-vous à la riposte. Allez chercher chez vous des projectiles cocasses pour répliquer. Stupéfions Paris par une série d'exploits extravagants. Vive les jeux orageux !

Effectivement, à quatre heures de l'après-midi, trois sergents arrivent avec une charrette à bras et des chevrons de charpente qu'ils veulent utiliser comme leviers. Ils sont surpris par notre nombre et surtout qu'on leur saute dessus pour les désarmer. Ils s'enfuient en courant. Il pleut sur eux des poêles et des pots d'étain, des andouilles chipées aux parents, saucisses et boudins. Il neige des lièvres saisis aux étals. On les insulte : « Sergents du Diable ! » On crie : « Abus de pouvoir », dénonce que pour eux, la place est tellement lucrative qu'ils versent de grosses sommes d'argent pour être engagés, les accuse : « Alors qu'ils devraient réprimer les crimes et poursuivre leurs auteurs, ils vivent eux-mêmes au bord de l'illégalité ! » On les bombarde à coups de pommes des bois blettes qui rebondissent sur leurs armures, d'œufs, de fromages frais qui s'explosent sur leurs casques. Ah, quel joli tapage, tête Dieu ! Cela ressemble à une farce en gestes et langage composée pour distraire le peuple à l'issue d'une foire sur les tréteaux d'une petite ville. J'harangue la jeunesse :

— Les sergents vont revenir et, cette fois-ci, ils ne seront pas trois… Puisque, rive droite, ils veulent qu'on soit de guet, on va commencer par garder le Pet-au-Diable et la Vesse. On se relaiera nuit et jour. C'est une zone franche ! Renversez autour des charrettes en arc de cercle, descellez les pavés !

Un écolier, en robe grise et faluche verte et bleue aux couleurs d'une des facultés de la rue du Fouarre, vient me dire que son père a conservé dans son jardin quelques barils de poudre et une couleuvrine à roues que les Anglais ont abandonnés lorsqu'ils ont fui Paris.

— Va chercher ce canon ! Et toi, Dimenche, avec d'autres apprentis, taillez des boulets d'une livre. Vous dirigerez la bouche à feu vers la rue Saint-Jacques !

Tandis que j'organise ce chahut, sur le seuil de sa maison, maître Guillaume pleure dans ses paumes les frasques de son filleul :

— Il va trop loin…

## 30.

Ah les repues, franches aussi pour mes amis ! Tous les midis, je dis à la foule : « Nous allons déjeuner gratis ! » Aujourd'hui, j'ajoute : « Qui s'est lavé ce matin ? » Beaucoup de ceux à qui je m'adresse se raclent la gorge, regardent ailleurs, font ceux qui n'ont pas bien entendu. Marion l'Idole lève la main : « Je reviens des étuves. »

— Alors, à toi l'Idole. Nous allons jouer à montre-cul.

Au Petit Pont, je suis devant une triperie et hésite tandis que d'autres clients, derrière moi, attendent que je me décide. Marion l'Idole arrive, insulte la tripière et lui montre ses fesses. Je feins de m'en scandaliser. J'attrape, à l'étal, foie de veau, cœur, poumons et intestins d'animaux divers dont je flagelle le derrière de l'impudente. Je lui enfonce par paquets la triperie dans le fondement. Elle part en courant. Je me retourne vers la marchande :

— Non mais, comment a-t-elle osé vous parler cette ribaude de Glatigny qui se fait sodomiser par des lépreux ? Où est-ce que je repose tout ça, madame ?

Les autres clients écarquillent des yeux effrayés par la contamination de ce que je tiens dans mes bras contre ma soutane. La tripière refuse donc que je remette cela dans les baquets. Je m'en vais avec sans demander mon reste.

Maître Guillaume, devant Saint-Benoît, me voit, ainsi chargé, remonter la rue Saint-Jacques. Il tombe comme un chiffon. Gilles court vers moi et revient encore plus vite vers lui : « Mais non, chanoine, il n'a pas été éventré et ce ne sont pas ses entrailles qui s'échappent de sa soutane ! C'est foie de veau, cœur de génisse, poumons d'agneau et tripes de pourceau qu'il tient dans ses bras pour les fricasser devant les bornes. Maître Guillaume, c'est un jeu… »

# 31.

Le 6 décembre 1452, après trois mois d'hésitation, le prévôt Robert d'Étoutteville a décidé de donner l'assaut. C'est Robin Dogis qui, en courant et transpirant dans sa tenue de charcutier, est venu nous alerter :

— Jean Bezon, à la tête de cent sergents, remonte la rue Saint-Jacques !

Guy Tabarie fait la moue puis lève haut ses sourcils. Après une seconde de flottement, je prends une longue baguette tenant une mèche et allume ce boutefeu aux braises par-dessus lesquelles rôtissent des canards devant les bornes de la Vesse et du Pet-au-Diable. Dimenche introduit boulet et bourre tandis que Guy vide une poire de poudre noire dans la cheminée du tube de la couleuvrine. Notre pièce d'artillerie à roues, coincée entre deux charrettes renversées, est dirigée vers la rue Saint-Jacques où apparaît le lieutenant criminel à cheval. Il est seul. Paupières lourdes et yeux globuleux, il immobilise, là-bas, sa monture face à nous. Cornes au casque, menton relevé, son allure est altière et défiante. Je le contemple et approche avec délectation le boutefeu de la poudre. Il règne autour de moi un énervement palpable. Très excité, le chétif Frémin Le May – l'écolier et fils de professeur qui nous a apporté la bombarde – me demande :

— Tu me laisses le faire ? Depuis que, nourrisson, je vois ça dans le jardin de mon père, j'ai envie de le faire une fois dans ma vie…

Frémin se recule loin du canon, tend prudemment à bout de bras la longue baguette enflammée qui allume la poudre. L'explosion est phénoménale. Les charrettes, les pavés, les tonneaux de notre barricade tremblent. Le bas de ma soutane s'envole. La blouse et le calot de Dimenche Le Loup ébrouent une poudre de pierre. Un nuage de fumée âcre fait tousser alors que le boulet tombe piteusement à mi-chemin entre nous et Jean Bezon qui déplace latéralement sa monture pour laisser le projectile rouler à sa droite sur les pavés. Il relève la braise de son regard dans notre direction et sourit de la commissure gauche de ses lèvres. Il connaît autrement mieux que nous la portée de tir des vieilles bombardes et les techniques d'attaques urbaines. Tout en remontant la rue Saint-Jacques, il a su éparpiller les gens du roi par les rues perpendiculaires pour qu'ils investissent en cercle la rue du Mont-Saint-Hilaire et nous sommes pris à son piège. Poitrail immense. Il lève un bras puissant au ciel :

— Ah, si je ne me retenais pas, fainéants des facultés, comme je vous ferais tous massacrer à la hache ! Si vous saviez comme j'aimerais dire : « Tuez ! Tuez ! » Puis il ordonne à ses sergents : Exécuteurs de la justice du prévôt, rossez ceux qui ne s'éloignent pas assez vite ! Arrêtez ceux qui portent des armes ! Fouillez les maisons des plus remuants et prenez, pillez, ce sera bien fait !

Les écoliers hurlent à la provocation, gueulent que

c'est la revanche des marchands de la rive droite contre les franchises universitaires, l'antagonisme entre le commerce et l'esprit. Nous jetons des œufs, des fromages frais et les canards qui rôtissaient à nos broches, sur les casques des fantassins qui marchent vers nous. Il en arrive de toutes les ruelles. Mines patibulaires, ils semblent très décidés à nous faire payer l'accueil réservé aux trois premiers sergents venus tenter de reprendre les bornes. Ils font siffler leur verge et fouettent tout ce qui est à leur portée. Les coups pleuvent. Les arrestations se font par dizaines. Ils arrachent les habits coûteux des étudiants aisés, leurs chaussures, entrent dans des maisons et sortent, emportant brocs et vaisselles qu'ils entassent dans les charrettes, remises sur roues, de la barricade.

Des professeurs outrés descendent de toutes les écoles et, solidaires des élèves, se précipitent vers le lieutenant criminel pour contester les raisons de cette mise à sac scandaleuse du quartier. L'autre, sur son cheval qui trépigne et donne de l'encolure, se justifie en les toisant :

— Cette comédie tournait à la fronde. La justice du roi était bafouée !

Devant lui, des sergents du Châtelet retournent la couleuvrine vers les bornes et, à bout portant, ils explosent la Vesse et le Pet-au-Diable. Parmi les débris projetés des deux pierres, un professeur de théologie continue de s'indigner et prend notre défense :

— C'était une blague de potaches ! Qu'ils soient jeunes et vifs à s'ébattre, je n'en éprouve aucun déplaisir. Dans trente ou quarante ans, ils seront si différents…

Mais Jean Bezon ne l'écoute pas. Il repère Frémin Le May qui s'enfuit et ordonne à ses gens : « Là-bas, le maigrichon ! C'est lui qui a enflammé la poudre. Saisissez-le et glissez une de ses jambes dans un de mes étriers ! » Sitôt fait, le sergent criminel part au galop, passe devant toutes les facultés. La tête de Frémin Le May tape sur les pavés et se détache. Ses vertèbres filent les unes après les autres sur les côtés comme des cailloux lancés contre les vitres des parcheminiers et des libraires. Ses épaules se disloquent, les bras s'envolent et tournoient haut dans le ciel. Quand Jean Bezon revient, il ne reste plus de Frémin qu'un pied accroché à l'étrier. Un maître de lecture en est ahuri :

— Vous avez fait ça à un fils de professeur de la Sorbonne, sans procès ?

— Il m'a tiré dessus au canon.

— D'après ce que tout le monde a vu ici, le projectile n'a pas eu l'air de trop vous inquiéter.

Même l'opulent Martin Polonus est dégoûté :

— Ce sont enfants très beaux et aimables qu'il faut embrasser, caresser. Qui les bat ou les tue est fou !

Bezon descend de son cheval, attrape Polonus par le col de sa robe fourrée de menu vair et veut le frapper : « Qu'avez-vous dit ? »

— Vous menacez du poing le doyen du collège de Navarre ?... s'étonne, d'une voix soudainement calme, Martin Polonus.

Tout autour de nous, des sergents défenestrent aux étages d'immeubles des draps de lit en soie, des houppelandes fourrées, de la vaisselle d'étain que leurs collègues, en bas, amoncellent dans des charrettes. D'autres sortent des celliers, ivres, car le vin nouveau est rentré. Ils y ont bu gratis. Des filles violées sur les barriques apparaissent dans la rue, se tenant le visage entre les mains. À côté, on entend les cris d'une

144

femme trouvée devant sa demeure en armes. En armes... Percevant le vacarme du dehors, elle était sortie avec le petit couteau de cuisine qui lui servait à éplucher les légumes pour la soupe. Ils l'emmènent. Son fils de cinq ans pleure, s'accroche à la toile rugueuse de sa robe. Ils l'emmènent aussi comme complice. Jean Bezon ordonne : « Exposez les deux, tout de suite, au pilori ! » Je cours vers la jeune mère pour tenter de la délivrer. Une patte énorme m'attrape et me détruit l'épaule. C'est celle du lieutenant criminel qui me dit :

— Montre-nous plutôt où tu loges, toi.

Dans ma chambre, ils retournent matelas, sommier, ma belle écritoire, renversent l'encre sur mes ballades et rondeaux qu'ils jettent contre les murs, ce qui les tache. Devant un vaste coffre au pied du lit, Jean Bezon tend un bras :

— Qu'y a-t-il, là ?

Je réponds : « Je ne sais pas, moi, du linge. »

— Pourquoi est-ce fermé à clé ?

Au moyen d'un pied de biche, ils font vite sauter la serrure, soulèvent le couvercle. Dedans, ça brille et ça luit. « Qu'est-ce que c'est que ça ? » Le lieutenant criminel sort des plaques de tôle peintes :

— Les enseignes qui disparaissent depuis dix ans dans Paris... Mais il y en a presque deux cents ! Il tourne la tête vers moi et me considère. Mon garçon, ta gorge sent déjà le chanvre du gibet de Saint-Benoît. Ainsi, c'est toi qui...

— Non, c'est moi.

Maître Guillaume apparaît dans l'encadrement de la porte de ma chambre. Bezon pivote vers lui, interloqué :

— Chanoine ? Il examine les alentours. Serions-

145

nous ici chez vous ? Ah, comprend-il, c'est vrai, l'écolier le plus turbulent de Paris est votre filleul. Mes espions disent aussi qu'il serait l'instigateur de l'affaire du Pet-au-Diable...

— Pour le moment, nous en sommes au décrochage de ces enseignes ! coupe maître Guillaume en entrant dans ma chambre.

Gilles Trassecaille sautille derrière lui en essayant de voir par-dessus ses épaules. Il le contourne et file vers le coffre en mettant ses grosses lunettes :

— Mais pourquoi est-ce là, ça ? L'enseigne de *L'Âne Bleu*, celle de *La Barbe d'Or*, du *Bœuf Couronné* ?

Jean Bezon s'agenouille et continue l'énumération :

— *La Truie qui file*, *La Pomme de Pin*... Vous tournez beaucoup autour des tavernes, chanoine... *Le Trou Margot* ? Vous allez là aussi ? *La Porte Rouge* ? Mais qu'est-ce que ça veut dire ?

Le lieutenant criminel se lève et va à la fenêtre contempler, à l'extérieur, les deux chaînes qui pendent inutilement contre la façade :

— Vous volez même votre propre enseigne ?

— Vous voyez bien que c'est juste une manie, répond avec aplomb mon tuteur.

— Une manie qui coûtera... même pour un chanoine de votre renommée... sans doute quarante jours de cachot.

L'homme de main du prévôt de Paris tend son regard de reptile et scrute des pieds à la tête celui qu'il ne parvient pas à prendre pour un voleur : « Ce n'est pas trop difficile de décrocher les enseignes quand on a trois doigts tétanisés dans chaque paume ? »

— Les pouces et les index suffisent.

— Comment vous y preniez-vous ? Le faisiez-vous la nuit ?

— À partir de maintenant, je ne parlerai plus qu'au confesseur du Châtelet. Emmenez-moi.

Je m'interpose :

— Maître Guillaume...

— Tais-toi, François ! Qui commande ici ? Je ne veux plus t'entendre dire un mot !

Bezon ricane : « Si vous lui aviez parlé plus souvent ainsi... il ne serait pas devenu ce qu'il est. Le tout assorti de quelques paires de claques et il aurait filé droit. » Gilles, désemparé, est descendu chercher une longue aumusse fourrée qu'il place, en bas de l'escalier, sur les épaules du chanoine. Il l'accompagne dehors, lui donne aussi des mitaines :

— Au fond de votre cellule du Châtelet, vous aurez froid.

Je suis encore dans ma chambre près d'un sergent qui observe le coffre. Il hèle son collègue en bas :

— Hé ! Que fait-on des enseignes ? On les embarque ?

— T'as envie de passer la semaine à chercher où les raccrocher dans tout Paris, toi ? S'ils en ont besoin comme pièces à conviction, quelqu'un viendra les prendre demain ! Aujourd'hui, descends plutôt m'aider à transporter ce tonneau de Clos aux bourgeois et ces confitures de cerises sur le buffet. Elles sont excellentes...

## 32.

Le lendemain matin, un bazar inextricable règne à Paris. Tout le monde regarde en l'air et n'y comprend plus rien. Les passants ressemblent à des navigateurs perdus en haute mer, s'apercevant soudain que la carte du ciel a changé. On entend des conversations absurdes :

— Bonjour, madame, je voudrais un pain de six livres.

— Mais monsieur, vous êtes dans une fabrique de clous.

— Ah bon ? Pourtant, voyez votre enseigne : *À la Miche d'Or*.

— Comment ça ?

Dans les rues, tous les commerçants ont le menton relevé et les mains sur les hanches : « Qui a marié les enseignes ? Plus personne ne va s'y retrouver ! » Les domestiques illettrés sont désemparés. Eux, à qui l'on avait dit : « Tu vas jusqu'à l'enseigne qui représente un poisson puis tu tournes à main gauche vers celle en forme de cuillère et bifurques jusqu'à la queue de renard... » ne savent plus où aller, se cognent contre les murs. Et Dogis, Dimenche, Tabarie, moi, ça nous fait rire ! Moi, surtout, car eux paraissent très fatigués.

Accompagnés de quelques autres, leurs fronts sont appesantis par le sommeil. À chaque pas, leurs chaussures se collent aux pavés des rues. Un ronflement, pareil au clairon du jugement dernier, sort, par brefs instants, de leurs narines. Dogis bâille :

— Après la journée mouvementée d'hier, cent quatre-vingt-une enseignes à raccrocher en une nuit dans tout Paris… Et aucune à la bonne place ! Il y a de quoi être crevé.

Moi, stoïque, serein, droit, je m'élève au-dessus de tous ces morts comme un palmier au-dessus des ruines. Je profite du nouveau spectacle incongru de la ville. Sous le dessin d'une truite bondissante, un homme crie : « La bonne bûche, la bonne bûche ! À deux oboles, vous la donne ! » Sous une paire de ciseaux, un autre clame : « N'oubliez pas mon beurre frais ! Voilà de bons fromages ! » Dominé par un plat d'étain, celui-ci revendique : « Ramonez vos cheminées, commères ! Faites-moi gagner ma journée ! » Pendus aux colombages, à de pimpantes façades à oriels, aux poutres d'angle, aux portails, aux balcons fleuris, j'aime ce foisonnant désordre enchanteur des plaques de tôles mélangées.

— En tout cas, il n'en manque pas une et il n'y a plus de pièces à conviction dans le coffre de ma chambre. Peut-être vont-ils libérer mon tuteur plus tôt.

Guy, les yeux cernés, semble sceptique :

— On ne peut pas être certain que ça va l'aider. Je ne sais pas s'ils vont apprécier au Châtelet…

— Le Châtelet ! fais-je en tapant soudain une paume à mon front tandis que les battants des cloches des églises, des chapelles, des couvents, cognent à toutes volées leurs carillons qui sonnent dix heures. Mes bons compères, je dois être aussi épuisé que

150

vous ! J'ai failli oublier qu'on devait aller devant le collège de Navarre…

— Le collège de Navarre ? souffle Dimenche qui se traîne. Mais comment veux-tu le reconnaître, François ? poursuit-il en souriant. Avec toutes ces plaques mariées, on ne sait plus s'y retrouver.

— C'est là où il y a l'enseigne du *Trou Margot*.

— Oh ! fait mine de s'offusquer Dogis. Mais alors celle du collège, où est-elle ?

— Accrochée à la maison de *La Porte Rouge*.

— Ah !

En riant, nous arrivons devant mon ancienne école où un concierge, grimpé sur une échelle, ôte la plaque honteuse de Pierret et la passe à un barbier qui la met à rougir sur les charbons ardents qui grésillent dans une bassine. Face à l'établissement scolaire, les gens disent que, dès hier après-midi, l'Université a porté plainte pour meurtre contre le prévôt et exigé la libération des quarante-trois écoliers arrêtés :

— On veut qu'ils soient immédiatement élargis ! Et le chanoine de Saint-Benoît aussi !

Robert d'Étoutteville, pensant que cela suffirait à calmer l'énervement, avait répondu que celui qui avait menacé du poing Martin Polonus serait châtié le lendemain matin à dix heures – condamné à avoir la main coupée devant la demeure de sa victime.

Polonus habite Navarre. Jean Bezon regarde une dernière fois sa main droite au-dessus d'un billot. Il la pose sur le dos, remue les doigts. Il observe les cales dans sa paume, songe peut-être à tous les crimes que cette main a commis. Il la pivote dans l'autre sens, semble surpris que sa tête puisse la commander à distance. C'est une pogne musculeuse, large et puissante. Il replie ses phalanges en poing, les étire. Il s'étonne de sa main. On dirait que c'est la première fois qu'il la voit. Il en contemple les poils, les ongles, le battement des veines, la tension des nerfs, tandis qu'à côté un bourreau aiguise sa hache. Mais puisque toute chose doit finir, le lieutenant criminel plaque lui-même sa paume sur le bois du billot, déplace les doigts pour qu'ils ne soient ni trop écartés ni serrés. Voilà, ça va. Il inspire profondément, serre les dents. Quand la lame de la hache s'abat, la main se referme en poing et bondit devant, à plus d'une toise du billot, pour frapper la robe brune du doyen du collège de Navarre qui la regarde tomber à ses pieds. Martin Polonus essuie négligemment son habit ecclésiastique du bout des doigts et persifle :

— Pour cette fois, je ne dirai rien.

Deux sergents s'emparent de l'avant-bras – geyser de sang – du lieutenant criminel et en écrasent le moignon sur l'enseigne chauffée à blanc du *Trou Margot*. La chair grésille et se cautérise à même la tôle bordelière. Jean Bezon ne pousse aucun cri. Visage bloqué, ses yeux globuleux et voilés paraissent ne rien ressentir. Le barbier, appelé pour l'occasion, l'enduit d'onguent et le panse d'un linge. Moignon emmailloté comme un nourrisson, le lieutenant criminel remonte sur son cheval et, tenant les rênes de la main gauche, il retourne au Châtelet. Un gros bras m'enlace tendrement la taille :

— Maître François, veuillez me suivre s'il vous plaît...

Le premier qui m'aura appelé par mon titre, depuis que j'ai obtenu ma maîtrise, est Martin Polonus.

— Suivez-moi, maître…

En robe de bure à capuchon, je descends les escaliers derrière le flambeau de cire qu'il tient à la main. Il ouvre la porte de la sacristie du collège de Navarre. C'est une pièce claire et nue avec des colonnes et des arcades. Les dalles beiges et cirées du sol étincellent de par la lumière de trois fenêtres gothiques dont une est entrebâillée. Il y fait très froid. Lorsque nous entrons, le trésorier du collège se retourne vers nous. Accroupi, il tient entre ses mains un coffret de noyer plein d'écus dont il rabat le couvercle qu'il ferme à clé. Il le glisse ensuite et l'enchaîne dans un autre coffre beaucoup plus grand dont il pousse la lourde porte à quatre serrures. Son trousseau de clés à la main, il part, silencieux, et baisse la tête en passant devant nous qu'il laisse seuls dans la petite sacristie. Je déambule sur les dalles en terre cuite cirée, ne sachant trop que faire ou dire :

— Comment allez-vous, maître Polonus ?

— Je vais à travers des soucis où votre ombre me suit…

— Moi ? fais-je en me dirigeant vers le coffre fort scellé à la muraille.

Au-dessus, je contemple, dans l'enfoncement du mur, une niche ciselée occupée par une Vierge couronnée. La guimpe qui couvre sa tête et ses épaules encadre un beau visage. Elle porte dans ses mains un coffret qu'illumine un rayon de lumière provenant de la fenêtre entrebâillée que Polonus essaie en vain de refermer :

— Le bois a travaillé. Il faudrait le retailler. Des années qu'on dit ça et puis on ne le fait jamais.

Je sens maintenant son souffle dans ma nuque :

— Méchant garçon, on chuchote sur votre compte… On dit que vous êtes mordu par le péché, attiré par ceux qui tiennent maisons closes, causent du scandale et font le mal. On vous suspecte de dévergondage…

Je me retourne vers lui. Il tend ses mains par-dessus mes épaules et les plaque contre le mur derrière moi. Je suis pris au piège de ses bras. Il continue son babillage :

— Laissez-moi m'approcher tout près de vous. Je veux vous parler avec douceur. J'aime les canailles… On ne sait jamais ce qu'elles vont vous faire… Que me ferez-vous ?

Son haleine exhale le pâté de Robin. Je détourne la tête vers la droite. Il me dit à l'oreille : « J'ai le cœur si plein de vous que ça me ruine l'estomac. »

À travers la fenêtre entrebâillée, je découvre la cour derrière la sacristie et le mur donnant sur la rue Sainte-Geneviève. Il me mordille le lobe :

— Moi, qui ai fait amputer celui qui m'a menacé du poing, je pourrais intervenir auprès du chapitre de

154

Notre-Dame pour élargir votre tuteur – ce bon chanoine engrillonné par votre faute, n'est-ce pas ?...

Je pivote mes pupilles vers lui. Sous la mère du Christ, sa graisse ondulante et dégoûtante m'écrase encore un peu plus. Je me renverse en arrière sur le coffre-fort. Il fait danser sa bouche au ras de mes lèvres : « Ce serait dommage que maître Guillaume passe l'hiver au pain sec et à l'eau sur la vermine de la paille d'un cachot. »

Oh, cette sacristie ! Je la fixe dans ma mémoire avec les épingles du souvenir...

Cinq mois plus tard, le 9 mai 1453, je m'étire sur le seuil de la maison à l'enseigne de *La Porte Rouge* dont les chaînes qui la soutiennent cliquettent dans la brise printanière au-dessus de moi. Le ciel est bleu. Toutes les plaques de tôle des commerces et des habitations ont été remises à leur place. La gerbe de blé indique bien le boulanger et le maréchal-ferrant travaille sous un fer à cheval. Les choses retournent dans l'ordre. Même maître Guillaume, depuis mi-décembre, a retrouvé son fauteuil près de la cheminée. En soutane légère, je pivote vers lui :

— Il ne reste plus qu'à faire enfin élargir les écoliers engrillonnés depuis la Saint-Nicolas. Ce matin, une délégation a rendez-vous chez le prévôt en son hôtel particulier de la rue de Jouy. Les accusations d'abus de pouvoir étant montées jusqu'au roi, sans doute se verra-t-il forcé d'accepter. J'y vais ! À tout à l'heure, fais-je en déposant un gros baiser sur le front de mon tuteur.

Celui-ci s'attendrit aussitôt d'une rougeur de griotte dans son fauteuil aux accoudoirs patinés mais il grommelle tandis que je pars :

— Ce que j'aimerais savoir un jour c'est pourquoi,

moi, j'ai été libéré beaucoup plus tôt que ces enfants… Quelqu'un d'important a intercédé en ma faveur. Qui et en échange de quoi ? Vous ne le savez vraiment pas, Trassecaille ?

Le bedeau, devant la cheminée, lève au plafond les yeux plissés de sa bouille de gargouille :

— Alors là, si je ne vous ai pas répondu cent fois « Non, je ne sais pas… »

— Vous ne savez jamais rien, quoi ! s'énerve maître Guillaume. Pourtant, je vous dis qu'il y a eu vilaine anguille sous roche et que François y a été mêlé… Un père sent ces choses là.

Gilles – douceur, fragilité, humour – sourit. Le tuteur s'agace : « Oui, bon, ben, ça va ! » Le bon bedeau va dans le verger fleuri du cloître :

— L'important est que vous soyez revenu…

Nous sommes mille rue Saint-Antoine, car la rue de Jouy est noire de monde, à attendre la décision de Robert d'Étoutteville. Un maître théologien apparaît sur le seuil de l'hôtel particulier du prévôt :

— Les quarante-trois écoliers sont élargis.

— Hurrah !

Nous allons en foule les chercher au Châtelet, faisons un triomphe à nos camarades libérés. Anticipant cette décision, beaucoup ont emprunté aux cuisines de leurs parents des bassines de cuivre sur lesquelles on joue du tambour les jours de fête. Ça « bassine » et chante en remontant vers la Sorbonne. Les écoliers ont respecté les consignes du recteur de l'Université : surtout venir sans arme attendre la réponse du prévôt. Les filles dansent avec les garçons. On me demande de clamer des ballades et des rondeaux en jargon humoristique de la Basoche. C'est alors que, venant du

158

bourg Saint-Marcel, Jean Bezon, à la tête d'une troupe de sergents, apparaît malencontreusement face à nous.

Front baissé sous son casque à cornes, ses pupilles glauques fixent devant lui la foule d'étudiants qui s'écarte à droite et à gauche de son cheval pour ouvrir un passage. Les sergents qui le suivent à pied se font bientôt conspuer par quelques excités. Des commentaires fusent aussi à propos du lieutenant criminel. Tabarie s'étonne à voix haute : « Pourquoi n'a-t-il pas été destitué, lui ? » Jean Bezon continue d'avancer au pas à travers les reproches et les sarcasmes de plus en plus nombreux qui lui sont adressés. Sa grosse lèvre inférieure, traversée d'un pli vertical, se met à palpiter et l'on entend son souffle. Dogis ose péter : « Tiens, revoilà le Pet-au-Diable ! » Tornade de rire général et imitation par tous de pets farfelus lancés avec la bouche. Le lieutenant criminel poursuit sa route à travers ce concert injurieux. Lorsque nous l'avons tous croisé ainsi que ses sergents, je le hèle :

— Eh ! Bezon, pourquoi tu n'applaudis pas la libération de nos camarades ? Il te manque une main ou quoi ?

Le lieutenant-criminel pique sa bête, fait volte-face :

— Qu'est-ce là ?

Il nous évalue d'un regard de braise, tend son gros moignon au ciel. Sa voix caverneuse claque comme un orage :

— Tuez ! Tuez ! Il y en a trop !

On est chargé à revers devant la Sorbonne et aucun de nous n'a d'arme.

— Ni merci, ni pitié ! Tuez ! Mettez-les tous en pièces. À mort !

Les gens du roi se jettent sur nous et nous attaquent à la hache. Ils font siffler les masses d'armes munies

159

d'ailettes d'acier qui déchirent les joues, emportent des moitiés de visages. Des dos sont traversés tels à l'équarrissage dans des explosions de vertèbres et des têtes tranchées s'envolent des épaules. Tous les écoliers affolés fuient en hurlant vers la rue Sainte-Geneviève, la rue du Mont-Saint-Hilaire, descendent la rue Saint-Jacques ou remontent vers Saint-Benoît. À l'écoute des cris de terreur, maître Guillaume apparaît sur le seuil de sa maison, découvre l'immense écorcherie. On voit déjà partout des corps gisants, de jolis enfants cruellement meurtris qui se traînent devant les porches implorant qu'on leur ouvre, des étudiants poursuivis. Le chanoine en soutane court vers son église en appelant Gilles. Ensemble, ils poussent en grand les deux battants du portail de Saint-Benoît.

— Entrez ! Entrez la jeunesse ! leur crie mon tuteur. Ce lieu de culte a le droit d'asile ! Puis il désigne près de lui un gros anneau symbolique scellé à hauteur de hanches dans la façade. Touchez l'anneau de Salut et entrez ! s'époumone-t-il encore. Il suffit de le toucher et d'entrer pour échapper à la justice séculière ! Venez tous vous mettre à l'abri dans cette franchise !…

Les étudiants et les clercs s'y ruent en lave. Les uns par-dessus les autres, ils attrapent l'anneau, des mains, du bout des doigts et foncent sous les voûtes gothiques. Maître Guillaume n'est pas très regardant quant au toucher de l'anneau de salut :

— Allez ! Allez ! Entrez tous et vivez !

Pendant ce temps, le lieutenant criminel, sur son cheval qui se cabre, crie : « Tuez ! Tuez ! » Il excite de la voix ses hommes-chiens aux faciès déformés par la haine. Ceux-ci hachent les dos et les épaules des écoliers qui touchent l'anneau. Des bras tombent parmi les souliers. Des clercs amputés d'un membre filent en larmes dans Saint-Benoît, une main à même la plaie. Il en arrive tant qu'il faut vider la nef. Trassecaille, sur le maître-autel, hurle : « Ouvrez la petite porte sous le Christ et allez vous entasser dans le verger du cloître ! C'est un lieu ecclésiastique. Mais personne dans la maison de *La Porte Rouge* car c'est un logis civil où vous seriez en danger ! » Il coule du monde, il coule du monde dans l'église. Jean Bezon veut bloquer cette hémorragie de vie. Il forme un garrot – dispose des hommes en arc de cercle devant l'anneau – et se retourne, furieux, vers le chanoine qui l'interpelle en jetant héroïquement, sur le moignon du lieutenant criminel, un bras d'enfant ramassé au sol :

— De quel droit, les empêchez-vous de toucher l'anneau de salut ! Que je sache, vous ne les poursuivez pas parce qu'ils ont attaqué des voyageurs sur les grands chemins ou dévasté le champ d'un paysan ou commis un crime dans une église !... Les cas concédés à la justice laïque sont précis ! Alors, laissez-les toucher l'anneau ! Vous n'allez pas violer la franchise !

— Violé ? ricane et grince Bezon dans sa cotte de mailles sous la tunique orange. C'est pourtant bien, je crois, grâce à un viol que vous avez été libéré si tôt, vous !...

Maître Guillaume m'aperçoit parmi la foule que les gens du roi continuent de massacrer à la hache danoise : « François ! Viens ! » Le lieutenant criminel se retourne et, dans une envolée de sa cape brune, le tas de ceintures bariolées à sa taille s'élève lorsqu'il tend un moignon vengeur vers moi :

— Lui, celui-là ! Tuez ! Tuez ! Tuez-le tous !...

Tous les sergents me poursuivent. Au bout d'une

chaîne tenue par un manche, une boule de fer hérissée de longues pointes tourne au ras de ma tête et pulvérise le bois d'une porte. La boule lancée continue sa révolution circulaire et revient mâcher plus bas un colombage comme une gueule de bête légendaire. Je m'enfuis, courbé, sous un délire d'escarbilles ! Les exécuteurs du prévôt, en me coursant, libèrent de ce fait l'anneau de Saint-Benoît où se ruent les écoliers, filant ensuite sous le portail et bousculant mon tuteur effaré qui se tient le visage dans les mains : « François ! François… »

Je descends vers la Seine aussi vite que je peux. D'autres jeunes gens courent avec moi. Les plus lents, les plus gros – Dogis – profitent des portes qu'ouvrent des bourgeois compatissants pour qu'ils échappent à leurs poursuivants. Des écoliers – Dimenche – franchissent des murets, cavalent par des jardins. Les sergents les négligent car ils n'ont plus que moi comme cible obstinée qu'ils considèrent comme le déclencheur de cette tuerie. Je cours aussi vite que je peux. Mes longues jambes filent sous la soutane. C'est un avantage sur les gens du roi encombrés par leur armure et alourdis du poids des armes. Mais je les sens aux talons de mes sandales en franchissant la Seine. Rive droite, nous sommes encore une dizaine et les bourgeois d'ici, exaspérés par nos frasques, nous réservent un accueil différent. Ils lancent derrière moi des coups de pelle dans les jambes des fugitifs – de Tabarie – et des gourdins cloutés explosent de jeunes visages. Dans la cour du Châtelet, des cavaliers du prévôt, découvrant que je suis poursuivi, sautent sur leur monture, disent aux sergents essoufflés par la course : « Passez par là. Nous, on va prendre dans l'autre sens et il ne pourra pas s'échapper ! » Rue

Saint-Denis puis vers la place de Grève, les rues sont étroites et sinueuses. Je bondis au-dessus de tas d'ordures fouillés par de nombreux animaux. Je bouscule des merciers ambulants, des marchandes de rubans, des rémouleurs. Je passe sous des échelles de couvreurs que je fais tomber des toits, renverse derrière moi des barriques de tonneliers. Là-bas, c'est la taverne de *La Truie qui file* près de laquelle j'entends venir des cliquetis métalliques. Au bout de la rue du Martroi-Saint-Jean, le galop des cavaliers déboule. Je suis perdu ! Une main me tire par le capuchon. Une porte se referme et je me retrouve dans le noir où j'entends des voix de sergents demander :

— Ben, où est-il passé ?

— Il ne serait pas entré là ?

— Chez la Catherine de Bruyère ? Tu plaisantes, toi ! Si tu la connaissais… Il a dû retourner vers la rue Saint-Denis. Allons voir…

Des entrechoquements d'armes contre des cuirasses et des bruits de sabots ferrés sur les pavés s'éloignent. Ma respiration haletante et oppressée se calme peu à peu. Dans l'étroit corridor sombre où je me trouve, je suis en nage. Au bout, un escalier mène aux étages d'où tonne une voix de matrone que je reconnais :

— Qu'est-ce que c'est, Isabelle ?

Un timbre mélodieux, près de moi, lui répond :

— Rien, mère. Juste un chat errant qui grattait à la porte.

— Il va l'abîmer. Je me plaindrai au prévôt. Pourquoi es-tu descendue ?

— J'avais entendu des cris dans la rue.

— J'attaquerai les voisins en justice pour tapage. Remonte et viens continuer ta broderie.

— Oui, mère.

Mes pupilles commencent à s'habituer à l'obscurité du corridor et j'entrevois mieux le visage d'Isabelle de Bruyère. De grands yeux calmes, une manière de pencher la tête sur le côté avec ironie et une bouche faite pour les baisers que j'embrasse tendrement. Elle m'embrasse aussi. Nos bouches jointes et mobiles enferment le secret d'un doux ballet de langues. Mes mains sur sa taille fine glissent le long de ses hanches. Elle me prend les poignets et les remonte :

— Maître François, vous êtes un drôle d'ecclésiastique...

Et elle redescend elle-même mes doigts sur ses fesses tandis que, là-haut, la mère s'impatiente :

— Eh bien, alors, Isabelle ! Tu remontes ou quoi ?

Je chuchote à la fille de celle qui a fait pendre mon père : « Quand pourrons-nous nous revoir ? »

— Demain après-midi entre deux heures et quatre heures. Où ça ?

La porte du salon s'ouvre à l'étage, illumine le palier où s'étend l'ombre de la mère jusqu'au bas des marches :

— Isabelle ?

Je sors en chuchotant :

— Sous la Pierre-à-eau, le réservoir en plomb de l'Hôtel-Dieu...

# 35.

*Folles amours font les gens bestes :*
*Salomon en ydolatria,*
*Samson en perdit ses lunectes.*
*Bien eureux est qui rien n'y a...*

Seul, au fond d'une cave accolée aux fondations des remparts, immergé dans une barrique emplie d'eau chaude près de quelque piscine ruinée et vide, j'écris. La porte de l'étuve s'ouvre et Guy Tabarie entre :

— Ah, François ! Je t'ai enfin trouvé... Mais qu'est-ce que tu fiches là, dans ce repaire de bandits le plus louche de Paris ?

— J'écris, lui dis-je, désignant les feuilles de papier, l'encrier et le verre d'hypocras installés sur la tablette posée en travers du rebord de ma cuve.

Guy est resté habillé. La vapeur de la cave humidifie ses vêtements. Les micro-gouttelettes teintent d'un voile gris le tissu jaune de son surcot sur lequel il glisse un revers de main :

— Pourquoi est-ce qu'on ne te voit plus depuis des mois ? Tu es amoureux ou quoi ? Le matin, tu ne viens plus à *La Truie qui file*. L'après-midi, on ne sait pas ce que tu fais. Dimenche et Dogis s'inquiétaient, les autres aussi…

— Les autres ! Tu parles… Je sais qu'ils me considèrent comme le responsable des nombreux morts et blessés du 9 mai, du refus des professeurs d'enseigner pendant plus d'un an. J'étais leur poète. Je ne le suis plus… On m'évite. Je suis devenu mauvais goût, rejeté par tous. C'est la fin de mes études. Je ne serai jamais ecclésiastique. Le quartier de la Sorbonne, je n'y ai plus ma place. Les écoliers, les étudiants, les clercs, plus rien à faire parmi ces oiseaux-là !

Je me glisse dans l'eau au fond du tonneau, y demeure en apnée. Je deviens poisson. J'assiste à ma métamorphose. Je reste longtemps jusqu'à l'étouffement et l'étourdissement. Des couleurs et des ondulations circulent le long de mes jambes. Sur mes bras, les reflets ressemblent à des écailles. Je ressors à la surface dans des éclaboussures.

Tabarie est parti. Mais la piscine s'est remplie de corps cicatrisés. Dans la barrique face à moi, un beau gars très étrange se badigeonne les épaules du suc d'une herbacée à fleur rose et odorante. La saponaire, en se dissolvant dans l'eau, mousse autour de lui. Un petit homme nu et tordu, sans oreille, un doigt coupé, l'œil gauche crevé et blanc, une cicatrice traversant le sommet de son crâne et l'air mauvais, escalade comme un insecte le rebord de la cuve d'à côté. Un gros ressemblant à un lutteur de foire, ventre, dos, bras, recouverts de poils noirs frisottés, un collier de gras à la gorge, le crâne rasé, les sourcils surabondants, pénètre à son tour dans la même barrique. L'eau déborde et fume sur le carrelage beige à fins motifs ocre.

Le gros, à l'accent picard, articule au petit quelque chose qui doit être une excuse mais à laquelle je ne comprends rien. Les mots sont en français mais la phrase n'a aucun sens. Pourtant, l'autre répond en nommant le gros : Dom Nicolas.

L'écoute des nombreuses conversations dans la piscine est pour moi tout aussi incompréhensible. Je me retourne. Ils sont une douzaine, plus proche de la bête sauvage que de l'humain. Ils ont tous des têtes de dingues – le genre de gars qu'on ne souhaite pas rencontrer la nuit à l'orée d'un bois. Côte à côte, les bras accoudés derrière eux sur le rebord de la piscine, le reste du corps nu dans l'eau, l'un d'eux soulève une paupière alourdie vers moi. Il n'a plus de nez. Le cartilage des cavités nasales palpite dans l'air saturé de vapeur au-dessus d'une grimace qui dévoile ses molaires vertes et bleues. Il est prêt à me tuer à tout moment. Un autre est si chevelu qu'on ne distingue plus la naissance de sa longue barbe ni de ses volumineuses moustaches mêlées aux cheveux. Sa tête est une grande fourrure noire d'où émergent des yeux hallucinés. Cet autre possède le visage le plus fourbe que j'aie jamais vu. Tous les plis de ses traits ne racontent que le vice poussé à l'extrême. Près de lui, un abruti dangereux ouvre en grand sa bouche par secousses continuelles comme s'il étouffait et tape mécaniquement, de son poignard, le rebord de la piscine. Mais qui sont ces gens-là ? !

Sous la massive maçonnerie embuée du plafond en coupole, les flammes des torchères, accrochées à la muraille, grésillent dans l'humidité. Des lambeaux de peinture rose écaillée se soulèvent et remuent – bavardent – lorsque les trous des murs diffusent des jets de vapeur mêlés à la langue secrète des baigneurs.

Dans la barrique face à moi, le beau gars très étrange se lave les cheveux avec une décoction de feuilles de noyer et de chêne. Il observe sur ma tablette le verre d'hypocras, les feuilles de papier humecté, l'encrier et ma plume d'oie :

— C'est toi, le poète des étudiants ?

— Vous me connaissez ?

— On a entendu parler de tes douces plaisanteries…

Il me sourit. Toutes ses dents sont taillées en pointes acérées. On dirait qu'il n'a que des canines qu'il frotte et nettoie du va-et-vient horizontal d'un index enduit de pâte de poudre de corail ou d'os de sèche écrasé.

À l'intérieur de la barrique d'à côté, où le gros Dom Nicolas aux épaules frisottées prend presque toute la place, le petit sans oreille réussit à se tourner dans ma direction. Main par-dessus l'autre au rebord des douelles du tonneau, ses longs doigts maigres s'agitent comme des pattes de sauterelle. Menton sur les poignets, il me dévisage avec gourmandise de son œil droit. Le gauche, blanc, est encore plus inquiétant. Une multitude de petites vagues se forme à son front et ses filets de salive bavent pour moi quelques phrases irréelles. Le beau gars aux dents cruelles l'interrompt en l'appelant Bar-sur-Aube.

Bar-sur-Aube ne dit plus rien mais continue à me regarder. Je demande à celui qui paraît être le jeune chef :

— Quelle langue parlez-vous ? Ce n'est pas du dialecte de la Basoche ni de l'argot homosexuel. Ce n'est pas du jargon de mercier ou de boucher…

L'autre dévoile la dentelle de pointes à ses gencives tandis que je poursuis :

— On dirait que vous nommez une chose par son contraire… Que vous adoptez aussi, de convention, un

168

mot de la langue courante pour une signification différente et opérez une translation inverse. C'est ça ?

Dom Nicolas se secoue d'un rire dans la barrique où l'eau remue et submerge le crâne cicatrisé de son acolyte au ras du tonneau. Pendant qu'il s'esclaffe, je découvre au gras de sa gorge le scintillement d'une chaîne où pend une petite coquille Saint-Jacques en argent. Bar-sur-Aube, qui se redresse et l'engueule, en a une aussi. Celui en face de moi également. Je me retourne. Ils ont tous le métal argenté d'une coquille Saint-Jacques en pendentif. Ma première idée est de jaillir du tonneau, de cavaler aussi vite que je peux dans l'escalier jusqu'au rez-de-chaussée et de fuir nu et trempé par les rues. Je réussis à me maîtriser... difficilement. Je bégaie au beau gars :

— Vous... Vous ê-êtes ?...

— Colin de Cayeux.

Les yeux m'en sortent de la tête :

— C'est vous, le roy de la Coquille ? !

Colin de Cayeux se glisse hors de la cuve avec la souplesse d'un chat. C'est à peine si l'eau du baquet a tremblé en surface. Sur le carrelage beige de l'étuve, il essuie sa tête penchée en avant dans une longue serviette blanche d'où s'échappe sa voix assourdie :

— Que sais-tu de nous ?

Tandis que les plis immaculés du tissu-éponge s'agitent autour de son crâne comme les circonvolutions remuantes d'un cerveau malade, je lui réponds :

— On dit que vous êtes la plus grande bande d'écorcheurs de l'époque... Qu'après cette guerre de cent années où vous étiez mercenaires ou soldats, plutôt que de devenir paysans et de défricher les campagnes, trop habitués à la violence, vous avez préféré former à votre compte une armée errante de dix mille brigands… Que vous attaquez et pillez des villages, des villes comme Dijon, que vous laissez derrière vous tout en sang et en flammes : les pressoirs, les moulins, les outils de travail, les récoltes incendiées. Un voyageur rescapé, qui a assisté à vos méfaits, m'a dit : « J'ai vu et entendu des cruautés et des atrocités telles que nul n'en a jamais ouï raconter auparavant. On ne saurait imaginer le genre de tortures auxquelles les Compagnons de la Coquille soumettent les pauvres gens qui tombent dans leurs mains. » Tout son corps tremblait à ce tableau chaque fois qu'il lui revenait en mémoire… Vous n'auriez pas besoin d'un poète, Colin de Cayeux ?

Le roy de la Coquille sort la tête de sa serviette :

— Un poète ?… Ce serait amusant.

— Toutes les majestés ont un troubadour, sire Colin…

Dom Nicolas et Bar-sur-Aube quittent la barrique en riant de moi ainsi que les comparses, abandonnant la piscine. Certains me surprennent par l'énormité de leur sexe. La porte de la cave s'ouvre. Le tenancier de ce bordel-étuve des remparts à l'enseigne du *Sanglier* – homme court, visage rondelet et barbe roussette – annonce, de son rugueux accent des Ardennes :

— Messieurs, les ribaudes vous attendent à l'étage. Elles sont terrorisées. Essayez ce matin de ne pas trop en détruire. La dernière fois, j'ai dû revendre les restes à un charcutier. J'ai de plus en plus de mal à vous trouver des filles… Celles-ci viennent d'Allemagne. Deux ont déjà préféré se suicider en apprenant que c'était vous, les clients.

Je regarde l'abruti dangereux qui ouvre continuellement sa bouche comme un poisson échoué et qui tape mécaniquement, la lame du poignard contre les murs.

170

Que peut-il faire quand il se retrouve, seul, face à une femme, lui ? Et cet autre, le fourbe taré – des éclairs de vice traversent ses yeux hallucinés. La fille qui va tomber sur lui s'en souviendra… si elle vit ensuite. Colin de Cayeux a noué la serviette à sa taille. Il s'approche de ma barrique où je barbote, s'y accoude. Je lui dis :

— Vous m'apprendriez votre langue secrète, les changements de sens, et je vous suivrais pendant vos expéditions. Je mettrais en vers coquillards vos pillages, vos massacres.

Le roy de la Coquille exhibe les dents en pointes de ses mâchoires :

— Être de notre confrérie ? Mais tu sais que c'est autre chose que de mettre la pagaille au Quartier latin puis de rentrer gentiment souper chez un doux chanoine…

Il trempe une main dans l'eau tiède du baquet et fait goutter ses doigts sur ma ballade dont l'encre des mots se dilue :

— Pour être des nôtres, on doit d'abord faire ses preuves… Nous sommes rassemblés en compagnonnage tels les menuisiers, les serruriers… Nous sommes des voleurs et des tueurs alors, pour devenir maître coquillard, il faut réaliser deux chefs-d'œuvre : un vol scandaleux aux yeux de tous, un crime écœurant devant témoins puis, en guise de bienvenue dans la confrérie, nous offrir ce qu'on te demandera. Es-tu prêt à cela ?

— Qu'y aurait-il à faire exactement ?

Colin de Cayeux s'en va d'un pas félin :

— On en reparlera au cimetière des Saints-Innocents, demain…

— … *À la torture*, poursuit Dom Nicolas.

— À la torture ?

— Ça veut dire : « au lever du jour », me traduit
Bar-sur-Aube dans le creux de l'oreille gauche dont il
me mord le lobe au sang.

## 36.

— Qu'est-ce qu'elle a ton oreille ? Mais, tu as été mordu !… Par le péché, monsieur Villon ?

Isabelle de Bruyère tintinnabule d'un joli rire dont les notes s'égrènent sur les vaguelettes de la Seine près du réservoir d'eau de l'Hôtel-Dieu où, depuis plusieurs mois, nous nous retrouvons presque chaque après-midi.

Débraillé comme un étudiant, allongé à plat dos dans l'herbe et ma nuque posée sur ses longues cuisses fermes et potelées, elle me caresse le sommet du crâne :

— Tes cheveux repoussent, alors cette tonsure s'efface, monsieur l'ecclésiastique qui ne revêt plus sa soutane…

Assise contre un mur de la rive droite, elle se penche vers moi, dépose un baiser sur mes lèvres et l'herbe en est plus douce.

— Tu sens bon la saponaire, me dit-elle, et la poudre de corail.

— Ce matin, j'étais à l'étuve…

Mes jambes étalées sont moulées par des chausses de coton violine de la même couleur que ma chemise recouverte d'un surcot de toile gris-bleu sans manches,

173

ajusté au torse, évasé en jupe plissée sous ma ceinture où pendent une bourse et une dague.

— Tu sors armé, maintenant ? C'est pour me protéger, chevalier servant ?...

Isabelle rit et la voix modulée d'un oiseau chante dans l'éclat du soleil printanier... Sur la berge d'en face, des femmes au crâne enveloppé d'un tissu blanc travaillent à l'ombre d'un mur, en bas d'un escalier qui mène à une sorte de plage. Sur le fleuve, c'est un ballet de barques dont les rames entament l'eau comme des ailes de libellules. Ces frêles esquifs grandement chargés de plantes et d'herbes séchées rejoignent des fanières et des avenières – marchandes de foin et d'avoine. Une flourière décharge les fleurs venues par la Seine depuis les campagnes. J'observe ces femmes dans l'effort quotidien et tourne la tête vers Isabelle :

— C'est toi, la plus belle.

Elle est coiffée d'un hennin. De ce long cône pointu décoré de losanges, un voile volumineux pend librement, en plis souples, jusqu'à terre. Une courte voilette transparente serpentine à son joli front brillant et rieur. Un cordon doré borde le col de sa robe d'une riche étoffe verte de Gand dont le bas est décoré de déchiquetures en lambeaux feuillus « à la façon d'Allemagne ».

— Il est clair à voir ta mise, Isabelle de Bruyère la rentière qui finira dans un trousseau de maître des monnaies, que tu n'es pas trop accablée de besognes... Une fois que tu t'es bien peignée, bien parée et habillée, ta journée est faite.

Elle saisit dans l'herbe mon chapeau de feutre mou, à forme haute et bec pointant sur le front, pour m'en frapper la tête à grands coups :

174

— Ton raisonnement est tout à fait spécieux ! Il ne vaut pas un couteau à manche de troène, monsieur Villon !

Je l'attrape par la taille, que les coutures cintrées de sa robe affinent, et la renverse sur ma cape que j'avais étalée au sol pour qu'elle n'y tache pas sa robe. Elle me murmure : « François... » Je soupire : « Nous qui sommes nés le même jour, j'aurais voulu que tu sois ma sœur jumelle. » Elle plisse ses belles lèvres sensuelles dans un rictus malicieux :

— Et ma mère serait aussi la tienne ?...

Je me redresse tel un ressort :

— Oh, celle-là ! J'ai une sacrée envie de lui briser les dents à cette sale vieille putain... Et de la battre à coups de pied et de poing au point de la faire péter et chier ! Toute sa robe mise en pièces, elle se retrouverait nue jusqu'au cul et...

Isabelle éclate de rire et enlace ses deux bras autour de mon cou :

— Ah, quel poète ! Mais est-ce qu'une cour du royaume acceptera un tel ménestrel ?...

Elle est une jeune fille fort gracieuse aux sourcils arqués. Au-dessus de son petit nez gentiment retroussé, des yeux brillants faits pour séduire un écervelé comme moi.

## 37

— Un voleur est un « vendangeur », un « bleffeur » truande au jeu, un « envoyeur » est un meurtrier. Faudra que tu choisisses ta spécialité.

— Poète.

— Ah oui, c'est vrai. Toi, c'est particulier… Une « mouche » est un espion. On appelle « anses » les oreilles. Alors forcément, pour une cruche ou un panier, on dit : les saisir par l'oreille. Et Bar-sur-Aube, ce qu'il lui manque, eh bien, ce sont les anses. Tu sais qu'il a combattu à la bataille d'Azincourt… Quand Charles d'Orléans fut fait prisonnier par les Anglais, il était là ! Et tout chétif qu'il a l'air d'être, il m'a sauvé la vie bien des fois.

— Ah bon ?

Depuis le lever du jour, Dom Nicolas commence à m'initier à la langue secrète des Coquillards tandis que Bar-sur-Aube m'apprend à piper les dés sur une tombe du cimetière des Saints-Innocents :

— En fait, le plomb, tu le coules par les trous noirs des chiffres que tu as d'abord percés. Ainsi…

Je passe d'une explication de l'un à celle de l'autre. Ces deux-là sont inséparables. J'apprends que Dom Nicolas est un moine picard défroqué, maintenant

177

coiffé d'un chapeau-cloche à plume et torse nu en toutes saisons :

— Ma fourrure me protège, rigole-t-il en caressant la foison de poils de son buste. Mon ancienne soutane, je l'ai refilée à Bar-sur-Aube.

Celui-ci, beaucoup plus petit, nage dedans et elle traîne au sol. Une main par-dessus l'autre, à même la pierre d'un mausolée, il agite ses doigts pareils à de longues pattes d'insecte et me fixe de son œil blanc : « Bon, alors, on continue ? » « Donc... » me dit Dom Nicolas. À ces deux professeurs, vient s'en ajouter un troisième – celui qui a une tête de fourbe : Pochon de Rivière. Il lorgne autour de lui et m'explique, du coin des lèvres, la stratégie des Compagnons de la Coquille :

— On se regroupe et vole, n'attaque les populations que l'hiver. Aux saisons chaudes, on s'éparpille dans le royaume et dépense les butins. À l'approche de Noël, on se rassemble sur une grande plaine près de Moulins. L'hiver, l'eau gèle dans les fossés autour des remparts. On a coutume d'en profiter pour prendre les villes d'assaut à l'échelle. On s'intéresse surtout aux provinces de l'Est à cause de la richesse des cités. À chaque fin d'automne, les Bourguignons redoutent l'arrivée des Écorcheurs... Il glisse une langue vicieuse sur ses lèvres. Quant aux femmes des bourgeois, tu veux savoir ce qu'on leur fait ?

Il va pour me raconter quelque chose de sans doute bien croquignolet quand arrive, félin, Colin de Cayeux qui me dit à l'oreille (l'anse) :

— Tu vois, là-bas près du petit cercueil blanc, la femme en larmes et à genoux qui enterre son enfant... Elle a une bourse pendue au côté. Va la lui voler.

Le cimetière est plein de marchands qui négocient

entre les tombes, de femmes cordières, cirières, qui étalent, sur les mausolées, des étuis divers, des bijoux de deuil. Des badauds se promènent parmi des chèvres dont des enfants vendent le lait. J'y vais.

Signe d'inquiétude, tout en marchant à pas lents, je vérifie à maintes reprises que ma dague n'est pas coincée dans son fourreau, que je pourrais la dégainer au dernier moment. Je soulève plusieurs fois le manche et me rassure en glissant un index sur le fil tranchant de la lame qui devra couper les cordons de l'aumônière accrochée à la robe de la mère éplorée. J'arrive en traître dans son dos arrondi secoué de larmes, reluque les environs puis me penche, sors ma dague. C'est alors que j'entends une voix tonner sous les arcades :

— Regardez ! Regardez tous, là-bas ! Un coupeur de bourses !… Le gars, en chausses et chemise violine, va voler cette femme qui enterre son petit !

Je reconnais la voix de Pochon de Rivière. Ce fourbe ose ajouter :

— C'est une honte ! Messires les marchands, les notables, laisserez-vous s'accomplir un tel délit sans réagir ?

Ah, la vache ! De tous les endroits de la nécropole, des bourgeois, des nobles en chaperon et lourde robe de velours accourent et se jettent sur moi. Ah, les héros bon teint ! On me tape, on me bat, à coups de pied, à coups de poing. Je roule ma longue carcasse dans la terre près de la jeune mère qui n'y comprend rien. Les talons dans ma figure font claquer mes dents. Des traits de lumière traversent mes yeux. Ouh, les coups de bâton dans le dos, les barres de fer en plein ventre ! Des furies me lacèrent les chausses et me griffent. Certaines crient : « Qu'on l'émascule ! » Je m'accroche à tout ce que je peux. J'ai dans les mains des poignées de cheveux et je ne sais quoi. Mais que font mes nouveaux bons amis ?... (sauf Pochon de Rivière, bien sûr !) Eux qui ont bouté les Anglais hors de France, pourquoi ne me secourent-ils pas ? À travers la forêt de jambes qui me tapent dedans comme si j'étais la balle d'éteuf d'une partie de soule, je les vois enfin accourir. Mais que font-ils à rester si longtemps derrière mes agresseurs ? Oh, les salauds ! En fait, ils en profitent pour couper les bourses de ceux qui s'en prennent après moi. Pendant leur cueillette systématique, je suis battu comme plâtre. Si ça se trouve, je vais mourir. La fourrure d'une longue bête épaisse file vers mon pied. Est-ce un castor venu me mordre aussi ? Non, c'est le gros bras velu de Dom Nicolas qui m'attrape par une cheville et me tire de sous la mêlée. Il jette, sur son dos nu, la longue poupée de chiffon que je suis devenu et se sauve en courant avec la souplesse d'un ours. Mes bras et mes jambes bringuebalent tandis qu'autour de la petite tombe et de la mère inconsolée chacun des bourgeois et nobles se plaint de sa bourse volée aussi.

## 38

— Il l'a fait !...

On ne s'entend plus ce matin au bordel de la rue
Tiron près de la paroisse Saint-Paul et des tours de la
Bastille. Les cris des Coquillards, leurs coups sur la
table où m'étale Dom Nicolas, leurs chansons gueu-
lées à tue-tête font trembler les pots d'étain et les
écuelles en bois :

— Il l'a fait ! clame, hilare, l'ancien moine picard.
Regardez sa main !

J'ai encore dans le poing gauche serré – je suis gau-
cher – les cordons de l'aumônière et, entre les doigts,
des poignées de cheveux arrachés à celle qui pleurait
la mort de son petit. On me félicite pour cet exploit.
Marion l'Idole me panse les plaies du visage. La
Machecoue dépose des linges humides sur les bosses
de mon front – ces beaux bignons dont s'amuse l'inquiétant Colin de Cayeux en dévoilant ses dents taillées en pointes et appuyant fortement un index vertical
sur mon douloureux hématome à l'œil.

— Aïe !

— Cette correction était une belle leçon dont tu ne
dois être fâché. Retourne à tes études et oublie notre
confrérie, gentil poète…

— Vous en avez mis du temps à venir me secourir. J'ai cru que j'allais mourir.

— On n'a rien sans risque. Tout se paie. Tout est jeu et notre jeu vaut quelquefois la peau, continue-t-il en surveillant Pochon de Rivière qui renverse devant lui le contenu de toutes les bourses volées.

Le terrible bandit vicieux lève ses yeux fourbes vers moi :

— Donne l'aumônière de la mère. Et puis, que tiens-tu dans l'autre main ?

Dom Nicolas et Bar-sur-Aube redressent mon corps meurtri et m'aident à m'asseoir sur le bord de la table. Dans mon poing droit tétanisé, les cordons d'une bourse à fermoir arrachée aussi dans la mêlée à je ne sais qui.

— Fais voir.

Pochon ouvre le petit sac, en cuir de cerf et soie brodé de perles, à l'intérieur duquel cliquettent des pièces. Il en sort une feuille de papier qu'il déplie et siffle vers moi, admiratif :

— Novice, c'est un bon début ! Tu as aussi volé six écus d'or au duc Jean de Bourbon...

— Le cousin du roi ? Je les lui rendrai un jour si je suis atteint d'honnêteté.

— Ne parle pas de malheur ! ricane Bar-sur-Aube en agitant ses pattes d'insecte – doigts – sur le bord d'une écuelle.

La Machecoue s'approche des six écus scintillants comme des soleils et de la face patibulaire de Pochon de Rivière :

— Voici maintenant, dans une nouvelle robe, le corps venu ici pour satisfaire votre plaisir...

Elle en soulève le tissu vert amande sur des jambes cagneuses et poilues puis baisse l'échancrure du col

182

sur une épaule trop maigre décorée d'une fleur de lys
– la marque au fer rouge de son infamie. La robe a des
manches en forme de sacs ballonnés fermés aux poignets que la Machecoue remue :

— Bandit, si tu veux, tu seras le premier à me
l'ôter.

— Barre-toi.

— Pourquoi tu ne me fais jamais venir au bordeau-
étuve à l'enseigne du *Sanglier* ? Les autres filles ne
veulent pas mais moi…

— Je t'ai dit de te barrer !

La très hideuse, grande et maigre ribaude, s'en va
en traînant ses chaussons sur le sol en carrelage cassé
jonché de feuillages : « À force, je vais finir par être la
première prostituée au monde à redevenir vierge… »

C'est alors que j'aperçois là-bas, accoudés à une
table devant la cheminée, Dimenche Le Loup et Guy
Tabarie qui me regardent. J'assois sur un banc, près de
Colin de Cayeux, mon corps endolori tandis que
Coquillards et clients louches de l'établissement rient
de celui de la Machecoue et de mon forfait au cimetière des Saints-Innocents. Les vins recherchés de
Coucy et d'Orléans montent à la tête de ces gens et
les vanteries les plus extravagantes se succèdent sans
borne ni mesure. C'est plaisir que d'entendre leurs
beaux récits : ce n'est que guet roulé dans le ruisseau,
que bourgeois rossés, que bourgeoises, voire nobles
dames induites à mal par ces galants. On nous apporte
à manger. Le Roy de la Coquille, en se servant, me dit
doucement :

— Tu ferais mieux d'arrêter là…

— Pourquoi j'arrêterais ?

— Alors, tue.

— Maintenant ? Qui ?

183

— Choisis-toi une victime dans cette taverne et va l'égorger, devant deux témoins, au bois de Vincennes…

Accoudé et le menton dans une paume, je balaie d'un lent regard les marins du port de Saint-Landry, les ouvriers, les clercs de la Cité – tous les clients de la salle aux murs rougis par les flambeaux. Qui tuer ? À ma gauche, Dom Nicolas et Bar-sur-Aube sont en grande discussion amicale. Je lève un bras et appelle quelqu'un dans la taverne :

— Eh, la Machecoue !

# 39.

« Dis donc, la ribaude, le printemps est la saison de l'amour… Si nous allions le faire au bois de Vincennes avec mes deux amis attablés, là ? » dis-je en avançant vers Tabarie et Dimenche qui n'en revient pas :

— Il est fou, lui !

Guy écarquille ses yeux comme des cloches d'église :

— Mais François, il paraît qu'elle peut faire des nœuds avec ses seins alors comment veux-tu que ?…

— Ô, ce serait le plus beau jour de ma vie ! s'exclame la Machecoue.

Je lui demande :

— Et tu n'as rien contre qu'on y aille tous ensemble ?…

— Trois ouvriers font plus qu'un ! rigole-t-elle, de sa bouche affreuse.

Je frappe dans mes mains :

— Allez, allez, les gars ! Ne faites pas vos donzelles. Vous n'aurez qu'à fermer les yeux et croire qu'elle est Marion l'Idole !

— Ça ne va pas être facile…, soupire Dimenche en se levant quand même.

185

Par un dédale de ruelles malodorantes, nous allons jusqu'aux remparts puis, hors de Paris, traversons le village et les vignes de Montreuil. Mes deux compères traînent la patte sans enthousiasme tandis que, devant eux, je vais près de la Machecoue à qui je demande :

— Triste paillarde, on n'a jamais beaucoup parlé tous les deux. Quelle est ton histoire ?

— Pour une joie, mille douleurs…

Elle se dit née à Corbie – ville qu'elle aurait quittée il y a vingt ans. Elle a depuis été servante à Clermont, Beauvais et Senlis. À Senlis, placée chez un curé, celui-ci l'aurait faite entrer dans une maison close et ensuite conduite à Paris, rue Glatigny puis au bordel de Tiron où elle se prostitue depuis dix ans sans aucun succès.

— C'est Philippe qui m'a acheté cette nouvelle robe pour me consoler…

— Philippe ?

— Philippe Sermoise, mon abbé souteneur.

— Tu as un souteneur ? Il ne doit pas manger tous les jours à sa faim…

— Moi non plus.

Derrière, Dimenche Le Loup et Guy se marrent. Tabarie, plié de rire, manque de tomber à l'eau en franchissant une rivière. La Machecoue se retourne :

— Si tu te noies, ne me lègue ni ton cœur ni ton foie : j'aimerais mieux autre chose…

La fille de péché au bois de Vincennes ! Je crois que je me souviendrai toujours d'infimes détails : la douceur de l'air, le son lointain de la masse des tailleurs de pierre et du maillet des charpentiers.

— Retire ta robe.

Le cri des oiseaux dans le ciel, la fuite des bêtes des champs, le bruissement des feuillages et, sur l'herbe, des gouttes écarlates qui fleurissent. C'est bizarre et Satan doit rire. Ce premier jour de juin m'a tout saoulé. Le retour à Paris se fait en silence.

Je pousse la porte de la taverne flamboyante tandis que Dimenche et Guy parlent dehors. J'arrive devant Colin de Cayeux :

— Je pense que ce qui appartenait à la truie doit revenir de droit aux pourceaux !

Je jette devant lui, sur la table, un peu de billon :

— L'argent de sa robe que j'ai vendue au retour dans le village de Montreuil.

Tabarie arrive. Je pivote vers lui :

— Ben, et Dimenche ? Il n'entre pas ?

— Il m'a dit qu'il ne voulait plus jamais te revoir, que tu le dégoûtes.

des pointes écarlates ont flamboyé. C'est l'armée d'un roi. Bientôt Gretchen lui prend la main et lui assure : « le sommeil arrive est en route... »

— Repassage la patte de la cravate, flamboyer, a ânée, que Gretchen... et Gretchen me donna. Paris ouvrait comme une ville...

— Je pense que ce que j'apprends par là n'me sert à rien n'a rien que ça me manque...

— Je suis devant un small-table, un pot de billard.

— L'argent du tabac ! quelle-que chose ! voudré-je à tenir chez ? village de Monsieur.

— Je suis auprès respire vers lui...

— Gretchen ! Gretchen ! Il n'en reste...

— Il n'a disparu. Je ne suis plus simple à rien que je te l'annonce...

## 40.

À l'heure où la lune s'élève à l'horizon, où le vent du soir siffle à travers les os des pendus, dans ma chambre, je remonte la couverture, je cache dessous ma trahison.

Toute la nuit, je ressens à la main gauche les vibrations de la dague dans les craquements de cartilage du larynx de la pauvre ribaude. Le mouvement oscillatoire de la lame remonte en ondes le long de mon bras, vibre à mon épaule, m'atteint la tête ! Quand je me retourne dans le lit, mes pensées s'ébrouent comme la poudre de pierre autour du calot de Dimenche. Je pourrais moi-même me condamner à être brûlé et mis en cendre ! L'évocation de mon crime est telle que je crois entendre des bruits d'épées tombant sur le palier mais c'est le ronflement de maître Guillaume dans la chambre d'à côté. Trassecaille dort sous les toits. La nuit est étoilée. Je me tourne sur le dos et regarde le plafond. Un écho sonne et sonne dans ma chair entière où brille la croix d'un cimetière. J'ai refusé les battements divins du ciel. J'ai faussé les poids de la balance. Certain de ma ruine, je suis comme un tisserand qui tiendrait dans sa main de la laine enflammée !

Les ombres de la chambre questionnent en vain mon insomnie.

Le lendemain matin, je descends en me frottant les yeux et j'entends Gilles dire au chanoine : « C'est un onguent à base de plantes calmantes que m'a conseillé l'apothicaire d'Andry Courault. Vous savez, le procureur parisien du roi René qui loge près d'ici à l'enseigne du *Lion d'Or*. D'ailleurs, ce procureur aimerait vous rencontrer pour savoir si cette année vous "ferez taverne" du surplus de l'an dernier. Il voudrait acheter quelques fûts de vos vignes du Clos aux bourgeois et des bocaux de confiture de cerises du cloître. »

J'entends un bruit de banc qu'on approche puis :

« Là, chanoine... Donnez-moi vos mains et essayez de détendre vos doigts. Je vais vous les masser. Voilà, c'est bien, ça vient. »

J'arrive en bas et mon tuteur, dans son fauteuil près de la cheminée, découvre mes chausses de la veille déchirées, mon pourpoint lacéré, mon hématome à l'œil et mes bosses au front.

— Mais que t'es t-il arrivé, François ? !

Les doigts de maître Guillaume se replient et se crispent dans ses paumes.

— Et voilà ! Tout est à recommencer..., souffle le bon bedeau à la figure de dégorgeoir de cathédrale en remontant ses lourdes lunettes sur son vilain nez tandis que je sors par la porte donnant rue Saint-Jacques.

— Où vas-tu ? me demande le chanoine.

— Dans les écuries d'Augias. Mais ce sera pour en remettre.

— Il a changé, soupire l'accent bourguignon et trembloté d'angoisse de mon tuteur.

— Depuis qu'il a six ans vous dites ça chaque

matin, chantonne la voix rassurante et ensoleillée de Gilles.

— Oui mais là, il a vraiment changé…

Le bedeau ne sait plus que faire de son pot d'onguent apaisant.

## 41.

Dans ce bouge de la rue du Sac-à-Lie, je rejoins Dom Nicolas, Bar-sur-Aube et Colin de Cayeux attablés autour d'un plat de pois au lard qu'ils finissent. Je m'assois à gauche du roy de la Coquille et face à l'ancien moine picard adossé contre un mur près du rescapé d'Azincourt. Une servante arrive et me demande ce que je désire.

— Rien, je n'ai pas d'appétit.

— Mais si, dit Colin à la fille. Sers-lui donc une perdrix…

On pose devant moi une jolie volaille dorée que je contemple, l'estomac noué. Le roy de la Coquille remarque mes yeux cernés :

— Mal dormi ?

Autour de nous, ce sont des pipeurs de dés vivant aussi de l'amour, des qui s'écrient dès que leurs verres sont vides : « Ici ! » Ces rudes buveurs dès l'aube, coiffés du bonnet des larrons en makellerie, s'entretiennent de leurs ribaudes : « Savez-vous que la Machecoue a été égorgée hier ? Dogis l'a trouvée dans une clairière du bois de Vincennes. »

— Tiens, à ce propos, où est-il Robin ?

— Il cuisine une terrine forestière.

Les trois Coquillards lorgnent ma perdrix. Colin me demande : « Tu ne veux vraiment pas la garder pour toi ? » Comme je ne réponds rien, il la déplace au centre de la table pour qu'ils puissent se la partager et s'en régaler entre Écorcheurs. Les pensées ailleurs, je murmure : « Voilà, c'est fait. Je vais pouvoir apprendre puis écrire dans votre langue. J'ai réalisé un vol scandaleux aux yeux de tous et commis un crime écœurant devant témoins… »

— Oui, il ne manque plus que ton cadeau, me dit le roy de la Coquille.

Percevant ma surprise, il poursuit de sa belle voix grave :

— Ne t'avais-je pas prévenu qu'après les deux premières épreuves, tu devrais nous octroyer ce qu'on te demandera ?

— Que voulez-vous ?

— Offre-nous ta femme.

Ce gars veut me voir me jeter du haut de la falaise. Je le regarde. Il se tourne vers moi. Colin de Cayeux est très beau dans sa longue robe fluide bleu ciel qui ressemble à une toge d'empereur romain. Pas tellement plus âgé que moi, peut-être vingt-huit ans, une peau blonde et des yeux clairs. Un redoutable visage qui pourrait aussi sembler angélique si ce n'est, quand il sourit, ses surprenantes dents de requin ! Dans le reflet imprécis de ses incisives, canines et molaires taillées en pointe, je découvre ma figure décomposée par ce qu'il me demande. Il rejoint ses lèvres, avale mon image :

— Alors ? Livre-nous ta bourgeoise qu'on s'amuse un peu avec elle…

Assis devant moi, Dom Nicolas, tranquille et torse velu, écarte les cuisses de la perdrix jusqu'au démantèlement des articulations puis en porte une à ses petites lèvres rondes et sensuelles sous son chapeau-cloche beige à plumes violettes. À sa gauche, dans la soutane trop vaste, Bar-sur-Aube, à même la carcasse, agite ses mandibules aux dents déchaussées qui bavent et il me fixe de son œil blanc. Il tourne la tête vers le moine picard et lui chuchote, en jargon coquillard, quelque chose à l'oreille. L'autre se marre et les lourds colliers de graisse ballottent à sa gorge. Sourcils relevés et lèvres avalées, je réponds au roy de la Coquille :

— C'est impossible.

— Pourquoi ?

— Isabelle de Bruyère est comme enchâssée dans mon cœur...

— Eh bien, justement, sinon où serait l'exploit ?

— Ce n'est pas possible de faire ça.

Colin racle un ongle sur un os de la perdrix dont il détache un bout de chair qu'il porte à ses lèvres :

— Dom Nicolas, qui aimes-tu le plus au monde ?

— Ben, Bar-sur-Aube.

— Tue-le.

Schlac ! Le moine picard attrape sa dague et la jette jusqu'au manche dans la poitrine de son voisin qui tombe sur la table, le visage hébété, dans la stupeur générale de la salle. Une grande tache de sang s'étale autour des reliefs de la perdrix. Dom Nicolas coupe les cordons de la bourse de Bar-sur-Aube. Colin de Cayeux s'essuie les mains sur sa robe bleu ciel, se lève et me dit :

— À demain après-midi, au bordel-étuve des remparts.

42.

Ah !

## 43

Alors là, aujourd'hui, sous la Pierre-à-Eau – le réservoir en plomb sur pilotis de l'Hôtel-Dieu –, dire que je suis embarrassé, c'est vraiment peu dire. Venant vers moi, Isabelle de Bruyère l'a tout de suite remarqué et s'en amuse :

— Ouh, là, là ! Il en fait une tête, celui-là…

Coiffée d'un escoffion en forme de cornes d'où une résille retombe en plis jusqu'aux épaules, elle est vêtue d'une robe moulante gris perle à petits points blancs. Elle n'a jamais été aussi belle et se moque de moi :

— Mais qu'est-ce qu'il a mon poète aujourd'hui ? Des soucis avec ses ballades et ses rondeaux ?

— Non, ce n'est pas ça…

— Eh bien, alors souris ! La vie est belle. Regarde, dans moins d'un mois ce sera l'été !

Elle m'enlace de ses bras et pose ses lèvres parfumées sur ma bouche où elle plaisante :

— Monsieur m'oublie pendant deux jours et c'est lui qui est morose et muet… Si je dis ça à ma mère, elle te fait un procès ! Encore hier, j'ai arpenté la berge pendant plus d'une heure à t'attendre. Les gens ont dû me prendre pour une ribaude. Crois-tu qu'on puisse me prendre pour une ribaude ?… continue-t-elle, langoureuse, en plaquant et balançant latéralement ses hanches contre moi. Avec qui étiez-vous, larron ? Répondez sinon c'est mon oncle, l'évêque d'Orléans, qui vous interrogera !

— Des gars que j'ai rencontrés…

— Ah bon ? Où ça ?

— À l'enseigne du *Sanglier*.

— Connais pas. Fais-moi visiter. Allons-y… Pourquoi tu ne me présentes jamais à tes amis ? Je ne suis pas assez bien pour eux ?

Elle se recule d'un pas, fait sa jolie en tournoyant – ventre plat, les reins cambrés sculptés comme le manche en ivoire des petits couteaux dont se servent les demoiselles. Ses pieds arqués, minces et nerveux dansent autour de moi.

Un chaton, sur la berge, joue avec sa queue, tourne en rond, multiplie les gambades, court vers le Petit-Pont. Nous le suivons. Rue de la Huchette, Isabelle pose sa tête sur mon épaule :

— Il en est de nous comme du chèvrefeuille qui s'enroule autour du coudrier : une fois qu'il s'y est attaché et qu'il entoure la tige, ils peuvent longtemps vivre ensemble mais si on les sépare, le coudrier meurt bien vite et le chèvrefeuille aussi. François, en est-il ainsi de nous : ni toi sans moi, ni moi sans toi ?

Rue de la Harpe, je m'arrête, l'embrasse puis la regarde. J'ai grand-peine à en détacher mes yeux car ils sont retenus de force par la grande beauté d'Isabelle. Je suis tellement occupé à la contempler que j'en oublie de marcher si longuement qu'elle me dit : « François, viens, tu rêvasses ! » Après cette remarque, je baisse les yeux n'osant plus la regarder tant que dure ce trajet. Pourtant, je la contemplerais encore volontiers et plus que je ne l'ai jamais fait. « François, avance ! Est-ce que tu dors ou tu rêves ? »

Près de la porte d'Enfer, dans une ruelle longeant les remparts – le tout navrant avec un air de saleté – nous arrivons sous l'encorbellement d'une maison à l'enseigne du *Sanglier*. Je dis à Isabelle :

— Voilà, c'est là...

— Eh bien entrons ! rit-elle d'un joli rire cristallin qui tintinnabule comme la clochette accrochée au-dessus de la porte du bordel-étuve.

## 44.

« J'espérais que tu ne viendrais pas… » C'est par cette phrase que m'accueille Colin de Cayeux lorsqu'il se retourne vers le tintement de la clochette fixée à la porte d'entrée. « Mais maintenant que tu es là, assieds-toi et regarde… »

C'est une salle crasseuse puant l'humidité, au plafond bas à grosses poutres et vaste cheminée où pétillent des braises. Un escalier en pierres glissantes descend vers les buées de l'étuve à la cave, un autre en bois démoli monte aux chambres de l'étage. Ça sent ici l'urine, la merde froide, le foutre séché et un peu la douce odeur du sang qui laisse un goût de fer sur la langue.

L'endroit est obscur, malgré sa fenêtre, à cause de la haute muraille des remparts qui y appuie son ombre du matin au soir tout au long de l'année. Le tenancier de ce bordel-étuve allume des lampes à huile dont la tige recourbée en crochet permet de les agripper en divers endroits :

— Voilà, messieurs. Amusez-vous bien, conclut-il, en refermant derrière lui une porte qui mène à son arrière-boutique, nous laissant seuls avec Isabelle debout au milieu du dallage.

203

Accoudés à quelques grossières tables de bois disposées contre les murs, tous les Coquillards se lèvent et enjambent les bancs, s'approchent lentement d'elle. Ils sont une douzaine à la contourner pour mieux la jauger de face, de profil et de dos. Ils se croisent en sifflant d'admiration :

— Eh bien, mon vieux, voilà un beau cadeau… Quelle perdrix !

Certains claudiquent leur corps déglingué par des années de guerre contre les Anglais – du temps où ils étaient des « Fer vêtus ». Leurs casques et armures embouties dans des batailles épiques ont laissé des séquelles physiques et mentales. Des estropiés s'appuient sur des béquilles avec des gueules de gens qui n'ont plus rien à perdre tellement ils en ont fait, tellement ils en ont vu… Celui dont l'opulente chevelure noire se confond avec la longue barbe paraît halluciner. Des pupilles brillent parmi ses poils. À côté, l'abruti dangereux qui suffoque continuellement manque de s'étouffer devant la courbe des seins ronds d'Isabelle de Bruyère. Il en lâche sa dague dont il tailladait l'air par secousses nerveuses, tend ses doigts tremblants vers la robe moulante gris perle dont le contact à la poitrine lui fait l'effet d'une foudre. Il s'en jette aussitôt, à la bouche, sa main qu'il mord au sang en poussant des cris frénétiques. Isabelle recule :

— François ! Mais qui sont ces gens-là ?

Un autre, derrière, lui plaque une paume sur les fesses. Elle se retourne. Il a dénoué les aiguillettes de ses chausses tombées sur les chevilles et dresse son orgueil génital d'une taille et d'un volume anormaux. Son voisin, Dom Nicolas, torse velu, bras croisés et mains sous les aisselles, se marre de la surprise d'Isabelle :

— Ah, ah, il en a hein ! Et il sait l'employer ! C'est Petit-Jean, nommé le bon fouteur.

— François…

Je vais pour me lever. Une rugueuse main de Colin de Cayeux, resté à ma gauche, me plaque et me rassoit dans le fauteuil en bois prévu pour moi :

— Il ne fallait pas l'amener. Maintenant plus personne ne pourra la leur retirer…

Je maintiens ma pression pour me dresser. Il maintient la sienne sur mon épaule. Je me relâche. Le cercle de Coquillards s'ouvre devant la porte d'entrée. Isabelle s'élance pour déguerpir. Dans son dos, Pochon de Rivière catapulte ses bras aux talons de la fille et en soulève d'un jet la robe par-dessus ses épaules.

Isabelle est totalement nue dessous sauf ses bottines à boucle. Le visage et les bras en l'air coincés dans le fouillis de tissu de la robe, tout le monde peut constater la perfection arquée de ses formes : ses seins blancs galbés aux pointes roses dressées, son ventre plat étiré, la finesse de sa taille, la plénitude de ses hanches larges sur de longues jambes en haut desquelles scintille le gentil triangle doré d'un buisson ardent. Un Coquillard s'agenouille devant, les bras en croix, follement, fanatiquement. Dans la clarté des torches et des lampes à huile, elle est une poupée de neige.

Ils la jettent au sol, arrachent à sa tête la robe qui entraîne l'escoffion et la résille d'où s'échappe sa chevelure blonde qui se répand en flots à ses épaules. Sa croupe, ses reins, ses flancs les rendent tous fous. Mon amour, ma poupée de neige abattue et étendue de tout son long sur le dallage, fond et transpire, Dieu sait quelle sueur !… Leurs mains en quête sur ses seins, son dos, son ventre. Ils se la repassent, se font sucer, la baisent et l'enculent. Je ne fais plus qu'entendre ses cris, le bruit des corps en elle – enclume et marteau sans clémence – les injures : « Tape ferme et dru, bonne bougresse ! » C'est trop. Je n'entends plus rien. Le monde devient totalement silencieux. Je suis comme sourd, ne fais plus que voir passer devant mes yeux incrédules des images irréelles auxquelles je ne peux croire et dont je ne garderai aucun souvenir si ce n'est quelques détails futiles : le va-et-vient des ongles d'Isabelle dans un lambeau de sa robe déchirée glissant sur le carrelage forme des petites vagues gris perle. Je me rappellerai aussi, qu'au-dessus d'elle, le ventre d'une sangsue confessait une poutre. Appréciez sans vertige l'étendue de mon innocence... C'est le tintinnabulement de la clochette de la porte d'entrée qui me sort de ma rêverie, me ramène à la réalité.

Deux sergents du prévôt ont fait irruption dans le bordel-étuve, suivis par Jean Bezon. Tiens, il n'a toujours pas été destitué celui-là ? L'un des gens du roi porte un seau empli de braises où rougeoie une tige métallique tandis que le lieutenant criminel s'exclame :

— On nous a avertis qu'il y aurait sans doute une nouvelle ribaude ici ! On doit la marquer du signe d'infamie.

Il est toujours coiffé de son casque à cornes. Les plis de sa cape brune tournoient tandis que les Coquillards libèrent le corps d'Isabelle où se précipite Bezon. Agenouillé sur elle à même le dallage, il est embarrassé par le tas de ceintures à sa taille. Sa tunique orange, décorée d'un blason, s'étire par-dessus sa cotte de mailles. Il est aussi gêné par l'absence de sa main droite. Il écrase et étouffe, du moignon de son avant-bras, le visage de la fille tandis qu'on lui tend la barre rougie mais Isabelle se débat. Le lieutenant criminel empêtré ne réussit pas à lui bloquer l'épaule qu'elle bouge sans cesse alors il la marque sur le côté, pleine gorge, juste sous la mâchoire. Un dessin de fleur de lys grésille profondément sa chair dans des filets de fumée aux odeurs de truie grillée.

Lorsque Jean Bezon veut se relever, alourdi par l'âge et encombré par ses armes à la taille – épée, hache danoise, masse d'armes et dague – Isabelle en profite pour s'enfuir, arrachant au passage, à la fenêtre, un rideau vert souillé de déjections dont elle enroule son corps. Elle court dans la ruelle, le long des remparts. Le sergent-criminel et ses hommes s'en vont aussi, délaissant les Coquillards. Leur connivence est visible. Je demande :

— Qui les a avertis ?

— Moi, répond le roy de la Coquille en ouvrant un coffret d'oreries et de perles pillées à quelques Baby-lones dont il extrait une chaînette où pend une petite coquille Saint-Jacques en argent. Les anneaux de la chaîne s'enroulent et se déroulent. L'emblème des pèlerins du Mal pivote et je vois qu'à l'intérieur un minuscule rubis luit comme une goutte de sang. Colin de Cayeux lâche ce bijou symbolique dans mes mains :

— Bienvenue parmi les ignobles, cher poète...

## 45.

— La nuit dernière, j'ai rêvé que je me vomissais entièrement, de la pointe des cheveux à la plante des pieds. Tout mon corps partait comme ces queues de renards liquides que les ivrognes dégueulent contre les murs des tavernes.

— Oh, ben dis donc, Couille de Papillon, en voilà un rêve !

— Si tu savais, Margot, le mal que j'ai fait à mon amour…

Je suis étalé comme un chiffon sur le dos de la grosse prostituée, en position de jument, qui boit, à même le bec verseur, un hanap d'étain empli d'hypocras tandis que je la prends sans entrain :

— Je suis surtout venu pour pleurer dans ton cul sale.

— Pas que pleurer…, râle son petit mari en grimpant avec difficulté les quelques marches qui mènent au réduit où nous nous trouvons. Qu'est-ce que j'aperçois là, qui ballotte trop au-dessus du jardin ?

— Mais laisse, Pierret, tu vois bien qu'on parle !

Le larron en makellerie redescend en se tenant les reins et grognant :

— Alors, parce qu'il fait de la peine à sa femme, il vient enc... la mienne. Elle est bonne, celle-là !

Pierret, depuis que je le connais, a beaucoup vieilli contrairement à la grosse Margot dont les lueurs d'apothéose empourprent la fierté sereine de ses poses où rayonnent des choses éternelles. Sa gorge enflammée et lourde me saoule. Sa forte chair d'où sort l'ivresse est étrangement parfumée. Je perds sur elle mon souffle et mon haleine. Ma bile s'épand sur son cœur :

— Margot, j'ai contracté des liaisons malsaines... et je ne sais pas aimer.

— Ah ça, amour est plus dur à mâcher que le fer, me répond la bonne femme en remuant son cul.

Ses plaques de graisse, ses flots de patience et de compréhension, battent en rythme tant que je m'y tends, m'y vide puis m'assouplis. Elle s'essuie avec le haut d'une de mes chausses dont je noue ensuite les aiguillettes en descendant les marches. Sur la table de bois noir près de la fenêtre, je dépose cinq sous tandis que Pierret m'offre à boire :

— Tiens, goûte ce vin blanchi à la craie. C'est le pire qu'on serve dans les bas quartiers de Paris !

Je déguste et grimace pendant que le petit mari de Margot tente de me consoler lui aussi. Je l'écoute faire de l'infamie une gloire, de la cruauté un charme, mais, brûlant d'amour et fou de douleur, je saisis mon chapeau et m'enfuis en renversant le banc tandis qu'il me lance : « Reviens ici quand tu seras en rut ! »

# 46.

La langue pendante comme les bêtes harassées, je me traîne par les ruelles puantes jusqu'à la rue Sainte-Geneviève. Mes intestins font des nœuds, l'estomac me brûle et monte dans ma gorge. Je vomis sur la porte du collège de Navarre : « À la tienne, Polonus ! » Pierret avait tort, ce cru d'Argenteuil est excellent. Ah ! Ce m'est deuil de ne point le garder. Même quand il repasse, il a bon goût…

Vendredi 5 juin 1455, c'est la Fête-Dieu – un des innombrables jours fériés de l'année où salles de tribunaux, facultés, échoppes ont été closes. Les boutiques avaient les volets mis. Des bourgeois processionnent, vêtus de drap vermeil, derrière des prêtres en chape dorée et des frères en robe brune ou noire. Des taverniers dressent des tables dans la rue pour ce début de soirée. Violes et luths, flûtes et tambours, font danser la jeunesse sur les places. On *bassine* sur des ustensiles de cuivre empruntés aux cuisines. Il se vend aux enfants qui se coucheront tard des corbeilles de fleurs pour qu'ils en jonchent les rues d'un tapis.

Les pieds dans les pétales de roses d'une procession, je suis Dieu qu'on promène à travers la ville ainsi qu'un cortège de croyances parmi lesquelles la confiance que l'on fait à certaines herbes qui, cueillies la veille et portées ce jour de fête, guérissent de biens des maux.

Je m'assois sur un banc de pierre juste sous le cadran de l'horloge de Saint-Benoît. Il va être neuf heures. Le spectacle de la rue Saint-Jacques m'occupe et il y a de l'air ici, en hauteur, par cette chaude soirée.

Face à l'église, c'est plutôt calme mais plus bas vers la Seine, je découvre qu'à l'entrée de la rue du Mont-Saint-Hilaire et devant la Sorbonne on s'amuse. Ça danse, allume des torches. Quelqu'un de difforme en vient, couvert d'une chape bleue. Il frappe à coups de louche une bassine à confiture et porte de grosses lunettes. Gilles Trascaille, jovial, s'assoit sur le banc près de moi : « Votre tuteur est allé se coucher. Belle soirée, n'est-ce pas ? »

Je vois, accompagné d'un prêtre, passer une relation – Jehan Le Mardi, un artien dont les études à la faculté s'achèvent en ce mois de juin. Je lui fais un petit signe de la main. Le prêtre qui l'accompagne tourne les yeux et hâte le pas vers moi : « Ah, ventre bleu ! Maître François, je vous ai trouvé ! Croyez que je vous rosserai d'importance… »

Gilles lève la tête.

— Fils de putain, poursuit cet abbé que je ne connais pas, je voudrais que vous soyez mis entre les meules à tourner dans un moulin…

Hélas, qu'ai-je donc encore fait ? Que va-t-il se passer ?

— … Sale traître, vous m'avez causé un immense chagrin et emporté tout mon bonheur. Que tous les serviteurs de l'Enfer puissent vous accompagner et vous torturer des sept tourments capitaux !

212

Il n'est maintenant plus très loin de moi. Je me lève :

— Beau sire, de quoi vous courroucez-vous ? Vous tiens-je tort ? Que me voulez-vous ? Je ne crois en rien avoir méfait...

— Vous avez coupé le cou de mon amour, une pauvre fille, pour voler sa robe au cœur d'une forêt !...

— Êtes-vous Philippe Sermoise ?

Cette question est un aveu. Trassecaille en laisse tomber sa bassine qui tourne en rond sur les pavés dans un vacarme de cuivre. Je me défends, mal !

— Mais !... Lui, à Senlis, n'avait cure de confesser sinon les chambrières et les dames ! La Machecoue, il l'a mise dans une maison close puis l'a conduite rue Glatigny et au bordel de Tiron. Elle me l'a dit en allant à Vincennes !

L'abbé sort de sous sa soutane un couteau large et taillant à gros manche de bois comme pour tuer les pourceaux dont il me menace :

— C'est elle qui rêvait d'être ribaude. Mais la malheureuse, vilaine comme elle était, n'a jamais eu aucun client. La seule fois où on lui a proposé la botte, ça été vous pour trancher sa gorge... J'avais acheté une robe neuve vert amande pour lui faire croire qu'elle pourrait plaire ! Elle était gentille, cette fille...

Sermoise me frappe au visage, de la lame de son gros couteau. Un coup sur la lèvre supérieure qu'il ouvre en deux. Le sang gicle.

On ne sort pas à Paris sans sa dague bien que les sergents passent leur temps à les confisquer. Je tire la mienne, de ma ceinture, et frappe devant moi. Je blesse l'abbé en l'aine ou environ mais relâche malencontreusement le manche de mon arme. La fureur du

prêtre blessé se décuple. Le Mardi s'éclipse. Je m'enfuis. Sermoise me poursuit jusqu'à l'intérieur du
cloître de Saint-Benoît.

Parmi les petits cerisiers en fruits du verger et l'am-
biance nocturne qui vient, trop grand, je m'empêtre
dans des branches et le curé court vers moi, couteau
au poing :

— Je renie Dieu ! Ainsi, ne vous en irez !

Sa large lame luit. Cette fois-ci, c'est fini. Il va me
la planter de la mamelle en l'estomac mais Gilles qui
nous a suivis me crie :

— La pierre, là !

Au pied de l'arbre devant lequel je me trouve, gît
un gros caillou. Je me baisse, m'en empare et le relève
pour en frapper le dessous de la mâchoire de l'homme
d'Église qui m'attaque. Il est comme surpris en l'air.
Mon bras gauche, qui a poursuivi sa course ascen-
dante, redescend et cogne plusieurs fois le crâne à
coups de pierre. Sermoise s'effondre. Il est étendu
dans l'herbe, son couteau à la main, tandis que des
cerises rouges tombent, gouttent sur lui, et que Le
Mardi revient en criant :

— Au meurtre !

Je recule en disant :

— Cela n'est point ma faute...

— Il l'a tué !

— Moi ?

L'abbé de Senlis n'émet ni gémissement, ni soupir,
ni cri, ni appel. Trassecaille, qui pourtant pense toujours que les choses vont s'arranger, se penche sur lui
et admet :

— Jamais il ne s'en relèvera. Va-t'en vite,
François !

— M'en aller ?

Le sang coule à ma lèvre. Il faut que je trouve un barbier pour me panser. « Va te faire *appareiller* chez Fouquet », me lance le bedeau qui poursuit en s'adressant à Le Mardi : « Et vous, aidez-moi à transporter ce corps sur la table de la cuisine. On ne va pas le laisser là ! » grommelle-t-il en se retournant vers la petite porte de la maison où une lumière apparaît. « Raah, le chanoine s'est réveillé... »

Je cours dans les rues en fête, une main plaquée sur ma blessure. Je croise des écoliers, des étudiants, des clercs, tenant des marottes. Ils agitent leurs bâtons armés de longs rubans multicolores et de grelots. À cette heure de la nuit, les fous de mascarade font oublier les rois de l'Évangile. Devant moi, un gros titube, soutenu par un maigre. Le gros est déguisé en porc avec des chausses roses et masqué d'un groin. Il demande au maigre qui porte des oreilles d'âne :

— Il est où, Mouton ?

— Quel mouton ?

— Ben, Michel Mouton.

— Ah, je ne sais pas, moi...

J'arrive chez l'homme qui rase, saigne, panse les blessures et connaît les cataplasmes qui soulagent. Je frappe à ses volets. Malgré l'hostilité des médecins, le barbier est roi parce que bon marché et puis aussi parce que les gens n'ont guère confiance en ces chirurgiens qui, devant une plaie, examinent les urines en prononçant des phrases en latin. Fouquet, roux, ouvre sa porte. Il n'est pas surpris qu'on le réclame. Le barbier est le recours habituel, les soirs de bagarre, mais Fouquet connaît aussi les intendances du Châtelet : avant le pansement, demander et noter les identités. Qui est le blessé ? Qui l'a blessé ?

— Celui qui m'a blessé s'appelle Philippe Sermoise.

— Et vous, quel est votre nom ? me demande le barbier.

— Michel Mouton.

# 47.

Je, Michel Mouton… dois me faire discret. À pas de loup, en ce samedi matin, je reviens sur les lieux de l'incident d'hier soir, surveille les alentours, vérifie l'absence de sergents du Châtelet dans le coin avant d'oser pousser l'huis de la maison à l'enseigne de *La Porte Rouge*.

Maître Guillaume est seul, catastrophé dans son fauteuil gothique près de la cheminée éteinte. Il lève vers moi des yeux rougis qui ont beaucoup pleuré, constate le gros emplâtre d'onguent et d'argile verte séchée qui déforme, sur le côté, ma lèvre brûlante et tuméfiée. Il baisse les paupières, soupire :

— Quelle nuit ! Et puis, ce pauvre ami…

— Mais, dis-je avec de grandes difficultés pour articuler, vous ne connaissiez même pas le curé de Senlis…

Le chanoine relève vers moi son bon regard :

— Ce matin, on a retrouvé Gilles Trassecaille pendu à une poutre de sa chambre sous les combles.

Je m'assois sur le banc où se posait habituellement le bedeau… Mon tuteur continue d'une voix monocorde : « Il tournait en l'air devant sa fenêtre à la vitre en cuir et tenait à la main cette lettre », conclut-il, levant son menton vers une feuille de papier posée sur la table.

>    *Maître Guillaume,*
>    *Je n'ai pas eu le courage de m'accuser de ce qui s'est passé hier dans le verger comme vous l'auriez fait. Je n'aurais donc pas pu croiser à nouveau votre regard et puis ce que j'ai appris juste avant est trop terrible… Je n'aurais su, ni comment vous le cacher, ni comment vous le dire. Que Dieu sauve François !*
>
>    *Gilles*

J'entends des bruits de pas qui descendent du second étage de l'escalier puis découvre la soutane de ville violette d'un évêque frôlée par la robe noire d'un haut justicier du chapitre de Notre-Dame qui déclare :

— Un acte pareil, une nuit de la Fête-Dieu, c'est insulter le ciel…

Derrière eux, un notaire apostolique, dont je connais l'ouvroir à l'enseigne du *Mortier d'Or*, note sur son écritoire portable la décision de justice divine. Deux gardes ecclésiastiques apparaissent à leur tour – mais que de monde, là-haut ! Ils charrient, par les aisselles et les pieds, le corps nu déjà rassis et un peu gris du bedeau difforme qui ressemble à une statue d'église. Ils suivent les dignitaires dans la rue Saint-Jacques et tournent à gauche, ce qui m'étonne :

— Où vont-ils ?

— Le rependre au gibet de Saint-Benoît, soupire maître Guillaume.

— Ah oui, c'est vrai qu'en cette époque on exécute aussi les trépassés…

Le notaire apostolique, qui est resté avec nous, lit

la sentence : « *Sera décroché, conduit raide mort et derechef porté pendre.* » Devant moi, par l'autre entrée, je vois des abbés lancer dans le verger des pétales de roses comme ils ont déjà dû en parsemer la galerie du cloître et le chœur de l'église pour purifier ce lieu saint du crime commis. Je sors, rue Saint-Jacques. Maître Guillaume se lève aussi et recouvre ses épaules d'une aumusse.

Là-bas, le gosier une seconde fois rétréci par le chanvre, à trois toises du sol, le cou tordu de Gilles impose à tout son corps raidi une inclinaison oblique originale qui lui donne un effet d'élan. Les mains croisées sur sa poitrine nue et grise, il est une bouleversante gargouille de pierre qui flotte dans le ciel où l'air répand un tiède parfum d'encens et de pétales écrasés.

Le chanoine sort sans un regard pour ce spectacle judiciaire et demande au notaire apostolique :

— Maître Ferrebouc, pourriez-vous nous accompagner avec votre matériel d'écriture et votre cire à cacheter ?

## 48.

Blessé au ventre et le crâne défoncé, Philippe Sermoise est encore en vie sous les voûtes de l'Hôtel-Dieu où il a été conduit dans la nuit. Encore en vie mais plus tellement. Déjà des frères prêcheurs, qui ne croient pas au miracle, emportent ses souliers et ses vêtements à la pouillerie où ils seront nettoyés puis revendus par l'hôpital qui s'enrichit de tous les habits des patients décédés à l'Hôtel-Dieu. (Ça fait du monde !)

L'état du prêtre est désespéré. On l'a mis à l'écart dans un grand châlit en compagnie de deux macchabées qui attendent le prochain convoyage pour la terre des Saints-Innocents. (Ça ne donne pas le moral !)

Maître Guillaume s'approche de ma victime :

— Philippe Sermoise, m'entendez-vous ?

L'autre soulève mollement une paupière. Le chanoine poursuit :

— Souhaitez-vous, si vous mouriez de vos blessures, que votre famille, amis charnels, exercent des poursuites contre celui qui a causé votre mort ?

Le curé de Senlis hoche la tête affirmativement. Mon tuteur s'assoit alors sur le banc-coffre placé le long du lit :

— On m'a dit, l'abbé, que vous viviez des charmes d'une ribaude…

La phrase insidieuse rend la poitrine de l'agonisant dangereusement écarlate. Les veines de son cou se gonflent d'indignation tandis qu'il parvient à gémir :

— Ce n'est pas vrai… La Machecoue était si moche qu'elle n'a pas rapporté un blanc…

— Moi, je le sais, je l'ai vue, et c'est vrai que… mais Dieu le sait-il ? Il a tant à faire en ces temps de mort. Il pourrait confondre et ne pas vouloir, près de lui, d'un larron en makellerie.

Je suis resté au pied du lit, près du notaire apostolique, où Sermoise m'aperçoit soudain : « Raah ! » Il manque de s'étouffer. Le sang lui envahit le cerveau. Il tremble un doigt vers moi : « C'est, c'est lui qui… »

— Ne changeons pas de conversation, le coupe maître Guillaume qui se penche à son oreille pour lui parler plus en secret (quoique vu les voisins de lit…) À cet instant de votre existence, il vaut mieux penser au Salut. En pardonnant, vous inciterez le juge éternel à l'indulgence.

Le curé de Senlis ne dit plus rien. La nuque détendue dans l'oreiller de plumes, ses blessures au crâne se sont remises à saigner. Le chanoine se lève et dit au notaire : « Je crois, maître Ferrebouc, que vous pouvez reposer la question. » L'officier apostolique s'approche et demande :

— Philippe Sermoise, souhaitez-vous, si vous mouriez de vos blessures, que votre famille, amis charnels, exercent des poursuites contre celui qui a causé votre mort ?

Sermoise remue la tête négativement, me pardonne à l'avance son décès qui arrive – hémorragie cérébrale – ce qui arrange les convoyeurs pour la fosse

222

commune, venant en disant : « Ça nous fera qu'un voyage. » Par-dessus l'épaule du notaire qui finit d'écrire, j'apprécie en connaisseur son style judiciaire : « ... *puis meurt à l'occasion des dits coups et par faute de bon gouvernement et autrement.* »

## 49

— Gilles, le curé de Senlis… Dès lors il n'existe plus que ta version des faits pour les juges du roi qui seront chargés d'instruire…, me dit le chanoine en sortant de l'Hôtel-Dieu. Ta cicatrice à la lèvre aidera à obtenir la grâce royale, poursuit-il sur le parvis de Notre-Dame. On pourra plaider la légitime défense d'autant plus que l'adversaire ne peut plus te contredire et qu'il t'a pardonné devant notaire…

Au bord du fleuve, nous passons devant un muret que je reconnais :

— C'est ici que nous nous sommes rencontrés, maître Guillaume… Vous devez le regretter…

Mon tuteur marche avec difficulté :

— Ce qui est embêtant, c'est ce que tu m'as dit dans l'escalier de l'hôpital… Avoir donné un faux nom au barbier pourrait entretenir la suspicion.

Il s'arrête pour souffler, contemple la ville gothique :

— Paris va devenir irrespirable pour toi. À l'intérieur des remparts, la justice marche si près des talons…

Il reprend sa route. Je le soutiens par les épaules.

— Mais…, fait-il en sa soutane, plein d'espoir que

j'échappe à la corde ou à la mutilation, dans une affaire comme la tienne, à partir du moment que le coupable n'est pas récidiviste… Il s'assombrit soudain, me regarde. Tu n'es pas récidiviste ?

Venant du Petit-Pont, Tabarie court vers moi :

— Bonjour, maître Guillaume. François, je te cherchais…

Le chanoine perçoit mon embarras :

— Reste avec ton ami. Je vais rentrer doucement. Ça va aller.

Il ne marche pas longtemps seul. Tout de suite, des étudiants se précipitent pour le prendre par le bras, le soutenir jusqu'à chez lui, proposent de faire ses courses. Aucun élève du quartier universitaire n'a oublié son anneau de Salut et que mon tuteur a un jour sauvé tant d'écoliers.

— Alors, poète…, me dit Guy en contemplant l'emplâtre à ma lèvre, paraît que tu aurais été mêlé à une drôle d'embrouille la nuit dernière…

— Une histoire niaise un grand tantinet mais sanglante assez et même tumultuaire trop. Que voulais-tu me dire ?

— Tout à l'heure, j'ai vu Dimenche au cimetière des Saints-Innocents…

— Ah bon ?

— Il commençait la construction d'une loge de recluse…

— Ah.

— … pour Isabelle de Bruyère.

— Quoi ? !

J'entends, tout bas, la lame d'une faux passer dans mes genoux. Je chancelle et bafouille : « Son-son oncle fou est-il de passage à Paris ? Est-ce lui qui l'a obligée ? Ou sa… »

— Non, c'est elle qui l'a demandé. Mais sa mère te fait rechercher par les sergents du prévôt. Tu devrais te méfier.

Autour de moi, les façades des maisons s'amollissent.

— Isabelle dans une loge de recluse...

50.

Jamais je n'oublierai cette image d'Isabelle qu'on emmure à l'aube au réclusoir des Innocents... Dimenche Le Loup, devenu maître marguillier – en manches relevées, tablier, calot sur ses cheveux frisés – finit d'élever une maçonnerie derrière mon

229

amour qu'il enferme dans un petit réduit où elle ne pourra que se tenir debout ou s'asseoir sur un banc de pierre, jamais se coucher, jusqu'à la fin de ses jours.

— Elle va pisser, chier sous elle, se noyer dans sa merde, me rappelle Dogis qui n'est pas un poète.

— Des passants charitables déposeront de la nourriture entre les barreaux des ouvertures, glisseront des couvertures en hiver…, soupire Guy qui voit les choses autrement. Certaines résistent longtemps. Regarde, là, Jeanne la Verrière, quarante ans qu'elle est dans sa loge.

Je n'en reviens pas : « Quarante années de solitude au cimetière dans une tombe pour vivante par tous les temps, pluie, vent, neige, nuit et jour… »

Le rouquin Robin croit me consoler en précisant que :

— Rares sont celles qui tiennent autant. Passé les premières années, elles meurent presque toutes de folie là-dedans. Ce que je ne sais pas, c'est quand l'une d'elles claque et qu'on détruit sa loge, que fait-on du corps ?

Nous sommes tous les trois en retrait de cette cérémonie comparable à une prise de voile. Un évêque dans sa tenue d'apparat, crosse liturgique à la main, marmonne des choses en latin, bénit la cellule d'Isabelle qui a décidé de s'astreindre à cette… (vie ?)

Entre un apprenti qui présente les dernières pierres à sceller et un ouvrier qui verse du mortier dans une bassine, Dimenche Le Loup manie la truelle devant Isabelle qui me regarde. Elle est coiffée d'un simple voile. La brûlure d'une fleur de lys décore sa gorge. Sa mère décomposée, près de l'évêque, tourne la tête vers moi qui me recule derrière la loge de Renée de Vendômois (vingt et un ans de présence) à côté de

230

celle où, depuis douze ans, est enfermée Alix la Bourgotte.

Le ciel est irréel, vert avec des lueurs roses. Des bourgeois se décoiffent, impressionnés par cet étrange renoncement. Un enfant de chœur se retourne vers une femme qui s'agenouille :

— Le doux Jésus la mette en Paradis.

Un sergent qui lorgnait dans ma direction baisse la tête vers elle. J'en profite pour m'éclipser, dis à Guy en lui tendant un papier :

— Je sais bien que Dimenche ne veut plus me voir mais toi, peux-tu lui demander de graver ces lignes, ce soir, sur un des murs de la cellule ?...

La nuit venant, guettant partout les gens du roi et frôlant les murs, je reviens aux Saints-Innocents vers les loges des recluses volontaires – mortes vivantes. J'avance sans bruit entre ces femmes désespérées, m'adosse à la cellule d'une Jeanne la Verrière que le temps a presque minéralisée dans son chagrin d'amour.

Je contemple le dos de celui qui ne veut plus être mon ami – Dimenche. Brandon enflammé, planté à sa gauche dans le sol, il grave et recopie le rondeau écrit sur une feuille de papier posée devant ses genoux parmi les débris d'ossements. À chaque coup de maillet sur son ciseau, sa chevelure frisée ébroue un peu de poudre de pierre qu'une brise apporte à mes narines. Je sais qu'il sent ma présence derrière lui mais, quand il a terminé, il se lève, ramasse son matériel, son brandon et s'en va avant le couvre-feu.

Maintenant, la nuit est tout à fait noire et Notre-Dame-des-Bois, au centre de la nécropole, n'éclaire pas jusqu'au réclusoir. Je m'approche, à tâtons, de la

231

loge d'Isabelle de Bruyère. Je pose une oreille contre un des murs et l'entends respirer. Je me laisse glisser, en silence, le long de la paroi et guette des bruits de ses vêtements. Assis par terre sur des échardes de cubitus et des molaires, je passe la nuit tout près d'elle. Elle sait que je suis là et ne dort pas. Je glisse une paume le long du mur comme une caresse et sens, creusé dans la pierre, le tracé des lettres de mon rondeau que je relis du bout des doigts.

## 51

Mort, j'appelle de ta rigueur,
Qui m'a ma maîtresse ravie
Et n'est pas encore assouvie
Si tu ne me tiens qu'en langueur...

Oncques puis n'eut force, vigueur.
Mais que te nuisait-elle en vie ?
Mort (j'appelle de ta rigueur
Qui m'a ma maîtresse ravie).

Deux étions et n'avions qu'un cœur :
S'il est mort, force est que dévie
Voire que je vive sans vie
Comme les images, par cœur.

Mort (j'appelle de ta rigueur,
Qui m'a ma maîtresse ravie,
Et n'est pas encore assouvie,
Si tu ne me tiens qu'en langueur).

## 52.

Lorsque au matin arrivent dans le cimetière les bêlements des chèvres, les accents des premiers négociants, les cris des marchandes étalant leur camelote sur les tombes, je me lève et m'en vais discrètement par la petite porte de la rue aux fers.

Sitôt sorti, j'aperçois au loin un sergent en armure qui me montre du doigt à un autre qui me hèle :

— Hé !

Je hâte le pas en sens inverse et tourne à l'angle de la rue des lingères où je découvre Dom Nicolas, debout au cul d'une charrette chargée de grands tonneaux. Il soulève le couvercle de l'un d'eux et, tandis que j'entends courir des cliquetis métalliques de solerets, il me fait, désignant l'intérieur du fût :

— Psst, psst !

Je saute dans la barrique dont il rabat le couvercle. Un coup de fouet sur le dos d'un animal, les roues tournent parmi le chaos des pavés de la ville. Je tressaute dans le noir à l'intérieur de la paroi circulaire de cette futaille d'un muid. Je reconnais sur le bois, l'odeur âcre et le velouté de la lie d'un vin morillon. Cette délicatesse me touche. C'est mon nectar préféré. Il en reste même encore un peu au fond du tonneau.

J'y trempe une manche de mon pourpoint que j'essore dans ma bouche blessée. Le bringuebalement des roues s'arrête. Je perçois des sons sourds de voix, que l'on frappe contre la cuve voisine qui sonne vide. Un ordre, la charrette redémarre. Je suis maintenant très longuement bousculé dans des ornières de chemins de campagne.

Je me réveille – j'ai l'impression de me réveiller – dans une autre cuve emplie d'eau chaude posée sur le dallage blanc d'une abbaye désertée. À travers les fenêtres ouvertes, je contemple le paysage : un vallon sauvage et encaissé, couronné de hauteurs boisées, enfiévré par les eaux dormantes d'un étang en contrebas duquel s'élève ce monastère... pour femmes. À l'architecture, au silence qu'il y règne, je sens que c'est un monastère de religieuses. D'après le temps du voyage à être secoué dans un tonneau par les ornières, je dirais que nous sommes à huit lieues de Paris, peut-être dans la vallée de Chevreuse.

La porte de l'abbaye s'ouvre derrière moi. Je me retourne dans le baquet d'eau. Pochon de Rivière entre, suivi par Petit-Jean nommé le bon fouteur. Je leur demande :

— Dom Nicolas n'est pas là ?

— Il est resté à Paris près de Colin de Cayeux.

— Pourquoi m'avez-vous emmené ici ?

— Pour qu'on ne mette pas ton cuir à blanchir et dégraisser au séchoir avant le procès. On voulait t'éviter le marieur.

— Le *marieur* ?

— Ça veut dire « le bourreau », m'explique Pochon. Petit-Jean t'apprendra notre langue pendant ton séjour.

236

— Mon séjour ?

Une mère supérieure arrive à son tour, suivie d'une novice. La vieille chanoinesse est outrageusement maquillée – paupières recouvertes de bleu, de vert, cils allongés et noircis, les lèvres grandement peintes d'un rouge écarlate. Pochon l'accueille par un :

— Ah, Huguette du Hamel !

Huguette du Hamel... C'est elle ? À Paris, elle est évoquée comme un personnage de chanson, son nom est synonyme de débauche. Elle vient vers moi et m'évalue : « Donc, c'est lui ? Approche Alipson... » La novice, qui paraît avoir seize ans, fait quelques pas timides en détournant son regard de ma poitrine nue où pend, au bout d'une chaînette, une petite coquille Saint-Jacques en argent. Sa mère supérieure lui dit : « Tu vois, c'est ce gars-là qui va te préparer. » La fille ne paraît pas comprendre. Moi-même, je m'étonne. L'abbesse dite familièrement de « Pourras », puisque nous devons donc être à Port-Royal-des-Champs, explique à la jeune fille :

— Tu feras partie d'un convoi de nonnes chargé de suivre les gens en pèlerinage pour Compostelle. Ton rôle sera de satisfaire leurs désirs charnels lorsqu'ils s'arrêteront le soir dans des auberges ou au bord des routes. Ils verseront pour cela de l'argent qui servira à entretenir notre communauté de sœurs ribaudes. Tu seras putain de Dieu !

La petite vierge stupéfaite, qui recule et ne semble pas s'être engagée dans les ordres pour cela, bêle : « Mais ! Mais... » Pochon et Petit-Jean l'attrapent par les aisselles et la jettent face à moi, tout habillée avec ses chaussures, dans mon cuveau dont l'eau déborde sur le dallage de l'abbaye.

— Baise-la, me disent-ils. On te devait bien ça...

Au sortir de la guerre séculaire, qui a ruiné les campagnes et mis à sac villages et monastères, la discipline dans beaucoup de maisons religieuses s'est fort relâchée. L'abbesse de Pourras déclare à Petit-Jean :

— Toi, le bon fouteur, assieds-toi sur cette chaise, baisse tes chausses et emmanche-moi ! conclut-elle, soulevant l'arrière de sa robe où pend la ceinture de religion.

Je me demande si je rêve. Huguette du Hamel s'enfile le membre disproportionné du Coquillard :

— Hou… À chaque fois, ça me surprend ! Eh bien, vous deux, allez-y aussi, lance-t-elle en direction du baquet.

Pendant que le Christ en croix danse la carole à la robe de la mère supérieure, je regarde le joli visage rond d'Alipson. Le bas de son voile gris clair de sœur novice flotte à ses épaules à demi immergées. Fermée derrière le cou, la pièce de lin blanc de sa guimpe cache sa gorge, les tempes, enveloppe le menton. Le rabat sur la poitrine remonte à la surface de l'eau. Sa robe blanche également, aussi peu façonnée qu'un sac, forme de grosses bulles de toile autour d'elle. Je glisse dessous mes mains et prends sa taille. Ses hanches et son cul sont plutôt larges. Je remonte mes paumes vers ses jolis seins durs. Elle me dévisage avec un tremblement des lèvres. Ses yeux ronds scrutent mon emplâtre que la vapeur fait couler le long du menton. Elle s'approche lentement pour déposer un minuscule et doux baiser de charité chrétienne sur ma plaie. Sa petit bouche a des rougeurs de fraise. Elle en a aussi le goût. Elle se recule et je vois que ses lèvres sont un peu souillées d'argile verte. Je la prends par les hanches et l'emmène doucement sur moi. Elle est comme un rêve d'enfant. Calmement, je balance avec elle. Sa tête monte et descend dans la cuve. Lorsqu'elle ressort, son visage dégouline d'eau qui ruisselle sur son cou et ses épaules tel à la fonte des neiges. Elle monte et descend la petite vierge Alipson, reste au fond de l'eau qui s'agite à gros bouillons puis ressort. Elle sera putain !

## 53.

*Nous, Charles le septième, par la grâce de Dieu, roi de France, faisons savoir à tous avoir reçu l'humble supplication pour François de Montcorbier dit Villon, maître ès arts, contenant que le jour de la Fête-Dieu dernièrement passée, à neuf heures du soir ou environ...* (Bla, bla, bla... bla, bla, bla ! Ici ma version des faits, le premier coup porté à ma lèvre puis l'évocation du pardon de Sermoise.) *Voulant miséricorde préférer à rigueur de justice, ordonnons par notre grâce spéciale qu'il ne soit exercé contre lui ni peine, amende ou offense corporelle. Et afin que ce soit chose ferme et établie à toujours, avons fait mettre notre sceau à cette présente.*

Je n'en reviens pas. J'ai obtenu la grâce du roi ! Cette lettre de rémission annule mon crime et mon exécution. Je la relis plusieurs fois dans les soubresauts de la charrette qui me ramène à Paris tandis que Tabarie, près de moi, se retourne vers l'abbaye de Port-Royal qu'on aperçoit encore au loin :

— Et donc, pendant presque une année où ton tuteur se démenait pour te trouver des témoins de moralité, faire jouer je ne sais quelles influences, toi,

241

tu étais à tes aises et à ton plaisir dans un monastère pour femmes où tu dépucelais des nonnes…

— C'est ça.

— Ben, mon salaud…

— À la fin, c'était monotone comme cigale.

Je ris près de mon ami Guy auquel les Compagnons de la Coquille – mes copains de gale – ont fourni une charrette attelée pour qu'il vienne m'annoncer la bonne nouvelle et me ramener à Paris.

Au village de Bourg-la-Reine, soudain, je m'inquiète : « Tu es sûr qu'il n'y a pour moi aucun risque d'être pendu ou mutilé ? Si je perdais ce parchemin pour prouver que… »

— Ta grâce est inscrite sous le numéro sept-vingt-neuf (149) dans le registre 187 du Trésor des chartes. Regarde, c'est écrit là en bas… Et ta déchirure à la bouche, en souffres-tu encore ?

— Ça va.

Au pont-levis de la porte Saint-Jacques, nous faisons la queue derrière des tombereaux de fourrage où des gardes plantent des dents de fourche pour vérifier qu'il n'y a aucun banni caché là-dedans. Un gros sergent à longues moustaches se retourne et me reconnaît. Il s'approche, sort son épée du fourreau et me lance :

— Descends, toi.

Sans même le regarder, je lui tends, sur le côté, mon parchemin scellé qui le laisse coi :

— Le roi ? Ah bon ?…

Nous franchissons les hauts remparts et je respire aussitôt les odeurs viciées qu'ils encerclent :

— Ah, il n'est de bon bec que Paris…

Guy me dépose sous l'enseigne de *La Porte Rouge*

puis continue : « Je vais approcher la charrette de la tonnelerie où ils l'ont "empruntée". À plus tard. »

— Non, vous savez maître Andry… moi, la cerise, j'en ai perdu le goût. Et des confitures, j'en faisais surtout parce qu'il y avait Gilles… Maintenant, ce sont les oiseaux qui s'en régalent et les enfants chapardeurs, bon…

Maître Guillaume, attisant des braises dans la cheminée, ne m'a pas tout de suite entendu entrer. Je racle ma gorge. Il tourne sa bonne bouille :

— François !

Je me précipite vers lui, le prends dans mes bras :

— Oh, mon plus doux que père ! Comme vous m'aurez tiré de maints bouillons…

Nos effusions durent longtemps puis le chanoine se défait lentement de mon étreinte en s'essuyant les yeux : « Tu sais, il n'y a pas que moi qui t'ai aidé. Maître Andry Courault aussi a beaucoup fait. Il a intercédé auprès du roi. Tu connais notre voisin à l'enseigne du *Lion d'Or* ? » fait-il en me présentant son visiteur à la haute stature, venu lui acheter quelques fûts du Clos aux bourgeois.

— Pour sûr, le procureur du duc d'Anjou…, dis-je en le saluant chaleureusement.

— Eh bien, justement, figure-toi que le roi René, ce prince mécène, n'a pas de poète à Angers et que maître Andry se propose de t'écrire une lettre de recommandation grâce à laquelle tu te verras ouvrir une cour où l'on prise les arts.

Je remercie le procureur secourable qui s'assoit aussitôt à table tandis que le chanoine lui apporte de quoi écrire :

— C'est le papier et la plume de Gilles.

Dans la laine rouge, teintée avec de la graine de kermès, de sa houppelande à grandes manches évasées, maître Andry racle l'encre séchée :

— J'ai beaucoup aimé la *Ballade des dames du temps jadis*.

La pièce de toile verte du chaperon enroulé au sommet de sa tête laisse dépasser ses deux pans. L'un, court, retombe sur le côté. L'autre, plus long, drape souplement ses épaules et remue pendant qu'il écrit.

Le roi Charles VII, le roi René, c'est ma journée royale…

# 54.

Malgré ces béquilles souveraines, je sais bien que, l'an dernier, je suis sorti de Paris encore vaguement écolier et que j'y suis revenu absolument larron et poète coquillard :

*A Parouart, la grant mathe gaudie*
*Où accollez sont duppez et noirciz ;*
*Et par anges suivans la paillardie*
*Sont greffiz et print cinq ou six ;*
*Là sont bleffeurs au plus hault bout assis*
*Pour le evaige et bien hault mis au vent.*
*Eschequés moy tost ces coffres massis,*
*Car vendangeurs, des anses circoncis,*
*S'en brouent du tout à neant.*
*Eschec, eschec, pour le fardis !*

Personne, autour de moi dans cette taverne, ne comprend ce que je lis à voix haute sauf les Compagnons de la Coquille qui se marrent et savent que j'ai dit :

*A Montfaucon, on s'éclate sur le grand gibet*
*Où les naïfs sont pincés et bronzés ;*

245

*Par les sergents qui surveillent leurs ébats*
*Ils sont happés et pendus par paquet de cinq ou six ;*
*Là, les tricheurs sont mis à la place d'honneur*
*Pour être lessivés et bien éventés.*
*Fichez-moi vite le camp de ces murs épais*
*Car ici les voleurs, aux oreilles coupées,*
*Courent tout droit à leur perte.*
*Gare, gare à la corde !*

Dans mes yeux, l'éclair d'acier de ma malice infinie de poète-grimacier au-dessus de ma bouche déformée. Le seul auditoire qui m'intéresse vraiment est celui des marginaux. Je dis à Colin de Cayeux :

— Mon tuteur veut m'envoyer comme poète à la cour du roi René. Quand je dis que je suis déjà le vôtre, il me répond : « Colin ? Le Diable le garde ! » Je crois qu'il aimerait que je me recule d'ordures telles que vous.

— Il a raison ! Mais regarde-toi, tu n'as point tournure de galant pour entrer chez le duc d'Anjou. Quant à ta bourse, dedans, qu'y a-t-il ? Rien. Du vent… Il te faudrait des écus pour le voyage, me dit-il tel un grand frère protecteur.

Colin, Petit-Jean, Dom Nicolas et moi sommes assis à l'entrée de la taverne, autour d'une table jonchée de langues fumées, de jambons, de tripes. Rien n'y manque. Six bouteilles de morillon et quatre pots d'hypocras complètent le service. Je grommelle :

— Des écus, je sais où en trouver… Je connais un coffre mais il sent beaucoup la corde.

Au fond de la salle, des amateurs réclament du vin de Beaune parce qu'ils trouvent trop légers les vins de France. Le tavernier les traite de Bourguignons, de gringalets et de cocus. Les amateurs de vin fort se fâchent. La femme du tenancier, à demi assommée, est jetée dans sa cave. Ça tire les dagues. Le tavernier voit son sang ruisseler. Dehors, des cliquetis d'armes puis des jurons, la chute d'un corps sur les pavés. Colin me demande :

— Il est où, ce coffre ?

## 55

*Eschec, eschec, pour le fardis !...* (Gare, gare, à la corde !) Le soir de Noël, dans ma chambre, j'écris mon testament car il y a de gros risques. Si je me faisais pincer tout à l'heure, cette fois-ci, il en serait fini de ma vie.

Alors, moi qui n'ai rien, je lègue tout et n'importe quoi à n'importe qui, mes amis, mes ennemis. Je vais commencer la rédaction d'un long legs farfelu de quarante huitains de huit pieds qu'ils – si les choses se passaient mal – pourront se réciter en souvenir du bon folastre que je fus. J'utilise des formules de chancellerie.

> *L'an quatre cent cinquante six,*
> *Je, François Villon, écolier,*
> *Considérant, sain d'esprit,*
> *Le frein aux dents, franc au collier,*
> *Qu'on doit ses œuvres conseiller*
> *Comme Végèce le raconte,*
> *Sage Romain, grand conseiller,*
> *Ou autrement on se mécompte...*
> *En ce temps que j'ai dit devant,*
> *Sur le Noël, morte saison,*

*Que les loups se vivent de vent*
*Et qu'on se tient en sa maison,*
*Par le frimas, près du tison,*
*Me vient le vouloir de m'éloigner*
*D'une très amoureuse prison*
*Qui fait mon cœur éclater.*

Tout d'abord, à maître Guillaume Villon, je lègue ma renommée qui retentit à la gloire de son nom. À tel autre, je donne en toute propriété mes gants et ma cape de soie (que je n'ai pas) et tous les jours une oie grasse et un chapon de haute graisse plus deux séjours en prison pour qu'il ne grossisse pas trop. À l'un je laisse trois chiens, à l'autre trois coups de lanière, à celui-là un plein pot d'eau de Seine (c'est un ivrogne !) Je lègue aux hospices les toiles d'araignée de mes fenêtres, à mon barbier les rognures de mes cheveux et aux mendiants, sous les étals, chacun sur l'œil un coup de poing et qu'ils grelottent le visage renfrogné, maigres, velus et enrhumés, les chausses courtes, la robe rognée, gelés, meurtris et tout trempés. Pour cet ami, voici la coquille d'un œuf pleine de francs et de vieux écus puis je conclus :

*Fait au temps de ladite date*
*Par le bon renommé Villon,*
*Qui ne mange figue ni date,*
*Sec et noir comme écouvillon.*
*Il n'a tente ni pavillon*
*Qu'il n'ait laissé à ses amis,*
*Et n'a plus qu'un peu de billon*
*Qui sera tantôt à fin mis.*

## 56.

Soulevant la flamme d'une chandelle qu'il masquait de ses doigts, Colin de Cayeux fait la gueule et dévoile ses dents acérées quand il découvre, dans la neige, Guy Tabarie à notre rendez-vous nocturne :

— Qu'est-ce qu'il fait là, lui ?

— C'est moi qui lui ai dit de venir. Il ne voulait pas car sa mère l'attendait pour dîner mais j'ai insisté. Il a toujours été mon complice.

— Je n'aime pas ça. Un complice est un dénonciateur en puissance. Bon, allons-y… Toi, tu resteras là pour faire le guet et garder nos vêtements dit-il à Guy, tout embarrassé par cette responsabilité qui l'inquiète.

— Mais si l'on vient ?…

— Laisse venir et tue, répond le Roy de la Coquille en lui tendant sa longue dague.

— Ah bon ?

En cette nuit de Noël, l'église Sainte-Geneviève, à travers ses vitraux, jette dans la nuit de grandes lueurs de toutes les couleurs sur le haut mur du collège de Navarre contre lequel Dom Nicolas place une échelle.

Petit-Jean – maître crocheteur portant tout un tas d'outils à sa taille – défait l'attache en métal de sa cotte de tricot grise qu'il laisse sur les bras de Guy

251

par-dessus la mienne et le manteau bicolore de Colin. Celui-ci, tel un félin, a tôt fait de passer le mur, suivi par les deux autres Coquillards et moi. Le joli blondinet Tabarie – mon copiste – attend dans la rue :

— Ne traînez pas, hein…

La cour est vite traversée pour atteindre la fenêtre gothique et entrebâillée de la sacristie. Dom Nicolas – torse velu dans cette chapelle très froide – se poste devant la porte de l'escalier qui mène aux salles de classe du collège, prêt à assommer d'un coup de poing ceux qui viendraient. Petit-Jean étale son matériel près du grand coffre-fort qu'il observe :

— Tudieu ! Un quatre serrures…

Colin balaie le sol de la lumière de sa chandelle sur les dallages beiges et cirés puis remonte la flamme vers la Vierge couronnée, emmurée dans une niche ciselée au-dessus du coffre. Elle en a vu des choses, celle-là ! Minuit sonne. Au cimetière des Saints-Innocents, Isabelle de Bruyère doit assister à la messe car toutes les loges de recluse ont une ouverture tournée vers l'intérieur de l'église de la nécropole, au porche ouvert pour que les mortes vivantes puissent en suivre les offices. Celui qui a le plus violé mon amour me demande le pied de biche en jargon coquillard :

— Passe-moi le *roi David*.

Celui qui a poignardé devant moi son meilleur ami est très calme. Le chef de ces terribles bandits de grand chemin soulève plusieurs fois sa chandelle vers le mur de la cour et Tabarie dont il se méfie.

La porte du coffre-fort, habilement crochetée et soulevée au levier, est posée à côté. Petit-Jean contemple, à l'intérieur, le coffret enchaîné. Il tire de sa bourse une boule de poix avec laquelle on relève les empreintes des serrures pour façonner les clés. Il en choisit une, à un trousseau accroché à sa ceinture, la lime à même le dallage avec la précision d'un technicien, fait tourner cette clé dans le couvercle de noyer qui se soulève. Trois bourses apparaissent plus, sur un papier, l'inventaire de ces sommes – cent écus de Martin Polonus, soixante écus d'un professeur de théologie et trois cent quarante écus : la réserve de trésorerie du collège. Un signe de connivence et les trois Coquillards partent par la fenêtre, en silence. Je les suis.

Tabarie, rue Sainte-Geneviève, voit passer par-dessus le mur un petit sac de toile puis Colin et le reste de la bande.

— Il y avait cent écus. En voilà dix pour toi, lui dit le roy de la Coquille, reprenant son manteau bicolore et sa dague et rappelant à mon ami que, s'il parlait, il serait occis.

Guy, bien content des dix écus et surtout soulagé que tout ça soit fini, nous salue, ne veut pas s'attarder. Je lui laisse le manuscrit de mes legs : « Tiens, tu recopieras ça pour les copains. Ça les amusera peut-être… » Il s'en va sous les flocons de neige. Entre Écorcheurs, nous partageons le reste du butin – cent vingt-cinq écus chacun. Colin retire de sa part, les dix donnés à Guy : « Demain, nous, on partira rejoindre les autres Coquillards qui nous attendent en Bourgogne. » Moi :

*Adieu ! Je m'en vais à Angers.*

Quand l'aube pointe livide dans les carreaux, une besace de cuir sur l'épaule, je dis au revoir à maître Guillaume.

— Tu pars si tôt et par ce mauvais temps ?

— Il faut que j'aille…

Ce vieillard frileusement assis dans son fauteuil, les
pieds posés sur sa chaufferette, a un geste vague. Il
égrène un chapelet qu'il baise par moments. Ses lèvres
font un sourd et long marmottement.

## 57.

Le ciel, très haut, tourne et fuit. Le premier de la matinée à franchir le pont-levis de la porte Saint-Jacques, je vais droit à la prairie gelée. La neige tombe à longs traits de charpie. Tuiles et briques poudroient par la plaine en hameaux assez laids. Un bois sombre descend d'un plateau de bruyères, va, vient, creuse un vallon puis remonte, vert et noir, et redescend en fins bosquets blanchis où la lumière filtre et dore.

Je rattrape bientôt des petites gens allant, rassemblés par huit ou dix, coiffés d'épais bonnets fourrés. Ils mènent un âne qui porte leurs bagages ou ploient l'échine sous un fardeau. Des merciers sortent d'une grange, louée pour la nuit, et font route avec nous – en ces temps d'insécurité, se méfiant des bandits de grand chemin, il vaut mieux voyager groupés. D'autres commerçants, des paysans, se mêlent au convoi, conduisent des carrioles dont les bâches se gonflent et claquent dans les bourrasques de neige.

En fin d'après-midi, notre allure est soudain ralentie par le son d'une viole dont on joue devant. Intrigué, je remonte la file des voyageurs. Chaussé de souliers à boucles et plis, et les jambes protégées par des chausses en laine sous ma longue robe recouverte d'un manteau à capuchon, je dépasse des paysans en sarrau, portant sur les épaules une esclavine d'étoffe grossière, et arrive en tête du cortège.

Là, un homme sec et barbu d'une quarantaine d'années, cheveux longs rejetés en arrière sous un chapeau mou décoré de médailles, fait aller l'archet sur les cordes de son instrument de musique. Accrochée à son coude, une laisse est tirée devant par un porc énorme. Le groin de l'animal grogne dans un petit panier d'osier qui le muselle pour qu'il ne morde pas les voyageurs que l'on croise. Chaque coup de tête du verrat entraîne une fausse note sur la viole du musicien nomade qui râle sous la neige :

— Doucement, Franc Gontier !

Marchant près de lui, je rigole : « Vous avez appelé votre pourceau comme le personnage de pastourelle créé par l'évêque Philippe de Vitry ? »

— Tu connais Franc Gontier, mon grand ?

— Holà, oui... Ce héros des vertus rustiques avec son bonheur bucolique de berger sans souci qui batifole et danse dans un pré toujours fleuri... J'avais un professeur qui ne jurait que par lui. Quel conart !

— Le professeur ou Franc Gontier ?

— Les deux !

L'instrumentiste tourne sa tête vers moi et a un rire qui découvre ses dents pourries. Derrière lui, un aveugle porte, au bout d'une hampe, une banderole où est peint un cochon. Il suit le musicien, à l'oreille. Trois autres mendiants, atteints de cécité, s'accrochent chacun à la pèlerine de l'aveugle qui le précède puis c'est la colonne des voyageurs qui semblent s'exciter d'un spectacle à venir.

L'aspect vague du paysage blanc se précise. La silhouette d'un village paraît. Une auberge illumine sa vitre et lance un grand éclair sur la plaine. Un des aveugles s'impatiente et hèle le musicien :

— Huguenin de La Meu, c'est encore loin ?

— Non, on est presque arrivés…

Une fumée s'élève du toit de l'auberge au bord du grand chemin poudreux de neige où le pied de pauvre brûle et saigne. L'établissement a le bonheur pour enseigne :

*Avez-vous faim ? Vous y mangerez ;*
*Avez-vous soif ? Vous y boirez ;*
*A-t-on chaud ? On s'y rafraichira ;*
*Ou froid ? On s'y chauffera.*

— L'hôte est un poète, me dit Huguenin.

C'est une maison à étage et colombage jouxtant un petit champ clos à l'intérieur duquel le musicien entraîne son pourceau et les quatre aveugles. Les voyageurs – spectateurs – garent leur carriole autour, déposent leurs fardeaux, s'agglutinent le long des barrières. Sous les flocons, Huguenin de La Meu passe parmi eux, son chapeau renversé à la main. Tandis qu'ils y jettent, selon leur fortune, petit ou grand blanc, brette, targe ou angelot (aucun écu d'or), le musicien nomade rappelle aux mendiants aveugles que :

— Le porc sera à celui de vous quatre qui le tuera. Voici vos gourdins !

Il place dans les pognes de chacun une bûche à l'extrémité traversée de long clous de charpente aux pointes acérées qui dépassent largement : « Allez-y ! »

D'une main, il retire le petit panier d'osier du groin de Franc Gontier et, de l'autre main, il lui glisse un piment dans le cul.

Whuaah !!! Franc Gontier, l'anus en feu, part aussitôt en hurlant, tape des jambons contre les barrières pour se débarrasser du piment, court dans tous les sens. « Mais où est-il ? » se demandent les aveugles. À grands coups de gourdin, ils frappent où ils entendent filer les cris. Hélas, les spectateurs imitent le porc. Grouiii ! Groui ! font-ils tout autour. Les aveugles ne savent plus où jeter leurs coups de bâton. L'un d'eux cogne au hasard, c'est-à-dire sur le bras d'un autre qui se met à hurler. Celui-ci réplique en lui lançant, au juger et en travers du visage, sa bûche aux pointes aiguisées : « Whuaaah ! » Les deux autres se mêlent à la bagarre, croyant que c'est là qu'est le porc. Les coups se multiplient. Les mendiants aveugles s'entre-tuent avec fureur dans les rires des spectateurs. Les éclaboussures de sang giclent très haut dans le ciel et la neige qui tombe est rouge.

## 58

Attablé près de la fenêtre qui s'ouvre sur la campagne assombrie, je regarde Franc Gontier finir les
restes des quatre combattants dans l'enclos jouxtant
l'auberge. Assis face à moi, Huguenin de La Meu se
marre :

— Il ne me coûte rien. De ville en village, je ne le
nourris que d'aveugles... et il rapporte gros comme
son cul ! fait-il renversant tout l'argent de son chapeau
sur la table. Holà, deux chambres pour la nuit. Je ne
vais pas laisser mon nouvel ami dormir sous la neige !
Et à boire, du meilleur et du plus cher !

Devant tant de classe, je délace l'encolure de ma
robe et plonge la main, le long de ma poitrine, dans
une bourse pendue à mon cou. J'en sors une poignée
d'écus du collège de Navarre que je balance à mon
tour :

— Et à manger aussi ! Vivre de faim, c'est carême
d'enfer !

Les pièces d'or tournent sur la table et jettent des
feux. Une jeune servante monte de la cave avec un
grand pot, du fromage et du pain. La fleur pâlotte de
sa bouche, son corps vague, lui donne un air peu
farouche. L'hôte de l'établissement est un vieux sol-

dat. Sa femme peigne et lave dix marmots roses et pleins de teignes. La servante est coiffée d'un voile de paysanne par-dessus un serre-tête noir d'où s'échappe une boucle blonde. Elle pose devant Huguenin de la vaisselle en bois et des bouteilles poussiéreuses, se penche devant moi pour chasser, d'un coup de torchon, les miettes sur la table. Je lui dis :

— Je croyais que vous vouliez m'embrasser.

Il y a beaucoup de monde à cette heure qui jouent aux cartes, aux dés. Des voyageurs sèchent la boue de leurs habits et se rôtissent les chausses fumantes près de la flamme de la cheminée où chante gaiement le feu. Quand la fille revient avec des boudins, des saucisses et des pois, elle me dit :

— Pas ici.

— Où ça ?

Pour bien boire, Huguenin paraît ne jamais être en retard – le genre de gars à qui l'on ne pourrait arracher un pot des mains. Aucun hareng saur de Boulogne n'est plus assoiffé que lui. Toujours, il crie : « Au secours, Blanchefleur ! La gorge me brûle. » Il ne pourra jamais étancher sa pépie. Je l'accompagne vaillamment, entrechoquant mon hanap contre le sien. La servante Blanchefleur revient avec une autre bouteille dont elle me sert en disant :

— Tout à l'heure, dans votre chambre.

Lorsqu'elle m'y rejoint à la nuit, j'ôte son voile, son serre-tête et suis surpris. Elle m'avoue être une jeune voleuse de Honfleur condamnée à une oreille coupée et bannie de Normandie. Depuis, elle travaille d'auberge en auberge hors sa région, sa famille, ses amis. Elle a des cheveux blonds courts, bouclés, comme ceux d'un joli garçon. Je lui murmure au tympan de son oreille tranchée : « Je crois que je serai toujours attiré par les filles qui ressemblent à ma mère… » Puis nous divertissons notre peau sans autres phrases mensongères. Au réveil, il ne reste plus autour de mon cou, près de l'emblème des Coquillards, que le cordon coupé de ma bourse envolée. Tant pis. Rejoignant le musicien nomade dans la salle du bas – où l'on se demande ce qu'est devenue la servante – je lui dis :

— Je vous suis, Huguenin. Je porterai la banderole.

— En route, alors ! Allons ramasser à Dourdan quatre autres aveugles de naissance ou bien des voleurs vivant de mendicité qui furent condamnés à avoir les yeux crevés…

## 59.

Quarante-huit aveugles entre-tués plus loin – à diviser par quatre pour obtenir le nombre de stations d'un fameux chemin de croix passé aussi à rire et à rouler sous des tonneaux de tavernes – Huguenin de La Meu m'indique la direction à poursuivre :

— En tirant tout droit, tu arriveras à Angers. Moi, je tourne à main droite vers la Bretagne. Là-bas, les paysans délaissent les châtaignes alors, l'hiver, les mendiants y sont plus gras. Je ne dis pas ça tellement pour moi… mais pour Franc Gontier. Bonne chance, poète.

Je le regarde s'en aller, jouant de la viole derrière son pourceau, mangeur d'aveugles, tenu en laisse. Déjà, un voleur aux yeux crevés le suit et porte la banderole en gémissant. Le musicien nomade en trouvera trois autres au prochain village et ce soir, près d'une fenêtre, il s'enivrera en regardant Franc Gontier finir leurs dépouilles.

Une procession de moines qui marchent un par un suivant l'ordre ascétique, la corde aux reins, un cierge en main, ululent d'une voix formidable un cantique, passent devant moi. Je les suis. Jusqu'aux toits follets d'Angers, leurs chants semblent venir du ciel.

Couvertes de poivrières en ardoise, dix-sept énormes tours polychromes soutiennent, sur un piton rocheux, l'enceinte du vieux château féodal aux deux portes pont-levis. L'une, derrière, verse directement sur la campagne et une rive du Maine. L'autre, devant, donne sur la ville où je me présente à un garde qui reluque, d'un air dégoûté, mes chausses boueuses, ma robe tachée de vin :

— Et que tiens-tu, roulé en ton papier ? Est-ce une supplique ?

— J'espère monnayer ici mon talent de poète.

« Ah, vous êtes recommandé au roi par Andry Courault… » me dit le chambellan qu'on est allé quérir. Il dépose ma lettre sur une table : « Mais que vous voilà noir et mal vêtu, seigneur Jésus ! Vous ne pouvez rencontrer un duc ainsi. Je vais aller vous chercher un habit de troubadour qui satisfera le comte. En attendant, prenez une collation aux frais du prince. »

— Prince, Comte, duc, roi… Il est quoi exactement, René ?

— Beau-frère du roi de France, comte de Provence qui bat monnaie, duc d'Anjou, roi de Sicile et de Jérusalem où il n'a jamais mis les pieds… mais vous, mettez les vôtres dans cette cuisine. Les artistes mangent ici, avec les valets de chambre, mais au moins ils mangent…

Je m'assois à une longue table où une bonne m'apporte une écuelle de lait de brebis : « Et vous avez là, dans ces jattes, de l'orge, de l'avoine… »

— De l'avoine ? Je ne suis pas un cheval.

Je regarde mon lait d'un air dégoûté :

— Je vais plutôt prendre un coup de rouge.

Tandis qu'un maître-queux passe, elle rit :

— Le nouveau réclame du vin.

— Qu'il s'arrose la gorge à la fontaine. À la cour d'Anjou, on ne boit que de l'eau.

— Que de l'eau ? !

Je casse un gros pain à la mie brune pleine de fibres de son :

— Du bis ? On ne mange pas de pain blanc dans un château ?

— Pas dans celui-là.

Le chambellan revient avec un habit de trouvère : des chausses de soie rouge, un court pourpoint ajusté dont la teinte est aussi empruntée à la grenade, une ceinture où pend une bourse sur le côté.

— … Pour ranger vos jolis rondeaux.

Il me demande ensuite de glisser ma tête dans une incroyable coiffe de velours écarlate. Cela recouvre le crâne, se ferme derrière le cou, cache la gorge, les tempes, enveloppe le menton comme une guimpe. Dans une découpe en forme de cœur, il ne reste plus que les traits de mon visage à découvert. Le rabat de la coiffe s'étend sur la poitrine et dans le dos, taillé en pointes au bout desquelles pendent des grelots dorés. De chaque côté du crâne, deux longues et épaisses cornes fourrées d'ouate se recourbent mollement plus au large que les épaules. Au bout de chaque corne, une clochette tinte. La bonne pouffe.

— Quelque chose vous amuse ? lui demande le chambellan.

— C'est éplucher les oignons qui me fait pleurer…

J'enfile ensuite des poulaines comme je ne savais même pas qu'il en existait. Elles sont si étirées en avant qu'elles prolongent les semelles, les allongent d'au moins deux pieds. Renforcées d'une armature de baleine, leurs pointes relevées en arc sont retenues par une chaînette rattachée à la jambe sous le genou. Je fais quelques pas. C'est tellement incommode. On dirait des patins de luge. Et ce bruit de grelots fixés à la pointe des poulaines…

« Bouh ! Bouh !… » La bonne fuit la cuisine en se tenant le ventre de rire. Le chambellan, consterné, lève les yeux au ciel et me dit :

— Venez que je vous mène au bon roi René.

J'escalade, derrière sa robe bleue, les pierres usées d'un étroit escalier à vis. Et franchement, avec ces poulaines délirantes, ce n'est pas pratique. Je dois grimper, dos au mur, en posant mes pieds dans le sens de la longueur des marches. Je manque plusieurs fois de glisser et de tomber surtout quand une troupe de Maures, brillamment costumés, dévalent l'escalier comme des acrobates et bondissent en s'esclaffant par-dessus mes chaînettes. Je me retourne pour les engueuler de leur inconscience, des risques qu'ils me font courir, mais j'entends s'égrener plein de notes de musique autour de ma poitrine et de ma tête. Ils commencent à me faire chier, ces grelots.

— Et c'est bien payé, au moins, d'être poète ici ?

Le chambellan, qui m'attend plus haut, reprend son ascension :

— Les artistes trouvent toujours un bon accueil auprès du duc d'Anjou. Leurs cachets sont proportionnés à son plaisir. Allez, encore un étage.

— Oh, là, là…

Dans sa chambre, le roi, que je découvre de dos, est debout face à un chevalet. Il peint un petit tableau en grognant de plaisir, pivote seulement les pupilles vers son chambellan :

— Tiens, Saladin d'Anglure ! Que me vaut ? Ah, mais vous êtes accompagné. Faites venir à ma droite… Soyez le bienvenu, ami ! me dit-il en posant

de délicates touches sur son tableau. D'où êtes-vous ?
Qu'êtes-vous venu chercher ici ?

— Il compose des vers, répond le chambellan.
C'est votre procureur à Paris qui nous l'envoie.

Le roi René admire sa peinture :

— Un poète…

Je contemple le monarque maintenant de côté, en
bonnet moulant et manteau vert matelassé. Il a un nez
épais aux narines trop dilatées, un profil en groin
comme sur cette pièce d'argent à son effigie, posée
près de moi, que je prends en douce et glisse dans ma
bourse à rondeaux.

Au baldaquin de son lit, sous des motifs brodés, je
lis : *Bergers et bergères faisant contenance de manger
noix et cerises* – une pastourelle de… Horreur !

— Aimez-vous les dits de Franc Gontier ? me
questionne René. C'est mon héros préféré en poésie.

Il essuie ses pinceaux à un chiffon et se tourne
complètement vers moi :

— Je suis sa réincarnation.

Malédiction !… Il a des yeux de pourceau.

— D'ailleurs, poursuit-il, regardez mon tableau…

267

J'y découvre un gros berger qui a les traits du roi devant quatre brebis toute laine, un paysage comme inutile au fond. Saladin d'Anglure s'approche du chevalet en joignant ses paumes :

— Ô sire, que vous êtes merveilleusement expert dans l'art de manier les pinceaux ! Et que cela est bucolique.

Le duc d'Anjou pousse dans ma direction un grognement de satisfaction : « Je suis aussi un peu poète, jeune homme. J'ai écrit à la manière de Philippe de Vitry : *Regnault et Jeanneton* – une pastorale de dix mille vers. Pour Regnault, j'ai pensé à moi. Jeanneton, c'est ma femme Jeanne de Laval. Nous y vivons l'amour pur tel Gontier avec sa douce Hélène dans une bergerie de rêve que j'ai reconstituée dans mon jardin. Venez que je vous la fasse visiter. »

Oh, tudieu, faut redescendre les marches ! Pendant cette opération périlleuse le chambellan file devant, ce qui est très énervant. Même le duc ventripotent va sans peine. Il m'attend, lève son groin vers moi :

— Eh bien, venez. Je ne vais pas vous manger !

Je manque de me casser la gueule dans l'escalier.

J'arrive dans un jardin qu'on ne peut croire. On dirait une crèche de Noël ! Le toit d'une étable est couvert de paille en or et en argent... Une vache en sort. Elle sent la rose. Les moutons sont parfumés à l'anis. Des poules blanches battent des ailes, diffusant autour d'elles une odeur de lavande. Mais où suis-je ?

J'observe Saladin d'Anglure aller devant, une boîte à la main, et planter de fausses fleurs aux tiges en fer, aux pétales en feuilles d'or. Le duc le suit et feint de s'étonner en les cueillant :

— Oh, une fleurette !... En janvier. N'est-ce pas merveilleux ?

268

Il souffle sur les pétales et les feuilles d'or s'envolent par-dessus la campagne et la misère dominées par son château. Nous longeons les créneaux. On lui tend une canne à pêche. Un fil de vingt toises descend le long de la muraille de schiste et de tuffeau jusqu'aux douves en bas – leur utilité défensive s'est atténuée au fur et à mesure que s'est développée l'artillerie à poudre. Le duc en a fait un miroir d'eau où scintillent maintenant des gardons.

— Oh, j'en ai un.

Il rend sa canne à pêche à des serviteurs qui, remontant le fil, font mine de trouver ça tout à fait extraordinaire :

— Le roi a pêché un petit poisson !

Il m'entraîne par le bras :

— Je possède aussi des animaux exotiques dont s'occupe une troupe de Maures. Je m'amuse à les montrer à mes sujets ébahis. Ce sont des bêtes étranges venues de Barbarie. Certaines vivent dans un enclos au bord du Maine. Voudriez-vous les voir ?

Je décline l'invitation en remuant la tête. Je vais avoir du mal à m'y faire à ces clochettes… Soudain, une nuée de jolies filles déguisées en bergères l'entourent. Quenouille à la main, elles composent pour lui le plus aimable des spectacles. Des petits chanteurs arrivent. Il ne se lasse pas d'écouter leurs voix mélodieuses accompagnées par des tambourins. Les motets, les chansons profanes, enchantent son esprit peu compliqué. Des joueurs de souplesse, des jongleurs et des mimes vêtus d'une peau de mouton, font des cabrioles et le distraient aussi tandis qu'il s'extasie devant chaque brin d'herbe. Il pénètre dans un poulailler sentant la lavande et en sort, espiègle :

269

— Regardez, un œuf en or ! Je le donne à la première qui me fait un baiser.

Toutes les Hélène de pastorale se jettent sur lui, le picorent de leurs lèvres en l'appelant Gontier puis s'éparpillent en riant.

— Elles sont mignonnes, s'étourdit-il.

On fait passer devant lui un cortège de canetons portant chacun, autour du cou, la soie d'un ruban de couleur différente. Sa bergerie, son faux monde rural…

— Oh, j'ai envie de poéter ! Je sens que ça vient.

Il plisse les yeux, serre les dents, prend un air concentré… et lâche sa perle poétique :

> *« Je suis roi de Sicile*
> *Devenu berger*
> *Et ma femme gentille*
> *Fait même métier,*
> *Portant la panetière*
> *Et houlette et chapeau,*
> *Logeant sur la fougère*
> *Auprès de son troupeau.*
> *Vivent pastoureaux,*
> *Brebis et agneaux ! »*

« Oh, très bien ! Très bien ! Que cela est joli, fin, gracieux ! » Des courtisans accourent et applaudissent, veulent que le duc redise. Il se rengorge, les yeux doucement clos, se berce au rythme de ses vers et s'en délecte comme d'un régal divin :

> *« Je suis roi de Sicile*
> *Devenu berger… »*

Toutes les courtisanes ont sous le bras un grand livre d'heures de belle parure, relié en riches étoffes de soie avec des fermoirs en or ou en vermeil. L'une d'elles pose le sien sur un muret près de moi. Pendant que l'autre gâteux répète sa fadaise horripilante, je tapote des ongles sur ce livre qui fait un bruit de tambour. Je le prends, le retourne, le soupèse. C'est une pièce de bois blanc creuse avec une couverture d'apparat. Tout sonne faux à la cour du roi René... J'ai soif d'un plein hanap d'hypocras mais quant à se désaltérer dans cette auberge, buvez donc bien tant que coule le ruisseau ! D'ailleurs le duc dit :

— Allons dîner et buvons de l'eau comme Gontier.

— Oh oui ! s'exclame-t-on autour. Nous mangerons aussi orge, avoine et pain bis tels les pauvres. C'est si amusant de leur ressembler.

— Avant ça, il y aura une surprise comme tous les soirs..., grogne le groin du roi aussi de Jérusalem.

— Quoi ? Quoi ?

— Une nouvelle idée que j'ai eue ce matin..., chantonne-t-il.

— Laquelle ? Laquelle ?

— Un pâté d'oiseaux vivants !

En cuisine, je découvre sur la table une énorme tourte avec un trou où l'on met dedans des petits oiseaux vivants juste avant de servir. Quand Saladin d'Anglure, dans la grande salle, soulève le couvercle de pâte, les oiseaux en sueur, qui ont chié de panique sur le pâté, s'envolent devant les convives éblouis :

— Aaah !...

## 60.

— Entrez à votre tour sous cette tente chauffée.

J'attendais dans le froid au bord du Maine qui charriait les eaux du dégel et j'avais soif. La nuit s'étoilait. C'était l'heure où je rêvais à d'autres breuvages qui couleraient en rivière devant moi sur une table de taverne. Vin morillon, de Beaune, hypocras… Je me languissais aussi de Paris et du rire enivrant de ses ribaudes au fond des bouges.

Dans mon dos, les fenêtres du château d'Angers éclairaient la rive. Les poulaines jaunes à grelots parmi les hautes herbes, je me penchais par-dessus les reflets de l'affluent de La Loire pour contempler mon image. J'y voyais deux longues cornes onduler comme des nageoires et, dans une découpe en forme de cœur, je constatais les traits de mon visage déconfit aussi par les mouvements de l'eau. C'est alors que je reconnus derrière moi la voix de Saladin d'Anglure qui me héla :

— Entrez à votre tour sous cette tente chauffée. Nous avons fini de dîner et vous êtes, ce soir, la surprise du duc d'Anjou à ses courtisans…

Voilà le moment que je redoutais. Je me tourne vers la gauche et fais quelques pas las puis soulève un pan de la toile du pavillon du roi – très vaste tente de campement où il aime parfois recevoir ses deux cents convives à dîner plutôt qu'en son château car c'est plus bucolique...

— Ah, mon troubadour !

Les tables sont disposées en « U » et le duc d'Anjou, assis là-bas, me fait signe d'avancer dans l'allée centrale :

— Mes amis, je vous présente un poète venu de Paris. Enfin, un poète, je l'espère... car depuis maintenant une semaine qu'il est là, je crois que je n'ai pas encore entendu le son de sa voix.

Il ne l'entend toujours pas.

— Que se passe-t-il, trouvère ? On vous voit continuellement assis sur les créneaux des remparts à vous tenir le menton dans une main et sembler ne trouver de goût ni de plaisir à rien. Pourquoi ?

Son chambellan, qui l'a rejoint et se tient debout derrière lui, intervient :

— Le duc d'Anjou est déçu. Jamais il n'entend tintinnabuler vos grelots ni ne vous voit gambader joyeusement dans sa bergerie idyllique en inventant des versiculets. Quelle en est la raison ? Pourtant, vous portez la livrée d'un ménestrel gagé pour avoir du talent à toute heure...

— Avez-vous écrit quelque ballade ou rondeau depuis que vous êtes parmi nous ? me demande le monarque pastoral.

Je remue ma tête négativement :

— Diling, diling !

— Un manque d'inspiration ? Allez, je vous aide, vous propose un sujet : Margot qui donne à boire à des veaux ! Composez là, devant nous, quelque chose de joli et qui nous ébahisse sur ce thème.

Margot qui donne à boire à des veaux…

— Eh bien, alors ? s'impatiente le duc. Êtes-vous muet ?

Je me racle la gorge. Margot… Et là, je ne sais pas pourquoi, je m'approprie soudain la vie de Pierret à voix haute :

— À Paris, je vis avec une grosse Margot qui donne à boire à de drôles de veaux… Je l'aime à ma manière, et elle m'aime de même, la douce amie. Si on la rencontre par hasard, qu'on lui récite cette ballade :

> *Si j'aime et sers la belle de bon het,*
> *M'en devez-vous tenir pour vil et sot ?*
> *Elle a en soi des biens à fin souhait :*
> *Pour son amour, ceins bouclier et passot.*
> *Quand viennent gens, je cours et happe un pot,*
> *Au vin m'en vais, sans démener grand bruit ;*
> *Je leur tends eau, fromage, pain et fruit.*
> *S'ils paient bien, je leur dis : « Ça va ;*
> *Revenez ici, quand vous serez en rut,*
> *Dans ce bordel où nous tenons notre cour !…*

Il y a des chuchotements sous la tente. « Qu'est-ce qu'il a dit ? » Le chambellan et les courtisans parlent entre eux. Quand j'en arrive à… *Puis la paix faite, elle me fait un gros pet*, le roi demande : « Est-ce que j'ai bien entendu ? » … *Je suis paillard, la paillarde me suit. Lequel vaut mieux ? On s'entend bien, l'un vaut l'autre ; c'est à mauvais rat, mauvais chat. Ordure aimons, ordure nous suit. Nous fuyons l'honneur, il nous fuit…* Saladin d'Anglure m'interrompt :

— Arrêtez ! La chose a duré trop longtemps et le

roi veut en voir la fin. Si vous n'écrivez rien de plus joli, vous serez expédié !

Ma ballade a jeté un froid. René doit se dire que son cadeau du soir est pourri. Une Hélène outrée lève sa quenouille : « Un ménestrel chantant ces femmes qui n'aiment que pour l'argent !... » Je me tourne vers elle : « Si elles n'aiment que pour l'argent, les hommes ne les aiment que pour une heure. »

Éberlué, le duc d'Anjou essaie de comprendre :

— Quels sont vos autres thèmes ?

— Presque tous mes vers roulent sur moi, sur ma vie, mes malheurs, mes vices. Je trouve mon inspiration dans les bas lieux, dans les amours de coin de rue !

— Pourquoi ne racontez-vous pas en un quatrain, par exemple, un peu de neige sur une branche ?

— Ce n'est pas le scintillement de la neige sur la branche que je vois l'hiver mais les engelures aux pieds !

— Décrivez la rivière du Maine, la forêt là-bas... insiste René.

— Je ne suis pas champêtre, pas paysagiste du tout ! Mon seul arbre est la potence. Je ne fais rien de la nature. Pour moi, il n'est de paysage que la ville, le cimetière est ma campagne, mes couchers de soleils sont les rixes dans la rue ! Je sors de la poésie bel esprit.

— Vous êtes le mauvais garçon du siècle !

— Je ressemble sans doute à un balai de four à pain mais je fais la sale besogne d'enlever la suie sur les mots d'amour courtois et les pastorales ! Mes maîtresses ne sortent pas de l'imagination châtrée d'un évêque. Mes maîtresses sont la blanche savetière et la gent saulcissière du coin qui veulent bien, vite fait,

276

derrière un tonneau. Alors que m'importe à moi de savoir si Gontier lutine Hélène !

— Oh ! Le duc en glisse de son fauteuil et tremble un doigt vers moi. Rien ! Rien ! Vous n'aurez rien pour votre prestation. Pas ça ! Pas un blanc…

— Qui m'estime tant m'achète tant. Mais Seigneur, n'y voyez pas une tromperie. Vous ne pourriez me donner trop car vous ne savez guère les ballades et rondeaux que j'ai en tête. Si cette affaire vous échappe, vous n'en aurez jamais de meilleure ni de pareille !

Et voilà ! Le duc d'Anjou voulait entendre le son de ma voix, il l'a entendu. Je pivote sur mes talons et sors de sous la tente. Embrasé de colère, je file tout droit, enjambe la barrière d'un enclos et continue, devant, furieux.

C'est alors que j'entends galoper dans mon dos. Je me retourne. Mais qu'est-ce que c'est que ça ? Une poule géante ! Une poule, dont la tête est perchée au-delà d'une toise de hauteur, plus grande que moi. Comment est-ce possible ? Ça a un corps massif au plumage noir abondant et une queue constituée de vastes plumes blanches et ridicules. Les ailes sont trop petites pour que ce volatile puisse s'envoler. Son mince et très long cou couvert de duvet mène à une petite tête aux grands yeux d'oisillon étonné et bec plat qui veut becqueter mes clochettes et mes grelots scintillants dans la lumière du château. Je m'enfuis. L'oiseau coureur de très grande taille me poursuit. Ses longues pattes puissantes le font aller à des vitesses folles. En détalant aussi vite que je peux, je fuis aussi les tarés de cette cour d'Angers, les dénonce aux étoiles en gueulant :

— Ils vivent de gros pain bis, d'orge et d'avoine, et

boivent de l'eau tout au long de l'année ! À ce régime-
là, tous les oiseaux d'ici à Babylone ne me retien-
draient pas encore une journée ni même une matinée !

*De groz pain bis vivent, d'orge et d'avoyne,*
*Et boyvent eau tout au long de l'annee.*
*Tous les oyseaux de cy en Babiloyne*
*A tel escolle une seulle journee*
*Ne me tiendroient, non une matinee.*

## 61.

Le lendemain midi, je cours à nouveau ! Un tonnelet de vin chapardé au cellier d'une ferme sous le bras
droit, je tiens, à la main gauche, le cou d'un poulet rôti
et suis poursuivi par une famille de paysans armés de
faucilles qui ont aussi lancé leur petit chien blanc
aboyant après moi.

Mes clochettes, mes grelots, bringuebalent autour
de mon habit de bouffon et mes poulaines se tordent
aux cailloux du chemin. Je file sur le côté vers un
bois. Des buissons d'épines et les houx dressent l'horreur de leur feuillage. Les paysans essoufflés en leurs
sabots abandonnent la chasse mais le chien me course
toujours parmi les ronces. Je me retourne pour lui donner un coup de pied. Il attrape entre ses crocs l'extrémité de ma poulaine qu'il tire en arrière et secoue
dans tous les sens. Déséquilibré, je glisse et tombe sur
la terre humide en lâchant tonnelet et volaille. Parmi
les feuilles mortes l'an dernier, je roule et me jette à
mon tour sur le chien, réussis à passer la chaînette du
soulier excentrique autour de sa gorge et je serre de
toutes mes forces. L'animal est vite pris d'un tremblement des pattes puis se tétanise. Je continue à serrer.
Tous les maillons de la chaînette éclatent en l'air et

retombent en pluie dorée sur le petit chien étranglé près du poulet rôti.

Plus tard, embusqué dans les broussailles, je m'essuie les lèvres d'un revers de main. Désaltéré de vin et rassasié, au bord de la forêt, je guette ceux qui passent puis m'éloigne par les labours en sacrant comme un mécréant, tantôt à pied, tantôt sur des chevaux volés.

Au bord de la Loire, je récupère et actionne les rames d'une barque qui m'emporte en douceur et silence vers l'est. Lorsque j'entends tournoyer la force centrifuge des frondes qui jettent des pierres autour de moi, j'accoste sur l'autre rive et fuis en courant à travers les champs et en riant comme un fou car la vie est folie.

## 62

— Le poète vous lorgne, ma commère, prenez garde...

— Ce n'est pas moi, c'est vous qu'il regarde.

— Mais toutes les deux ! dis-je en me levant du banc face à cette table de bordeau où j'abandonne encre, plume et papier, jette la livre d'argent à l'effigie du roi René dérobée dans sa chambre. Holà ! Du vin aussi pour ces dames !

L'endroit pue, noir et plein de suie qui coule des murs. Je m'approche des deux ribaudes, plaque une paume sur les seins de l'une, tâte la chair tendre et blanche de l'autre. Pour les amuser, je roule des yeux, fais une bouille comique à l'intérieur de la découpe en forme de cœur de ma coiffe. Je secoue la tête. Au bout de mes longues cornes, les clochettes s'agitent. Les bordelières renversent leur gorge au plafond dans un rire affreux lorsque j'entends une voix demander derrière moi : « Est-ce vous le dénommé François Villon ? »

Je me retourne. Dans l'encadrement de la porte ouverte sur un paysage de ville gothique, un homme vêtu d'une robe de drap gris réitère sa demande d'une voix autoritaire :

— Êtes-vous bien celui qui a laissé au garde du château de Blois deux ballades pour Charles d'Orléans et dit qu'on pourrait le trouver là ?

— Pourquoi ? Le prince veut me faire pendre ?

L'homme s'avance : « Concernant votre "Ballade des dames du temps jadis", il a parlé de vision sculpturale du corps féminin dans une inquiétude métaphysique, d'allégorie transparente du dégel. Il a qualifié ce poème de monument scintillant de notre histoire littéraire. »

— Ah bon ? Et la « Ballade de la grosse Margot » ?

— Il l'a trouvée savoureuse et cocasse. Voici trois écus pour chacun de ces poèmes, annonce-t-il en déposant l'une après l'autre six pièces d'or sur mes papiers devant les putains stupéfaites. Il en ajoute trois autres : « … Pour si vous acceptez de participer à un concours de ballades sur un thème imposé. »

— Lequel ?

— Le premier vers devra être : *Je meurs de soif auprès de la fontaine.*

Percevant mon étonnement, il m'explique : « Ces temps-ci, on parle beaucoup d'eau à la cour de Blois à cause des grands travaux qui viennent de finir pour réparer le puits du château. Dix poètes ont déjà peiné sur ce sujet de l'homme qui meurt de soif près d'une fontaine… Notre prince mécène aimerait vous entendre rimer là-dessus. Je reviendrai vous chercher ici, demain matin, pour que alliez lui réciter votre ballade. »

L'homme élégant contemple ma poulaine boueuse équipée de sa chaînette puis l'autre, effondrée et déchiquetée laissant dépasser les orteils. Il relève les yeux vers les grelots cabossés de ma poitrine tachée puis sourit devant ma coiffe aux longues cornes trouées d'où s'échappe la ouate :

— Venez-vous de la cour d'Angers ? Ça c'est mal passé ?

— J'y fus attaqué par une poule géante.

L'homme se retourne et s'en va : « À demain. » Sitôt qu'il est en allé, je ramasse vite les neuf écus, ma plume, mon encre, mes papiers que j'entasse dans ma bourse à rondeaux et je fuis comme un voleur devant les ribaudes qui se demandent :

— Qu'as-tu donc ?

— J'ai qu'à la fin, j'étouffe dans cette ville !

— François !

— Oui, j'étouffe. Je reprends la route. Bonsoir.

— Mais Charles d'Orléans t'a offert trois beaux réaux d'or pour écrire une ballade !

Sur le pas de la porte, je me retourne et vocifère :

— À Angers, j'ai déjà failli crever asséché au bord du Maine, ce n'est pas pour maintenant mourir de soif près d'une fontaine ! Sa ballade, je ne l'écrirai jamais. Jamais !

## 63

*Je meurs de seuf aupres de la fontaine,*
*Chault comme feu, et tremble dent a dent.*
*En mon pays suis en terre loingtaine,*
*Lez un brasier frissonne tout ardent,*
*Nu comme ung ver, vestu en president.*
*Je riz en pleurs et attens sans espoir,*
*Confort reprens en triste desespoir,*
*Je m'esjouÿs et n'ay plaisir aucun.*
*Puissant je suis sans force et sans povoir,*
*Bien recueully, debouté de chacun.*

*Riens ne m'est seur que la chose incertaine,*
*Obscur fors ce qui est tout evident,*
*Doubte ne fais fors en chose certaine,*
*Scïence tiens a soudain accident.*
*Je gaigne tout et demeure perdent,*
*Au point du jour diz : « Dieu vous doint bon soir ! »*
*Gisant envers, j'ay grant paeur de chëoir,*
*J'ay bien de quoy et si n'en ay pas ung,*
*Echoicte actens et d'omme ne suis hoir,*
*Bien recueully, debouté de chascun.*

De riens n'ay soing, si mectz toute m'atayne
D'acquerir biens, et n'y suis pretendent.
Qui mieulx me dit, c'est cil qui plus m'actaine,
Et qui plus vray, lors plus me va bourdent.
Mon ami est qui me faict entendent
D'ung cigne blanc que c'est ung corbeau noir,
Et qui me nuyst, croy qu'i m'ayde a pourvoir.
Bourde, verité au jour d'uy m'est tout ung,
Je retiens tout, riens ne sçay concepvoir,
Bien recueully, debouté de chascun.

Prince clement, or vous plaise sçavoir
Que j'entens moult et n'ay sens ne sçavoir :
Parcïal suis, a toutes loys commun.
Que sais je plus ? Quoy ? Les gaiges ravoir,
Bien recueully, debouté de chascun.

## 64.

— Je meurs de soif auprès de la fontaine. Chaud comme le feu, je claque des dents ; en mon pays, je suis en terre étrangère ; près d'un brasier, je frissonne tout brûlant ; nu comme un ver, vêtu en président, je ris en pleurs et attends sans espoir ; je me réconforte au fond du désespoir ; je me réjouis sans trouver le moindre plaisir ; je suis puissant et n'ai force ni pouvoir, bien accueilli, rejeté par chacun.

« Plus fort ! Le prince est dur d'oreille », crie quelqu'un dans l'immense salle au carrelage magnifique, au plafond fleurdelisé et aux vitraux laissant passer la lumière. « Poursuivez, me dit Charles d'Orléans. Je ne suis sourd qu'aux mauvais vers... »

— Rien ne m'est sûr si ce n'est la chose incertaine, obscur seulement ce qui est tout à fait évident ; je ne doute que face à la chose certaine et, pour moi, la science est fruit du hasard. Je gagne à chaque coup et toujours je perds ; au lever du jour, je dis : « Bonsoir ! » Étendu par terre, j'ai peur de tomber ; j'ai assez pour vivre et ne possède pas un sou ; j'attends un legs sans être l'héritier de personne, bien accueilli, rejeté par chacun.

Les mains ligotées dans le dos et entre deux gardes

287

armés de lance, je suis debout face au duc d'Orléans, assis dans un grand fauteuil près duquel se tient sa nouvelle épouse – la toute jeune et coquette Marie de Clèves. La cour fait cercle autour de nous. Des poètes m'écoutent. Les soldats du prince m'ont rattrapé sur un chemin au bord de la Loire. Ils ont repris mes neuf écus de gages, m'ont conduit en prison pour que j'écrive la ballade qu'on m'avait payée d'avance.

— Je ne me soucie de rien et m'efforce pourtant d'acquérir des biens que je ne désire pas. Qui me parle le mieux m'offense le plus, et celui qui me dit la vérité est pour moi le plus menteur ; mon ami est celui qui me fait croire qu'un cygne blanc est un corbeau noir ; et celui qui me nuit, je crois qu'il m'assiste ; mensonge, vérité, aujourd'hui c'est pour moi tout un ; je me souviens de tout mais ne sais que penser, bien accueilli, rejeté par chacun.

Charles d'Orléans approche la soixantaine. Habillé d'une robe de velours, il porte un calot sur sa tête au visage rond entouré d'une chevelure blanche et ondulante qui touche presque ses épaules. Il a l'air d'un page de la féodalité qui aurait vieilli sans s'en apercevoir. Ses grands yeux mélancoliques sont ouverts dans le vague. Mes trois dizains terminés, je lui balance l'envoi :

— Prince clément, prenez plaisir à entendre que je comprends tout mais n'ai ni bon sens ni sagesse : je suis d'un parti et de l'avis de tous. Que sais-je encore ? Ah oui, je veux cela : récupérer mes gages…

« Oh, par exemple ! Il ose redemander l'argent dans sa ballade ! » Les gens sont choqués. Charles d'Orléans sourit.

— … Bien accueilli, rejeté par chacun.

— Détachez-le, dit le prince.

## 65.

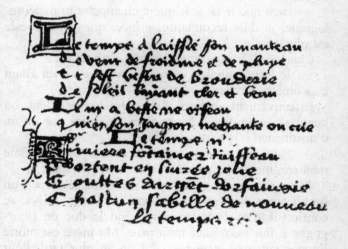

Le temps a laissé son manteau
De vent, de froidure et de pluie,
Et s'est vêtu de broderie,
De soleil luisant, clair et beau.

*Il n'y a bête ni oiseau,*
*Qui en son jargon ne chante ou crie :*
*« Le temps a laissé son manteau ! »*

*Rivière, fontaine et ruisseau*
*Portent, en livrée jolie,*
*Gouttes d'argent, d'orfèvrerie,*
*Chacun s'habille de nouveau :*
*Le temps a laissé son manteau.*

Dans ma nouvelle tenue – une robe de drap clair –
en ces premiers jours de printemps, je relis le rondeau.

— Bien que je ne sois guère champêtre ni météoro-
logique, je dois reconnaître, prince, que votre poésie
est plutôt jolie.

Charles d'Orléans sourit au mot « plutôt » :

— Je l'ai composée ce matin, soupire-t-il en allant
à sa fenêtre ouverte.

Effectivement, dehors, les animaux beuglent ou
gueulent – couilles douloureuses alourdies par un an
d'abstinence – la sortie de l'hiver.

— Nous ne voyons pas les choses de la même
manière, me dit le prince, et c'est très bien ainsi…

Je ne connais rien de votre vie. Moi, j'ai vécu un
destin amer dans un jardin semé de fleurs de lys, se
confie-t-il. J'avais treize ans quand le duc de Bourgogne a fait assassiner mon père. Ma mère est morte
l'année suivante et je fus veuf un an plus tard. Pour
ma vingt et unième année, les Anglais m'ont capturé à
Azincourt et emprisonné durant toute ma jeunesse.

Il se retourne et, sur un siège en bois d'Irlande, il
vient s'asseoir près de moi devant une petite table jonchée d'un grand livre ouvert :

— Vingt-cinq ans dans les tours anglaises… j'ai eu

tout le loisir de m'intéresser à l'étude et d'approfondir ma vocation poétique ! Je devrais en féliciter mon royal cousin Charles VII qui a eu maigre souci de me racheter un jour, plaisante-t-il en tournant une page sur laquelle je lis : *Je suis celui au cœur vêtu de noir.* Ce sont finalement les Bourguignons qui ont payé ma rançon. Il a donc fallu que je remercie les assassins de mon père. Ah, comme on a moult fois abusé de moi, fait-il en tournant un autre feuillet du magnifique livre manuscrit où je lis aussi :

> *En regardant vers le pays de France,*
> *Un jour m'advint, à Douvres sur la mer,*
> *Qu'il me souvint de la douce plaisance*
> *Que voulais au dit pays trouver ;*
> *Si commençais de cœur à soupirer,*
> *Combien certes que grand bien me faisoit*
> *De voir France que mon cœur aimer doit.*

Dans ses vers élégants et légers : la douleur de la captivité, l'exil, le temps qui passe au fil des pages, la vieillesse qui vient.

— J'ai vécu trop longtemps dans des geôles. Prince d'un ancien temps, je suis maintenant mal à l'aise dans un monde qui a changé pendant mon absence. La compagnie d'un poète tel que vous me console un peu de ma vie gâchée.

Nous bavardons tranquillement dans sa librairie au troisième étage de la tour de la Trésorerie.

— François, si la vieillesse paisible d'un vieux prince revenu de tout ne vous rebute pas, accepteriez-vous de rester au moins quelque temps en ce château ? Vous y aurez une hospitalité, de quoi écrire, un auditoire…

Je tourne d'autres feuillets du grand livre où il a égrené en vers le calendrier des saisons décorées de belles lettrines. Au gré des espaces encore libres, se mêlent sur les pages, ballades et rondeaux de ses visiteurs poètes. Il concourt avec eux en des joutes littéraires, a transcrit la ballade qu'il m'avait fait demander d'écrire.

— Et là, vous avez les œuvres des autres concurrents qui ont participé à ce tournoi.

> *Je meurs de soif auprès de la fontaine*
> *Suffisance ai et suis si convoiteux...*

Mh... Voyons voir un autre :

> *Je meurs de soif auprès de la fontaine*
> *Tant plus je mange et tant plus je m'affame...*

Et celui-là :

> *Je meurs de soif auprès de la fontaine*
> *Repu je suis de compétent viande...*

Bon, je referme le livre. Le prince s'en empare et se lève pour le ranger dans une armoire à trois étagères en commentant :

— Comme quoi, les poètes tels les joueurs de glic disposent des mêmes cartes mais untel les emploie avec plus de génie. Je ressens chez vous une inhabituelle profondeur de l'analyse des contradictions humaines, de l'homme face à son destin, sa fatalité... poursuit-il en rangeant son livre parmi d'autres, aux luxueuses reliures, rapportés d'Angleterre ou trouvés en France.

292

Ce sont là des œuvres uniques hors de prix et aux merveilleuses enluminures, des pièces historiques qui se vendraient des fortunes auprès de n'importe quelle cour d'Europe. Il referme l'armoire munie d'une serrure et m'en tend la clé :

— ... Pour si vous avez parfois envie de venir les consulter. Prenez-en grand soin. Il y a là des trésors inestimables. Qu'ils s'abîment serait un désastre pour la mémoire de l'humanité mais j'ai confiance en vous. Vous ferez très attention.

Ça m'émeut, ce prince à l'esprit large qui offre une place au pauvre clerc parisien, poète errant. Il fait grand cas de moi sans se préoccuper du fait que je sois voleur, assassin, tricheur, rôdeur.

— Et si vouliez un jour soudain partir, maître François, envolez-vous. La cage est ouverte. J'interdirai qu'on vous poursuive à nouveau.

C'était là des curiosités historiques, liées de près à mes
intéressantes chroniques des procès historiques qui
se venturent des fortunes jusqu'à des millions, que je
voulais publier. Il préféra l'humble fruit d'une sui-
mugerni, trised la cle.

— Padua, vous avez particulière de tout les
conflits. Pensez-en grand soin. Il y a des trésors
immondes. Qui les abîment seront un désastre pour
la mémoire de l'humanité même, j'ai confiance en vous.
Vous ferez très attention.

Gentiment, de prince a l'égard lorsqu'une une
place en pauvre clerc paisien, Josie était... Il lui
serait les demoiselles se préoccuper qu'il que le soit
ralenti, assemant, riche à, ni latin.

— Et si vraiment un jour vous vous perdiez, me dit a vous,
vous enverlez-vous. Et puis en outre. J'imagine
qu'on vous pourra vivre à nouveau.

# 66.

Le prince m'a confié la précieuse clé de l'armoire de sa librairie alors que va-t-il faire, maître François, le Coquillard ? Voler les livres, pardi !

… Les plus anciens, les plus rares. En six mois de présence au château de Blois, j'ai pu sélectionner les ouvrages manuscrits que je revendrai facilement dans une autre cour. Pourquoi pas à celle du duc de Bourgogne ? Ce serait amusant… ou alors à celle de Jean II de Bourbon – Moulins est moins loin que Dijon. J'entre dans la petite pièce au troisième étage de la tour de la Trésorerie.

Charles d'Orléans est agréable, bien sûr qu'il est agréable, c'est la grâce personnifiée. Mais le vieux seigneur coiffé comme un page, blasé, fatigué, cultivant sa solitude et se livrant du matin au soir au *nonchaloir*, c'est-à-dire à une sérénité mêlée de mélancolie, au bout de deux saisons… Comment dire ? Si quelqu'un me raconte son malheur, au début ça peut m'intéresser mais si ça dure trop longtemps, ça finit toujours par me faire ch…

*L'eau de Pleur, de Joye, de Douleur*
*Qui fait mouldre le moulin de pensée*

295

Entendre des vers comme ceux-ci, chaque jour, fatigue. Alors, bien sûr, les vins du duc sont délicieux et servis en abondance. Mais l'existence chez les grands, même ici, comporte des obligations auxquelles je ne me plie pas de bonne grâce. Je ne suis pas à l'aise. La courtoisie traditionnelle n'est pas mon fort. La vie de cour, le spectacle que se donnent le prince et les siens pour meubler le temps découle du sentiment de leur inutilité... Ce matin, Charles a perçu mon ennui dans la grande salle bien tendue de tapisseries représentant la vie d'Hercule. Je m'étais mis dans le coin d'une fenêtre d'où l'on apercevait l'horizon bleuâtre, l'eau de la Loire. Il était venu me dire : « Vous avez envie de nous quitter, n'est-ce pas ? »

— Je partirai vers la fin du mois ; il y a encore de beaux jours en octobre : vous savez, ces beaux soleils qui percent la brume et dissipent... dissipent... Vous me comprenez !

Pâle sous son calot, il égrenait un chapelet, observa les tapisseries et, un instant distrait, laissa sa mélancolie voguer au fil du fleuve.

« Oh, et puis eh !... La Pâques-Dieu, hein ! Je ne vais pas m'apitoyer sur un cousin du roi de France ! » dis-je en sortant de sa librairie avec cinq de ses plus beaux, plus gros livres posés à plat sur les avant-bras. J'en aurais bien pris six mais ils sont si lourds. Il fait chaud en cette fin d'après-midi. Il fait trop chaud. On ne se sent pas bien. J'ai les jambes gonflées. Mes pieds serrés dans les sandales descendent les marches en pierre de l'escalier à vis de la tour de la Trésorerie. Le temps est lourd. Tout le monde a le souffle court. Ce midi, à table pendant le service, parfois le dard d'un insecte inquiétait le col des servantes et c'était des éclairs soudain de nuques blanches.

Dans la cour du château, les oiseaux volent au ras du sol, les mouches piquent. Il y a un agacement dans l'air. Une nervosité oppresse les poitrines. Devant deux gardes assis, chargés de contrôler les entrées et les sorties, je passe le pont-levis sans m'arrêter et en soupirant sous la charge des livres qui me boudinent les doigts :

— Je vais porter ça chez le relieur avant qu'il ne ferme son échoppe.

« Bon courage », me dit l'un des gardes en s'épongeant le front tandis que son collègue lui demande : « Il y a un relieur à Blois ? »

— Ben, forcément. Sinon, où voudrais-tu qu'il aille ?

Je m'en vais.

Passé la ville, je continue vers le sud-est et le Bourbonnais le long d'un chemin poudreux. Ces manuscrits pèsent le poids d'un âne mort. Souvent, je les dépose avec soin sur une borne ou une botte de foin, le temps de soulager un peu mes bras pris d'un tremblement dû à l'effort. Je me suis mal organisé. Comment vais-je voyager avec ça ? À cette vitesse-là, je ne vais pas avancer de plus d'une lieue par jour, n'atteindrai jamais avant Noël la ville de Moulins. Autour de moi, la campagne devient anormalement calme – plus un chant d'oiseau dans les arbres aux feuillages figés. Même le silence est différent : appuyé, sourd et ouaté. La pression du ciel écrase les tympans. Je reprends mes livres et continue dans cet été qui insiste trop lourdement. Je passe près d'une ferme isolée. Plus loin, il y a un peuplier. Des paysans courent en jambes de coton après leurs bêtes qui beuglent sans un son. Tandis que, comme s'ils pressentaient une catastrophe, ils se précipitent pour conduire le troupeau dans une étable, je découvre une brouette vide qu'ils ont abandonnée au milieu du chemin. J'y dépose les ouvrages et pousse les brancards. Là-bas, l'horizon se recouvre d'une bande noire précédée d'un voile gris qui enfle. Tiens, j'ai reçu une goutte, il pleut. Il pleut ? Le ciel craque et se déchire. Des lanières d'éclairs fouettent la terre. De grosses gouttes de pluie chaude tombent en abondance puis c'est le brutal déluge. Mes livres ! Je me jette à plat ventre sur la brouette, étendant ma robe de chaque côté pour protéger les ouvrages mais il pleut tellement. C'est tout l'océan Atlantique qui me tombe sur la gueule. La brouette tressaute sous les coups de tonnerre qui ravagent le sol et elle bascule. Mes livres ! Je roule dans la boue où je ramasse deux précieux manuscrits. Leurs fermoirs dorés étincellent sous l'orage. Leurs couvertures s'arrondissent. Mes livres ! Ceux restés à terre s'ouvrent tout seuls. Les parchemins ancestraux se courbent, reprennent leur forme originelle de dos de mouton qu'ils avaient. Ces cuirs gorgés d'eau se gonflent. Encore un peu et je vais les entendre bêler. Ô leurs belles enluminures qui coulent, soudain violemment éclairées dans le tonnerre. Les fines dames, les châteaux anciens sur cieux d'azur étoilés d'or, ruissellent, se mêlent à la terre. Elles disparaissent les savantes phrases latines, les rimes romanes et gothiques. C'est un désastre. J'abandonne l'un des livres et garde l'autre que j'ouvre en forme de toit au-dessus de ma tête pour me protéger. C'est le manuscrit des œuvres de jeunesse de Charles d'Orléans. L'encre de sa peine d'être en exil s'efface des feuilles de parchemin, suit la pente de mes cheveux longs, coule à même la peau en rigoles grisâtres sous ma robe. Où pourrais-je aller m'abriter ? Là-bas, sous le peuplier ? Il s'enflamme d'un seul coup, saisi par la foudre. Il devient une torchère fumante de vingt toises qui bout dans la pluie. L'explosion des braises de son tronc illumine les ouvrages restés dans l'or- nière débordante. Saisis de lueurs filantes, rouges et jaunes, les pages dressées rappellent maintenant les murs de la bibliothèque d'Alexandrie incendiée au bord de la mer. En vingt-six ans d'existence, on voit des orages mais celui-là... C'est une colère divine ! Les éclairs d'enfer pulvérisent mon misérable larcin. Merde à Dieu, Satan ou Jupiter.

— Merde à Dieu, Satan ou Jupiter !...

# 67.

> Allez, ma lettre, faites un saut et,
> Quoique vous n'ayez ni pieds ni langue,
> Exposez en votre harangue
> Que le manque d'argent m'accable.

Jean II de Bourbon caracole sur sa monture houssée de velours noir semé de feuilles d'argent et d'or à cloches pendantes. Précédé d'archers à pied et suivi par des membres de sa cour à cheval, le jeune duc avance au pas parmi la dense foule de Moulins en ce jour de fête agricole et moi, je marche près de lui.

L'essentiel est d'abord de capter un instant l'attention du royal rejeton qui est aussi comte de Clermont.

Moi qui avais prévu lui revendre les beaux livres de la cour de Blois, je porte une longue baguette de coudrier – canne à pêche à l'extrémité de laquelle j'ai noué, bout à bout, des crins de jument puis accroché une feuille de parchemin. C'est une page délavée, arrachée au précieux manuscrit de Charles d'Orléans. Maintenant blanche mais toute racornie et desséchée par les soleils et les vents, j'ai écrit dessus un quatrain que j'agite en hauteur devant le visage de Jean II

comme on appâte un petit poisson. Le jeune duc s'arrête et lit :

> *Allés, letre, faictes ung sault,*
> *Quoyque n'aiez ne piés ne langue !*
> *Remonstrez en vostre harangue*
> *Que faulte d'argent si m'assault.*

Âgé de seulement six ans de plus que moi, le
nobliau est maigre et plein de boutons. Coiffé d'un
énorme chapeau d'où coule un voile gris-vert, son
pourpoint de la même teinte est brodé de motifs en fil
d'argent. L'encolure et les manches bordées d'hermine
blanche ajoutent un effet de neige à sa pâleur. Il
remonte des yeux le fil en crin de jument jusqu'à l'extrémité de la baguette de coudrier puis son regard
redescend le long de la branche jusqu'à moi dans la
foule.

Il me jette un bonjour sec, fronce le nez devant ma
tenue : chausses de laine déchirées et sales, tunique
aux épaules couvertes d'une cape rapiécée. J'ai sur la
tête un chapeau pointu orné d'une plume (pour écrire)
et une dague à la ceinture…

Lui, les coutures artistement défaites de ses manches offrent de l'aisance. Sa chemise en tissu fin
dépasse par les fentes. Il porte à la taille un petit sac
avec fermoir coulant. J'agite ma baguette alors la lettre
danse devant son visage pour lui signifier quelque
chose.

Autour de nous, les enfants de manants jouent avec
des vessies de porc gonflées d'air, des osselets, des
cerceaux de tonneau qu'ils font rouler sur les pavés
devant la halle au blé. Ceux des bourgeois pivotent
des toupies, basculent sur des chevaux de bois. Je

302

continue de secouer ma canne à pêche. Mon quatrain luit comme un hameçon et le duc comprend enfin qu'il faut tourner le parchemin tordu et durci. Au dos, je lui ai rimé une ballade dont il lit le titre à voix haute avec son fort accent bourbonnais :

## REQUÊTE À MONSEIGNEUR DE BOURBON

Mon seigneur et prince redouté,
Fleur de lys, royal rejeton,
François Villon, que Souffrance a dompté
Avec des contusions, à force de le battre,
Vous supplie par cet humble écrit
De lui faire quelque généreux prêt.
Il est prêt à s'engager devant tous tribunaux,
Ne doutez donc pas qu'il ne vous rembourse,
Sans y avoir dommage ni préjudice,
Vous n'y perdrez seulement que l'attente !

*Le mien seigneur et prince redoubté,*
*Floron de lis, roialle geniture,*
*François Villon, que Travail a dompté*
*A coups orbes, a force de batture,*
*Vous supplie par ceste humble escripture*
*Que luy faciez quelque gracïeux prest.*
*De s'obliger en toutes cours est prest*
*Se doubte avés que bien ne vous contante :*
*Sans y avoir domage n'interest,*
*Vous n'y perdrés seulement que l'attente !*

Toute la ville bruit des réjouissances de la fête. Dans un mouvement tourbillonnant, les cultivateurs font la ronde en sabots. Leurs galops et sautillements n'ont rien à voir avec les danses à pas comptés des Cours ducales. À travers les bousculades de la cohue, je m'approche de Jean II qui aborde le deuxième dizain de ma ballade :

> À aucun prince, il n'a jamais emprunté un denier
> Sauf à vous seul, votre humble créature :
> Les six écus que vous lui avez un jour prêtés
> Depuis longtemps dépensés en nourriture…

> *De prince n'a ung denier emprunté,*
> *Fors de vous seul, vostre humble creature.*
> *De six ecuz que luy avés presté*
> *Lesquelx il mist pieça en nourriture…*

— Je vous ai prêté six écus ? s'étonne le jeune duc.

> Tout sera remboursé d'un coup, c'est justice ;
> Ce sera même aisément et sous peu,

> *Tout se paiera ensemble, c'est droiture ;*
> *Mais ce sera legierement et prest,*

Il lisse la pointe de sa barbiche. Ses fines moustaches s'arrondissent autour de sa bouche bée. A-t-il oublié que lors d'un séjour à Paris où il possède un hôtel particulier, un matin aux Saints-Innocents, il s'était fait arracher une aumônière, contenant six écus, par un larron qu'il corrigeait avec d'autres car celui-ci volait une mère en larmes devant la tombe de son enfant ? Moi, je n'ai pas oublié… Paupières en accent circonflexe entre ses trop grandes oreilles, il ne paraît pas me reconnaître et reprend, de son accent, la lecture de ma ballade où je lui promets que si je ramasse des châtaignes à Patay je le rembourserai.

Son trésorier qui chevauche à ses côtés lui rappelle

que Patay est au centre d'une prairie sans forêt et que de toute manière les châtaignes ne valent rien, que les paysans bretons ne les ramassent même pas. Je m'offusque :

— Prince, je vous léguerai le gland d'un saule !

— Les saules n'ont pas de glands, dit le trésorier.

— Ah bon ? fais-je, naïf peut-être, avec le nez en l'air et les yeux dans le vague tout près du cheval du duc qui s'éloigne sans finir ma ballade.

*Vous n'y perdrez seulement que l'attente.*

Le jeune Jean de Bourbon aux cheveux en filasse noire porte la dextre à son côté, soulève les cordons tranchés de son aumônière. Il se retourne, s'arrête et descend de son cheval. Je mets les mains dans mon dos tandis qu'il marche vers moi et je laisse glisser son escarcelle le long d'une jambe que je recule pour poser le pied dessus. Le duc me fouille des chevilles au chapeau qu'il retourne pour regarder dedans. Ses doigts sont des limaces.

— Je me demandais…, dit-il en rejoignant sa monture.

Reprenant sa chevauchée en tête du défilé, il râle auprès de son trésorier :

— C'est incroyable, ça. C'est la deuxième fois que je me fais voler ma bourse ! La première fois…

Le duc fait volte-face. Debout sur ses étriers, il me cherche à nouveau partout parmi la foule d'estropiés où, courbé, je me mêle aux mendiants culs-de-jatte et manchots. Demain, je rentre à Paris.

## 68.

Le jour suivant à l'aube, quand je sors en maraude de cette auberge à la croisée de deux voies royales, l'aubergiste me regarde déduire, d'après la position du soleil, la direction du nord.

— Ce grand chemin mène à Nevers, m'indique-t-il.

— Je vais plutôt passer par les champs, dis-je en m'en allant.

— Ceux qui préfèrent se tordre les pieds dans les sillons craignent de croiser les soldats du duc sur les routes…, marmonne l'aubergiste à sa femme qui l'a rejoint sur le pas de la porte.

— Ou les brigands, Guillebert.

— Les brigands vont partout, Hélène.

Baluchon de toile noué au bout d'un bâton sur une épaule, je marche une bonne partie du jour et me distrais du spectacle de la campagne. Là-bas, des loups obliques font ripaille et c'est plaisir que de les voir agiles, les yeux verts, aux pattes souples sur des cadavres mous de jeunes paysans.

À l'entrée d'une forêt, j'aperçois, dans la fange d'un fossé profond, une carcasse humaine dont la faim torve d'un autre loup fugace vient de disloquer l'ossature à demi.

307

Je m'assois à côté pour la collation et je déguste jambon, fromageon, noisettes et pommes sauvages lorsque, derrière moi, une voix me demande quelque chose comme la bourse ou la vie. D'où rixe !

Je saisis mon bâton et me retourne pour lui en frapper un grand coup dans sa gueule mais il est autrement plus fort que je l'espérais. Très laid, il louche penché sur moi. La braise de ses yeux luit. Ses trois compères sortent d'un fourré, dague au poing, et l'enchantement de la campagne cesse et disparaît.

L'affreux bigleux lève haut un gros couteau à large lame pour égorger les pourceaux. Il me vise un œil donc il va frapper l'autre puisque ses yeux à lui se croisent les bras. De son poing gauche, il m'attrape par l'encolure et me soulève du sol. La chaînette autour de mon cou s'échappe de ma tunique et rebondit sur son poignet. Son strabisme s'arrête sur la coquille Saint-Jacques en argent qui pend au bout. De la pointe de son couteau, il la retourne, découvre dedans un petit rubis :

— Tu es un Coquillard ?

Il me relâche par terre où je tombe.

— Mais pourquoi tu ne l'as pas dit ? Tu sais que t'as failli être occis !

Je me relève tandis qu'il se présente :

— On m'appelle Simon Le Double. Les autres sont également Compagnons de la Coquille.

Je les salue : « François Villon… »

— Ah, c'est toi, le poète de Colin ? Tu vas aussi à Montpipeau assister à sa pendaison ?

J'en écarquille des yeux tout ronds.

— Tu ne savais pas ?… me demande celui qui maintenant me claque sa main dans le dos tandis que les trois autres se partagent mon fromageon et mes noisettes. Dans votre affaire du collège de Navarre, vous avez tous été dénoncés par un dénommé Guy Tabarie.

Je suis suffoqué mais cherche à donner le change : « Comme quoi, il ne faut pas trop exiger de ses amis… »

— C'est à ce prix-là qu'il a été gracié. Tu sais que t'es devenu une idole, toi, à Paris ?

— Ah bon ?

— Les jeunes n'y parlent que du fameux Villon mais tu es aussi très attendu par les sergents du prévôt. J'espère que ce n'est pas là que tu voulais aller parce que sinon, le cou frotté d'huiles, tu balanceras vite à Montfaucon.

Je crois que, gentil, ce Coquillard est encore plus laid. Finalement, la méchanceté lui va mieux au teint. Il continue :

— Petit-Jean, le bon fouteur, a été enfermé dans un sac et jeté à la rivière. Les soldats ont dû utiliser la bombarde pour abattre Dom Nicolas… Et dans trois jours, ils vont garnir du fil à plomb le gosier de notre roy.

— Eh bien dis donc…

— L'énergique procureur de Dijon, Jean Rabustel, a décidé de nettoyer le pays des Écorcheurs. En un mois, huit Compagnons ont été pendus et douze décapités. Colin nous a fait savoir qu'il voudrait qu'après sa mort nous allions tous faire un tour entre Bâle et Strasbourg, la région natale du procureur où vit sa famille. Tu viendras avec nous ?

— Oui.

— Ça promet de la *liqueur*…

Je sais qu'en jargon coquillard, il parle de sang.

# 69.

Au pied du grand gibet qui domine la colline de Montpipeau, Colin de Cayeux a le visage gai. Il paraît assuré et sans aucune appréhension… alors que d'habitude, en chemise sous la potence, même les costauds font la moue. Voyant sa figure, personne ne pourrait imaginer que ce gars sait que, dans un instant, il ne sera plus. Il sourit de sa belle bouche et dévoile ses dents taillées en pointes acérées.

Il est si calme qu'il impressionne la foule d'orfèvres, de pelletiers, de bouchers, venus assister à sa pendaison. Il ne pose aucun problème. Cinquante hommes vêtus de cuir avec croix blanche sur la poitrine, gantelets, épée, arbalète, trousse à flèches, entourent les bois de justice et surveillent l'assistance. Pour l'exécution du roy de la Coquille, des mesures exceptionnelles de sécurité ont été prises par Jean Rabustel.

Le procureur de Dijon porte un chapel de velours noir et, à son manteau « vert perdu », trois lambels d'or. Au milieu de prêtres, juges, assistants divers, il s'étonne que tout se passe si bien et qu'en bas de la colline, les bataillons de soldats alignés – en casque de guerre et dont les armures scintillent – ne signalent

311

aucun détachement de Coquillards en vue sur la plaine :

— C'est comme s'ils avaient mieux à faire ailleurs…, grommelle le procureur, de son accent alsacien.

Colin se dirige de lui-même vers la longue échelle posée contre un pilier et destinée à monter le patient aux fourches patibulaires. Il n'est pas provocant. Quand deux pauvres clercs parlant latin, humbles, viennent près de lui et chantent bien, il ne crache pas le nom du Christ au sol. Rabustel en est satisfait.

— Colin de Cayeux, larron et murdrier ! Pour le vol du collège de Navarre et…

Un responsable de la justice crie l'acte d'accusation, *le dictum*, au peuple qui l'écoute. Colin l'interrompt paisiblement et, au procureur de Dijon, demande juste une grâce : qu'on lui épargne la honte de la liste de ses crimes et qu'on en fasse lecture qu'après son exécution.

« La demande est singulière… » mais Jean Rabustel accepte. D'autant plus que la liste des crimes de Colin de Cayeux, particulièrement longue, va nécessiter du temps et que l'essentiel est qu'on en finisse au plus tôt avec ce chef coquillard dont la bande de soldats sans solde est responsable d'incertitudes et de désordres qui mènent le pays au bord de l'épuisement. On dit qu'ils apportent avec eux la Peste. À

l'écoute du récit de leurs expéditions, le pape fut frappé d'hémiplégie.

— Allez-y.

À mi-hauteur des hauts piliers, sur un plancher, le gros bourreau joufflu attend. Dos aux barreaux, le condamné va grimper jusqu'à son exécuteur qui lui passera la corde autour du cou et poussera l'échelle.

Colin dit adieu à tout le monde. Il gravit deux lattes de bois et, par-dessus les casques des gardes, m'aperçoit au premier rang. Près de moi, Simon Le Double lui annonce en jargon que j'irai avec lui rejoindre les autres. Colin me conseille en français :

— Tu ne supporteras pas et ferais mieux d'écrire…

Puis il monte à l'échelle avec la souplesse d'un chat. Le bourreau ébahi paraît ne jamais avoir vu quelqu'un d'aussi détendu pendant qu'on lui passe et serre le chanvre à la gorge. L'exécuteur des hautes œuvres (se disant que : ho, là, là, si son office pouvait toujours être aussi simple…) demande au roy de la Coquille – tueur qu'il considère en collègue – s'il veut parler une dernière fois. Colin tourne lentement la tête vers lui comme pour chuchoter un secret et soudain… d'un grand claquement de ses dents de requin, il lui arrache une joue tandis que l'autre, hurlant, fait basculer l'échelle. Simon Le Double en a les yeux qui se décroisent !

À genoux sur le plancher, dans sa tenue de cuir inondée de sang, le bourreau tient à deux mains sa moitié de visage crevée d'un énorme trou puisque sa joue sanguinolente est entre les dents de Colin de Cayeux pendu dans le vide. Au-dessus de l'Écorcheur, maintenant, les nuages courent et volent comme sur cent Sologne…

## 70

— *Liqueur ! Liqueur !* Ô la flamme d'or !

Je ne sais pas de quoi peuvent être composées ces boulettes de pâte brune à goût très âcre que certains Coquillards – mercenaires écossais ayant lutté pour Charles VII – préparent et font mâcher aux autres Compagnons de la Coquille, les nuits précédant les pillages, mais... La recette ancienne et secrète, paraît-il, leur viendrait des Vikings. J'en malaxe un petit bout entre mes molaires et suis pris d'un grand froid.

Ça me glace le fond des mâchoires. Je crois qu'elles vont éclater comme du verre. Tout mon corps devient un frisson en cette grande forêt, près d'une ville, où nous sommes plus de mille à claquer des dents dans la nuit. Ce n'est pas tellement que la température soit fraîche. Ce mois de février serait même plutôt doux mais...

Les autres qui en ont pris bien plus que moi tremblent des pieds à la tête puis leur température s'inverse et, vite, ils suffoquent en nage. Moi-même, j'ai maintenant chaud... Leurs gueules sauvages et cruelles gonflent, écarlates, se congestionnent. Mes oreilles brûlent. Une folie extrême s'empare d'eux. Ils frappent du poing, de la tête, contre des arbres. Ils entrent dans un état de rage. Je sens qu'également je ne vais plus avoir beaucoup de patience.

— Prends-en davantage, me conseille Simon Le Double, sinon tu ne vas pas supporter...

Vêtus de peaux de bêtes, ils hurlent, la bouche enfouie dans de grosses boules de linge dont ils s'étouffent pour qu'on ne les entende pas crier depuis la ville. Certains passent la nuit à mordre leur bouclier ou le bois d'une lance à pleines dents. Alors le lendemain, quand le jour commence à se lever, lorsqu'il fait plus clair et que Pochon de Rivière se dresse et dit : « Allons-y », alors là ! Je ne sais pas de quoi peuvent être composées ces boulettes de pâte brune à goût très âcre... On dit que c'est une recette des Vikings des siècles anciens...

# 71.

Frapper, rosser, prendre, ravir, piller, tuer à tort...
Mettre la main à l'épée, se lancer au milieu des habitants, commencer de taper à droite, à gauche, tuant
beaucoup de gens. Voir notre énergie chorale, comme
un accident atmosphérique, s'abattre sur des villes, des
villages, les uns après les autres – en trois mois, plus
de cent entre Strasbourg et Bâle. Les grincements de
dents, les sifflements de feu des flèches enflammées.
Les cris confus, les chocs d'armes pendant des jour-
nées entières. Et les fossés qui s'emplissent des eaux
les moins potables... Entendre des croisements de fer.
Massacrer les révoltes logiques de ceux qui perdent
leur sang par vingt entailles.

Ô l'énorme et superbe tuerie qui remue des tourbillons de feu furieux. La terre déborde de sang, piétinée
par tous les homicides. De toutes parts, on assaille,
lançant des javelines et des dards d'acier tranchants
dans des ventres de femmes, d'enfants. Le fer terrible
de nos épées luit moins que nos yeux où éclatent des
regards joyeux. Nous ne sommes pas bonnes et douces
gens mais de vilaines ordures. Les carreaux d'arbalète
volent, les arcs tirent à profusion. Et tout autour, les
richesses des villes alsaciennes flambent comme un

317

milliard de tonnerres… Colmar, Mulhouse, les cités pillées où le Coquillard pond sa haine. Les bâtons munis de plusieurs chaînettes armées d'ongles de fer qui tournent dans les airs. C'est un voyage à hauts risques dans l'inconnu du rêve. Aller tout souillé de sang et de cervelle. Tiens, voilà la neige ! S'appuyer sur sa lance pour contempler cette image car le sang et la neige ensemble vous rappellent le teint frais d'Isabelle de Bruyère. Trois gouttes de sang tombent sur les flocons qui recouvrent votre main. Ces trois gouttes de sang rosissent la neige… Et vous rêvez sur les gouttes jusqu'au moment où sortent des maisons les Coquillards qui, vous voyant rêver, croient que vous dormez…

## 72.

L'épée au poing, j'entre dans la maison d'un savetier attablé avec sa famille à l'entrée d'un gros bourg.
Sa femme surprise, qui sortait de grosses assiettes
d'un vaisselier, les laisse tomber sur le carrelage où
elles se brisent. Pochon de Rivière lance une javeline
qui la traverse. Les trois enfants stupéfaits, horrifiés
aussi par nos faciès de dingues, quittent la table et
courent vers l'escalier pour se réfugier à l'étage dans
les chambres. Le minuscule Coquillard taré – celui qui
suffoque continuellement sa dague à la main – se précipite sur les deux garçons et la petite fille qui grim-
pent. Mais l'abruti dangereux, avec sa bouche ouverte
de poisson échoué, les rattrape sur les marches et
s'acharne sur eux en poussant les cris étouffés d'une
joie folle. Sa lame rouge tourne mécaniquement dans
les airs et il ressemble à un moulin à vent. Il balance
les enfants par-dessus la rampe. Le père se lève. Nous
nous jetons sur lui pour le coller au sol :

— Ton argent ! Où est ton argent ?

Celui dont la tête est une grande fourrure noire d'où
émergent des yeux hallucinés, aidé par deux autres,
pousse et renverse le lourd vaisselier sur le ventre, le
bassin et les cuisses du savetier étalé, les pieds et les

mollets plaqués à même les braises rouges de sa cheminée. Il hurle de douleur et ses bras s'agitent de
l'autre côté du meuble qui l'écrase tandis que Simon
Le Double se penche et redemande en croisant ses
pupilles au-dessus de lui :

— Où est ta cassette ? Où caches-tu tes écus ? Dis-
nous où est ta planque.

— Là-bas, au fond de la niche du mur, derrière les
bouteilles d'alcool ! Mais, waah !... Libérez-moi, je
vous en supplie !...

— Par là ? questionne le bigleux qui confond les
directions.

— Mais non ! Là, près de la fenêtre ! dit l'autre, la
nuque sur le carrelage. Aouh !...

— Ah oui, ça y est, je vois ton trésor..., rigole
Simon, prenant aussi une bouteille d'eau-de-vie de
mirabelle dont il retire le bouchon avec les dents pour
en boire une longue rasade. T'as pas d'argent
ailleurs ?

— Nooon !...

— T'es sûr ?

— Ouiii !...

— Alors salut ! fait le Coquillard en jetant dans la
cheminée la bouteille d'alcool qui explose aussitôt en
une grande boule incendiaire au contact des braises.

Les sabots et les jambes du savetier s'enflamment
ainsi que le vaisselier qui commence à brûler. La maison entière, tout à l'heure, sera en feu, s'écroulera sur
une famille qui, il y a quelques minutes, allait déjeuner paisiblement. Nous changeons de cahute. Dehors,
ce ne sont que des cris de gens trucidés. Deux Compagnons nous rejoignent : « On a mis huit nourrissons
vivants à rôtir au-dessus de braises. À cet âge-là, on
dirait des agneaux de lait. On viendra les manger tout

à l'heure. » Nous entrons dans une belle demeure, la plus riche du bourg. Un homme en robe de velours vert, adossé contre un mur, tient sa grande femme dans ses bras et tremble et bégaie :

— N'a-n'approchez pas car-car il vous en cuirait ! Ma femme est la sœur du pro-procureur Jean Rabustel !

— Sans blague ?

Mais qu'est-ce qu'il a dit là ! Un peu gauche, rond, il est terrorisé (mais qui ne le serait pas devant nous ?) Coiffé « à la fenêtre », ses cheveux raides et blonds sont disposés en étoile, sans raie et coupés haut dans la nuque et droit au front. Je bondis sur lui, le poing fermé ; je lui assène un coup si fort qu'il fait couler son sang clair qui ruisselle de sa bouche et de son nez jusqu'au sol. L'excité qui a poignardé les trois enfants d'à côté veut se jeter sur la femme. Simon de Rivière l'en empêche :

— On va plutôt faire le coup du coffre…

Ah oui, le coup du coffre – tradition coquillarde ! Il y en a justement un grand là, en châtaignier noir sculpté de motifs gothiques, que Simon Le Double décolle du mur. Il en soulève le couvercle et le vide du linge qui y était rangé en appelant le bourgeois :

— Viens là, toi le beau-frère, et entre là-dedans.

— Que…

— Allez !

À coups de pied humiliants aux fesses, il vient le chercher et le bouscule dans le coffre qu'il referme sur sa tête puis il tape d'une paume sur le couvercle :

— Écoute bien la suite. Tu la raconteras au procureur de Dijon…

Nous nous tournons tous vers sa femme châtain, grande, massive et digne. D'un geste, Pochon de Rivière l'attrape par l'encolure de sa robe qu'il déchire entièrement jusqu'en bas.

Le vêtement ouvert révèle des seins alourdis et blancs aux larges pointes brunes. Le ventre est gras, le nombril profond, la toison pubienne très abondante et noire boucle à l'intérieur de cuisses trop larges qui se touchent. Les genoux épais dominent des mollets bien faits.

On entend derrière nous grincer doucement le couvercle du coffre que son mari entrouvre. Ses yeux luisent devant le spectacle de sa femme déshabillée au milieu de Coquillards. Sur le rebord, il sort et glisse ses doigts que Simon Le Double écrase d'un grand coup de pelle.

— Aouh !...

Le couvercle se rabat. Simon s'assoit dessus et, l'œil droit tourné à gauche vers la porte et le gauche tourné à droite vers la cheminée, il dit à la dame en face de lui :

— Viens là, toi.

Difficile d'être plus digne qu'elle dans une telle situation. Cette femme ni belle ni vilaine, cette femme, n'est plus maintenant pour eux (eux !) qu'un trou.

Ils (ils !) s'acharnent dedans. À genoux devant le coffre, ses seins écrasés dessus, ses bras et sa tête pendant de l'autre côté, elle est leur fosse d'aisance (leur !) À tour de rôle, ils la baisent ou l'enculent, sifflent sur le pas de la porte pour appeler les autres : « Quand vous aurez tué tout le monde, venez ! »

Les premiers qui arrivent s'étonnent devant le contour irrégulier des cuisses, les grandes fesses larges et plates de la femme, sa taille étalée, le gras de son dos :

— Mais ? D'habitude, on choisit la plus belle...

— C'est la sœur de Rabustel.

— Non ? Et son mari est dans le coffre ?

— Oui !

Ah, l'affaire devient autrement plus plaisante. Des Coquillards, il en arrive de partout qui veulent tous se taper la sœur du procureur. Ça me paraît durer des heures. Et à elle alors ? Et au mari dans le coffre qui entend ce qui se passe sur le couvercle ?

Je crois que je garderai de tout cela un souvenir olfactif. Dans cette grande pièce qui, quand nous y sommes entrés, sentait le propre, l'odeur des meubles cirés et un parfum de fleurs séchées, d'oranges piquées de clous de girofle, maintenant règnent les effluves de crasse et de transpiration âcre des brigands accumulés. Ça sent aussi tous les foutres projetés et la merde, les coulures intimes de la femme qui émanent des fumets nauséabonds, le remugle de sa peur secouée par les Coquillards, la chiasse du mari qui a dû se laisser aller dans le coffre, les acides bouffées bileuses de la dame qui vomit sur le carrelage. Les fragrances de ses longues flatulences les font rire (les !)

— Eh bien alors ! Et toi, Villon, ça ne te tente pas ? me demande Pochon. Non ?…

— C'est parce que c'est un poète et les poètes sont délicats ! comprend Le Double. Colin lui avait dit qu'il ne supporterait pas… Allez, les archers, en place ! ordonne-t-il ensuite.

Ils sont une trentaine à bander leur arc :

— Pour Colin de Cayeux !!!

Trente flèches à ailerons sifflent et traversent la femme qui tressaute lorsque les fers aigus des tiges de bois attaquent le châtaignier noir du coffre. Main au carquois, ils décochent sur elle une autre salve puis une troisième et s'en vont :

— Dépêchons-nous sinon les nourrissons qu'on emportera seront trop grillés.

Je reste. Percée de presque cent flèches dans les cuisses, les fesses, le dos, la nuque, les épaules, la femme ressemble à un hérisson. La porte laissée ouverte fait entendre le silence du bourg si ce n'est un grésillement de poutres de maisons qui se consument. Je ne peux plus bouger. Au bout d'un temps, le couvercle du coffre se soulève un petit peu mais le corps de la sœur de Rabustel, percée de flèches plantées dans le bois, en bloque l'ouverture. La main du mari et son avant-bras réussissent à sortir jusqu'au coude. Ses doigts à tâtons cherchent sous la peau des cuisses de son épouse les fines tiges de bois qu'il casse entre ses phalanges. De la tête et des épaules, il ne parvient pas à soulever le couvercle sur lequel gît le corps mort. Après plusieurs tentatives, je l'entends s'agenouiller dans le meuble pour avoir plus de force. Il réussit enfin à faire basculer le couvercle. La femme clouée glisse et tombe à côté sur le dos alors toutes les flèches s'allongent à son ventre, sa poitrine, comme des tiges de fleurs qui pousseraient très vite.

Le bourgeois hagard sort du coffre en nage et titube. Il constate autour de lui le silence assourdissant du bourg. La bouche et le nez tuméfiés, il ressent une présence, lève lentement les yeux et regarde vers moi comme si je n'étais pas là. Je m'en vais.

## 73

Le lendemain, je suis si perdu que les gens que je croise ne me voient peut-être pas. Je n'ai plus le goût du jeu et du rire. De corps et de visage, je me trouve si bouleversé que j'ai l'air d'un fou. Je me tords les poings de douleur pour avoir tué et pris le bien d'habitants peut-être, aujourd'hui, ensevelis morts et froids. Las de cette écorcherie et plus noir que mûre, je vais seul à travers les labours. Poils brûlés à ma barbe et pelisse en peau de cerf portée sur le dos, je n'attaque plus que la chair des fruits cueillis aux haies, aux arbres. Mon destin – la désespérance d'un poète en haillons qui laissera à toutes les broussailles d'ici à Roussillon les lambeaux de son méchant vêtement. Je vais chercher ailleurs meilleure fortune. Celle que je connais mène au gibet ou en prison. Sur la route de mon malheur, il me faut planter en d'autres terres. J'achète dans une ferme du lard et du pain noir, m'assois sur le bord d'un talus, une araignée court sur mon bras. Comme accablé sous l'emprise de l'oubli, je m'engage tout seul dans une forêt sombre ne voulant plus qu'on me voie. La nuit, une chouette ulule. Et là-haut, la voûte céleste où la vue s'abîme. À la clarté de la lune, j'écris à la mine d'étain, je m'avoue tout entier. Sous un fourré, là-bas, des sources vives font un bruit d'assassins postés se concertant.

## 74.

Au matin, je sors du bois. Un vol d'oies sauvages fuit à grand bruit. Un faucon les pourchasse à vive allure… Il en trouve une à l'écart, séparée des autres, et il la frappe et heurte si violemment qu'il l'abat au sol, l'oie blessée au cou.

J'épie les paysans, en sabots et tunique courte munie d'un capuchon, qui s'éloignent pour aller travailler dans les champs, chausses plissées aux jambes.

Je guette, embusqué derrière une haie tel un prédateur, l'instant où, dans les fermes, les vieillards, les femmes, seront seuls et où je me présenterai pour voler et porter des coups à ces gens sans défense. Ayant vécu un mode de vie fondé sur le vol et la violence, la tentation de continuer la même vie est grande.

Je remarque une petite chaumière à l'écart du hameau situé devant moi. Sur le seuil, une jeune fermière portant un enfant sur un bras fait un signe de l'autre main à son mari paysan qui s'en va et elle retourne dans sa maison. J'attends un instant puis, à pas de loup et penché en avant, je traverse le chemin, entre à mon tour en la demeure où je me redresse sous ma peau de cerf :

— Belle, dites-moi comment on vous appelle et où est votre argent.

Elle tressaute, pose son enfant à terre et, téméraire, elle attrape un bâton :

— Si vous faites un pas de plus, vous aurez à vous battre !

Elle va pour hurler, je la saisis à la gorge. Un tas d'oiseaux crie vers les sillons. Son enfant, près d'elle, ne comprend pas. Il est petit et pâle mais robuste en dépit des maigreurs de son buste qui dit les hivers sans feu souvent et les étés subis dans un air étouffant. Cette femme est belle, j'ai une furieuse envie de grimper sur elle. Ah, ne jamais laisser de jeunes volailles sur mon chemin ! Devenu bête sauvage, je la flaire. Elle sent bon les foins, la chair et l'été. Je commettrais bien un acte horrible. Blondinette coiffée d'un voile blanc et en robe bleue usée avec un petit galon jaune autour du cou, elle est attentive à mon air, mes regards, mes silences, mon accent de Paris :

— Où est l'argent ? Répondez sinon je frapperais des coups par dizaines et vous verrez l'acier sanglant. Peu s'en faut que les entrailles ne vous sortent du corps, que le sang jaillisse à flots de votre flanc.

Je desserre l'étreinte à sa gorge pour écouter la réponse :

— Dans la niche à sel de la cheminée.

En la surveillant, je contourne son dos, tends une main vers l'endroit indiqué. Les derniers rares cristaux de gros sel qu'il leur reste s'immiscent sous mes ongles puis je palpe une petite boule de tissu dont je m'empare. La jeune paysanne catastrophée se pose sur le banc devant la table face à la porte d'entrée. L'enfant vient près d'elle. Elle le soulève et l'assoit en silence sur ses genoux tandis que je déplie le morceau de tissu où traînent trois targes et deux angelots :

— C'est tout ?

Elle ne répond rien, ne dit pas que si je leur vole ce misérable magot ils vivront de vent jusqu'aux prochaines récoltes, que l'enfant en mourra sans doute. Et elle fait bien !… car c'est en ricanant du sort de cette famille que je me retourne et m'en vais lorsque, à l'éclat bleu d'une vitre cassée, je croise le reflet de ce qui me paraît être un étranger. Je m'arrête.

Est-ce moi que je vois, là ? Est-ce à moi cet air mauvais accentué par une cicatrice à la bouche, ces yeux de rapace ? Je suis éberlué. Ai-je ce visage hirsute et incendié de Barbare ? Ma mère ne m'avait pas fait ainsi. D'où viennent ces palpitations de haine concentrée aux narines ? Qui a creusé les profonds plis de cruauté qui labourent ce visage ? Elle ne m'avait pas fait ainsi ma mère qui ressemblait à cette jeune paysanne vers qui je me tourne en pleurs…

De ses doux yeux clairs, elle examine mes souliers, j'ai chaud. Mes pieds brûlent sous son regard et nagent dans la sueur. La tête baissée vers la poitrine, je pousse un soupir. Elle ne bouge pas. Je fais aller mes lèvres mais aucun son ne sort. Je relève le front en rougissant, laisse glisser de mes doigts les trois targes et les deux angelots qui tombent par terre et roulent.

Sur le pas de la porte, les haillons de ma peau de cerf volent derrière moi comme des oiseaux sinistres. Je voudrais parler, ouvre la bouche mais ne peux rien dire. Alors je tire de sous mon dernier vêtement – celui qui touche immédiatement la peau – une poésie contre mon cœur que je plaque devant elle sur la table et j'y jette ma dague. Plus d'armes ! La longue lame vibre plantée dans ma ballade. Pendant que je pars, les mains nues, la jeune paysanne illettrée se penche vers le papier et tente de déchiffrer ce que j'ai écrit :

Je reconnais les mouches dans le lait, je reconnais à son vêtement le métier de l'homme, je reconnais le beau temps du mauvais, je reconnais le pommier à la pomme, je reconnais l'arbre dont je vois couler la sève, je reconnais quand tout se ressemble, je reconnais qui travaille et qui chôme, je reconnais tout sauf moi-même...

Je reconnais le pourpoint d'après le col, je reconnais le moine à sa robe, je reconnais le maître du valet, je reconnais à son voile la nonne, je reconnais le jargon de celui qui parle, je reconnais les fous nourris de fromages, je reconnais le vin au tonneau, je reconnais tout sauf moi-même...

Je reconnais le cheval du mulet, je reconnais le poids qu'ils portent, je reconnais Béatrice et Isabelle, je reconnais ce qui se soustrait et ce qui s'additionne, je reconnais l'éveil et le sommeil, je reconnais la faute des Bohèmes, je reconnais la puissance de Rome, je reconnais tout sauf moi-même...

Prince, je reconnais tout en somme. Je reconnais les bronzés des blêmes, je reconnais la mort qui tout assomme, je reconnais tout sauf moi-même...

## 75

Je cognois bien mouches en let,
Je cognois a la robe l'omme,
Je cognois le beau temps du let,
Je cognois au pommier la pomme,
Je cognois l'arbre a voir la gomme,
Je cognois quant tout est de mesmes
Je cognois qui besoigne ou chome,
Je cognois tout fors que moy mesmes.

Je cognois pourpoint au colet,
Je cognois le moyne a la gonne,
Je cognois le maistre au varlet,
Je cognois au voile la nonne,
Je cognois quant parleur jargonne,
Je cognois folz nourriz de cresme,
Je cognois le vin a la tonne,
Je cognois tout fors que moy mesmes.

Je cognois cheval et mulet,
Je cognois leur charge et leur somme,
Je cognois Bietrix et Belet,
Je cognois gect qui nombre assomme,
Je cognois visïon et somme,
Je cognois la faulte des Boesmes,

*Je cognois le pouvoir de Romme,*
*Je cognois tout fors que moy mesmes.*

*Prince, je cognois tout en somme.*
*Je cognois colorez et blesmes,*
*Je cognois Mort qui tout assomme :*
*Je cognois tout fors que moy mesmes.*

## 76.

Je parais encore beaucoup plus grand que je le suis en réalité parce que debout sur un tonnelet. Le fût, on ne le voit pas. La très longue et large robe noire que je porte traîne au sol et le dissimule aux yeux des spectateurs qui rient car ils savent bien que personne ne peut être aussi grand, que tout cela est du spectacle de rue.

Derrière moi, un rideau vermillon tendu à une tringle soutenue par deux piquets. Le plancher de la scène a été posé sur des barriques près d'une taverne et face à l'église de ce village – Baccon – un jour de foire. Une cohue bon enfant règne. Il n'y a que moi qui feins une grande mélancolie, à l'écart sur le plateau, et m'étonne soudain à voix forte pour que tout le monde écoute :

— Qu'est-ce que j'entends ? !

Par une fente dans ma robe à hauteur de poitrine, la petite tête d'un autre comédien apparaît, peinte tout en rouge, et s'exclame :

— C'est moi !

Les paysans, les marchands, rient de l'effet de surprise que je partage avec eux en m'adressant à cette chose écarlate qui a poussé là :

— Qui es-tu ?

— Ton cœur !… dont la vie ne tient plus qu'à un fil ténu. Je perds ma force, ma chair et mon sang, quand je vois que tu te retires ainsi, solitaire comme un pauvre chien tapi dans son coin.

— Pour quelle raison à ton avis ?

— À cause de ta vie dissolue, me répond le cœur.

— Et alors, que t'importe ?

— J'en ai un profond chagrin.

— Laisse-moi en paix ! lui dis-je, agacé.

— Pourquoi ?

— J'y réfléchirai plus tard…

— Quand donc ?

— Quand je serai sorti d'enfance ; je ne t'en dis pas plus.

— Et je m'en passerai, soupire mon cœur en rentrant sous le vêtement.

Les pirouettes du poète sont semblables à celles du saltimbanque. Et le public suit ce débat entre un corps et un cœur – dialogue de sourds ponctué par le ricanement – mais aussi plus vraisemblablement l'écho d'un véritable désarroi. La chose rouge sort à nouveau du costume et me demande :

— À quoi tu penses ?

— Devenir un jour un homme bien.

— Tu as déjà trente ans.

— C'est l'âge d'un mulet.

— Est-ce l'enfance ?

— Certes non.

— C'est donc la folie qui te prend.

— Par où ? Par le cou ?

Les gens rigolent dans l'assistance agglutinée contre la scène. Le cœur se fâche :

— Tu ne connais rien !

— Oh, que si !

— Quoi ?

— Une mouche dans le lait. L'un est blanc, l'autre est noir : voilà toute la différence !

— Est-ce donc tout ?

— Que veux-tu ? Que je débatte ? Si cela ne suffit pas, je recommencerais.

— Tu es perdu, François !

— Je saurai me défendre ; je ne t'en dis pas plus.

— Et je m'en passerai…, se désole le cœur filant sous la robe d'où il réapparaît aussitôt, l'air chagriné. J'ai de la peine ! Toi, souffrance et douleur. Si tu étais un pauvre sot dénué de tout bon sens, tu aurais alors droit à quelque excuse. Mais tu t'en moques, tout t'est égal, le beau comme le laid. Ou bien tu as la tête plus dure qu'un galet ou alors il te plaît de vivre dans ce malheur plutôt qu'en honneur. Que répondras-tu à ce raisonnement ?

— Je serai sauvé quand je mourrai.

— Ah, mon Dieu, quel réconfort ! Quelle sage éloquence ! Je ne t'en dis pas plus.

Cette fois, c'est moi qui lui réponds :

— Et je m'en passerai.

Depuis la scène, j'observe dans la foule un magicien faisant quelque exploit de prestidigitation : il déchire une nappe qui se trouve aussitôt raccommodée. Les gens ébahis poussent des « Ah ! » L'arrivée des artistes et des jongleurs est un rare divertissement qui interrompt la monotonie de la vie à la campagne – l'élément indispensable des foires et des carnavals. Je vois, en face de moi, deux gars sortir du porche de l'église Saint-Martin avec quelque chose enveloppé dans du linge… Il y a presque un an, j'ai rencontré une troupe de petits comédiens en costumes aperçus sur le chemin à la lisière d'un bois. Depuis, comme

335

eux, je suis les marchands de foire avec des acrobates, des filous, des arracheurs de dents et autres personnages pittoresques qui m'entraînent où ils vont et s'amusent de mes beaux dits. Le cœur sort de ma robe et s'inquiète que j'écrive des ballades :

— D'où vient cette calamité ?

— De ma mauvaise fortune : quand Saturne a préparé mon fardeau, je crois qu'il m'a jeté ce sort.

— Quelle folie ! Tu es maître de ton destin et penses en être le valet ! Vois ce que Salomon écrit en son livre : « L'homme sage, dit-il, domine les planètes et leur influence. »

Je réplique :

— Je n'en crois rien. Je serai tel qu'elles m'ont fait.

— Comment oses-tu ?

— Eh oui, c'est ma conviction ; je ne t'en dis pas plus.

— Et je m'en passerai, grogne la chose rouge pour aller réfléchir dans ma robe.

Des copies à vendre de mes œuvres circulent parmi les clercs, les écoliers. Les gens aiment aussi les soties, les farces, les moralités. Un peu plus loin, sur des tréteaux, ça s'amuse de femmes et de cocus. Que de maris trompés, tout rit dans l'univers ! Le cœur resurgit de sous ma robe et me demande enfin :

— Veux-tu vivre ?

— Que Dieu me le permette !

— Alors il te faut...

— Quoi donc ?

— Avoir des remords, lire sans fin.

— Et quoi ?

— Des ouvrages de morale, quitter les fous...

— Je ne manquerai pas d'y penser.

336

— Ne l'oublie surtout pas !

— Je m'en souviendrai fort bien.

— N'attends pas que les choses tournent mal ! Je ne t'en dis pas plus.

— Et je m'en passerai.

Depuis le tonneau où j'étais juché, je saute à pieds joints sur le plancher de la scène et passe par-dessus tête la longue robe que je portais. Ce faisant, je dévoile aussi le comédien qui, caché sous le costume, jouait le rôle de mon cœur. Nous saluons le public qui nous applaudit.

C'est la fin d'après-midi et bientôt le soir. Des acteurs installent, sur des trépieds aux quatre coins de la scène, des bassins de métal emplis de bois enflammé pour éclairer le spectacle suivant. Je rejoins à la terrasse de la taverne les deux gars que j'ai vus sortir du porche de l'église Saint-Martin :

— Alors, les filous, pendant que je distrayais les gens qui vous tournaient le dos, que portiez-vous enveloppé dans du linge ? Encore des vases d'or, des burettes, raflés dans un lieu saint. Faites voir. Ô, un calice ! N'avez-vous pas honte ?

— Chut, ne parle pas si fort, mais il est fou, lui ! s'indigne à voix étouffée l'un des deux voleurs. L'évêque du coin n'est pas commode et il poursuit ce type de forfaits sans douceur. La douceur... il en est si éloigné que, parce qu'il trouve leur démarche trop sensuelle, il fait ferrer ses oies.

— Non ?

— Tu verrais se déplacer les volatiles dans sa basse-cour... À chaque pas, ils font un bruit d'enclume : clang, clang !

— Oh, c'est formidable ça... On va aller lui en voler deux cette nuit pour les rôtir. Hé, la servante ! Des hypocras sucrés au miel ! Plein !

## 77

Trop !... La servante de la taverne de Baccon a apporté trop d'hypocras alors forcément, maintenant, nous sommes tous saouls en cette nuit de juin 1461. Nous éclairant avec un chandelier d'argent dérobé à l'église de Beaugency, on titube costumés en diables le long d'une allée de platanes qui mène à Meung, la ville d'à côté. L'un de nous porte un tonnelet de vin sur une épaule.

— Où est la résidence de l'évêque ?

— Par là.

La lumière du chandelier étire les ombres de nos queues fourchues accrochées à l'arrière des robes ou en haut des chausses et aussi la silhouette comique de nos bonnets cornus.

Nous sommes une quinzaine – magiciens, jongleurs, acrobates, comédiens et diennes, filous et moi – à bientôt voir apparaître le château épiscopal, bleuté et brumeux, sous les étoiles. À la queue leu leu, on contourne sa façade austère, ses tours épaisses sans fenêtres aux toits pointus et, derrière, découvrons une basse-cour.

— Oh !...

De grosses oies blanches appétissantes sont endormies, la tête cachée sous une aile, mais sentent notre présence. Leurs cous s'élèvent et tournent, ressemblant à des points d'interrogation puis d'exclamation quand l'un de nous trébuche faisant tomber le calice de l'église Saint-Martin qui roule sur le gravier. Alors elles se mettent ensemble à cacarder. Ça bat des ailes et ça gueule à rameuter toute la région. Un jars mauvais criaille, bec ouvert et menaçant. Il vient vers nous, faut voir comme ! Ses cuisses démesurément musclées de lutteur de foire soulèvent de lourds fers cloués à ses pattes palmées. Ah, c'est sûr qu'il a perdu en sensualité dodelinante ce qu'il a gagné en superbe et autorité. Un acrobate a vite fait de franchir la barrière de l'enclos pour le saisir par le cou qu'il casse dans sa main. J'ai un étourdissement. Une petite porte s'ouvre à l'arrière du gros édifice religieux et je crois entendre des gémissements. Deux gardes ecclésiastiques apparaissent. L'un d'eux tient un brandon enflammé qu'il balance de droite à gauche devant lui. Cachés derrière un fourré, nous avons soufflé les bougies du chandelier. Le garde au brandon s'amuse du spectacle ridicule du troupeau d'oies battant des ailes mais ne pouvant s'envoler trop alourdies surtout par le poids des fers. Il retourne dans le bâtiment épiscopal :

— Elles ont dû voir un renard…

Derrière nous, s'étend la forêt du domaine vers laquelle nous nous dirigeons avec le jars occis mais comment le rôtir puisque nous avons soufflé les bougies ? Le magicien ouvre une main d'où sort une flamme dont il incendie des broussailles puis de son autre manche, il tire et étale sur l'herbe une nappe qui nous ébahit. Les acteurs ramassent du petit bois.

340

Les comédiennes plument le palmipède tandis qu'un filou perce le tonnelet pour en emplir le calice où il boit longuement devant l'impatience des jongleurs :

— Eh, fais tourner le calice !

Le jars vidé de ses entrailles par les doigts joueurs du magicien, celui-ci me présente ensuite ses deux poings fermés :

— À l'intérieur, j'ai trouvé une pièce d'or. Dans quelle main ?

— Celle-là.

— Eh non ! Dans celle que tu as choisie, c'est son cœur, dit-il en dépliant ses doigts sur une petite masse rouge dont l'observation me remonte l'estomac dans la gorge et me met en nage.

Depuis l'expédition de l'an dernier avec les Coquillards, à la vue du sang, je tourne de l'œil. Et là, je m'évanouis.

— Tiens, maître François qui coule par terre ! s'exclame un jongleur.

— *Miserere...*, soupire un comédien, joignant ses paumes tel un curé. Et en plus, il est tombé sur le calice ! On va être obligé de boire au tonneau.

À cause aussi des hypocras, je ronfle comme une toupie. Au matin, c'est l'éblouissante clarté de l'été qui me réveille dans la rosée et aussi des aboiements. J'entends qu'au loin on me désigne :

— Là, là, il y en a un !

Aussitôt cent limiers s'élancent : des braques, des vautres et des lévriers. Les hommes, montés sur des destriers rapides, crient, sonnent du cor et excitent les chiens. Je suis seul, couché sur le calice, où sont les autres ? Je m'enfuis à toutes jambes mais où ? Je cours vers le bâtiment épiscopal que je contourne pour suivre sa façade et peut-être y trouver un abri. C'est un édifice religieux. Il doit avoir un anneau de salut. J'arrive devant le porche mais où est-il cet anneau ? Rien à droite, rien à gauche, mais ce n'est pas possible ça ! Les chiens déboulent à leur tour en dérapant dans la terre, dégageant des nuages de poussière, poursuivis par les destriers. Je vais me faire dévorer. Mais j'entends qu'on sonne du cor pour stopper net l'avancée des braques et des vautres... Ondulant dans la lumière solaire, ils baissent la tête et bavent, glissant leur queue entre les pattes, reculent docilement alors que moi j'en suis toujours à me demander où est cet anneau. Je recule aussi pour mieux observer la façade. Dans mon dos, les cavaliers, mains sur l'encolure de leur monture arrêtée, ont l'air de bien s'amuser. Oh, nom de Dieu... L'anneau de salut a été scellé à trois toises du sol ! Inatteignable. Même en grimpant sur les épaules de quelqu'un qui monterait sur celles d'un autre, on ne pourrait le saisir. Jamais vu ça. Que faire ? Je ne peux pas rester là à attendre que les cavaliers relancent leurs chiens après moi. Négligeant le fait de porter des accessoires de théâtre – queue fourchue, rouge bonnet cornu – je frappe des deux poings contre la lourde porte du porche du château de l'évêque :

— Ouvrez ! Ouvrez !

Et miraculeusement, les deux battants s'écartent – tirés depuis l'autre côté. Lentement, ils s'ouvrent en grand comme une gueule immense et j'entends une voix gronder :

— Entrez, François Villon...

Mes iris trop habitués au soleil ont besoin d'un peu de temps pour s'adapter à l'obscurité de l'endroit.

J'avance dans le noir et demande à la voix qui a parlé :

— Vous connaissez mon nom ?

Les portes se referment derrière moi.

## 78.

Depuis cinq jours, je suis dans la quasi-obscurité d'un cachot qu'un minuscule soupirail éclaire de haut et mal. Assis à même la terre moisie et presque nu – on ne m'a laissé qu'une courte chemise sur le dos – mes pieds sont entravés comme les poignets des ivrognes ou fauteurs de tapage exposés au pilori. Deux planches de bois creusées de demi-cercles, jointes et liées par des cordes, me bloquent les chevilles. Adossé à la muraille, des chaînes entourent ma poitrine et mes bras ligotés dans les reins.

Je suis affamé et déshydraté. Depuis qu'on m'a jeté dans cette cave pourrie, personne n'est venu me voir sauf les rats. Ils grouillent et courent autour de moi. Trois d'entre eux, côte à côte, se dressent sur leurs pattes arrière. Un autre, museau pointu au ras du sol, reluque mes orteils ensanglantés parce qu'il tente souvent de les croquer. Je les remue et gueule pour éloigner ce rongeur mais dès que je m'assoupis et baisse quelques secondes les paupières, il me mord et je me réveille aussitôt en hurlant. Cinq jours que je ne dors pas. Les rats, voraces et prolifiques, ont tous les culots. Un gros me saute sur une épaule et grimpe sur ma tête où il pousse des petits cris… Heureusement, la porte s'ouvre enfin et les gaspards filent dans les trous des murs, s'échappent en foule dans le couloir où l'on veut m'entraîner :

— Allez, debout et viens, toi !

— Je peux m'en aller ?

— Partir vivant de la prison de Meung-sur-Loire ? s'étonne le guichetier qui porte un brandon enflammé. Si Thibaut d'Aussigny devait te libérer, tu serais bien son unique rescapé recensé.

— Thibaut d'Aussigny ? Je voudrais dormir, j'ai faim, j'ai soif…

Un garde ecclésiastique, qui me soulève par les aisselles, se marre. Les planches aux chevilles m'écorchent à chaque pas jusqu'à une salle voûtée éclairée par des flambeaux et pleines de machines infernales, d'instruments de torture. On m'allonge à plat dos et me ligote sur une table :

— T'as soif ? Alors bois…

Un épais patibulaire vêtu de cuir rouge arrive. Les tempes et la nuque rasée haut, il porte deux seaux d'eau qu'il pose près de deux autres. Il me glisse le tube d'un entonnoir dans la bouche et fait couler dedans le liquide d'un premier seau. Au début, cette eau, je l'accepte avec joie car je souffre d'une soif écorchante mais bientôt j'en ai assez et tente de recracher l'entonnoir que le bourreau enfonce plus profondément, tube de fer directement enfoui dans ma gorge derrière la glotte. Et il verse. Mon estomac déborde et mon ventre se gonfle, commence à claquer terriblement à la manière d'un tambour. Et l'autre qui verse ! Je ne peux absolument rien remuer, tête bloquée entre deux plaques de bois. C'est d'une douleur cette eau… Je ressens une peine suffocante, ne peux déglutir. Tout mon abdomen devient énorme. Les intestins tendus

346

jusqu'à la déchirure me font si mal ; mes reins vont exploser. Et l'autre qui change de seau ! Les yeux écarquillés aux voûtes de la salle, l'eau refoule dans ma gorge et arrête ma respiration. Je la sens entrer dans mes poumons. Des lueurs jaunes et bleues filent latéralement devant mes yeux… Je vais mourir noyé quand le bourreau coupe les liens qui me tiennent à la table et me pousse. Je tombe au sol sur le ventre et l'eau jaillit de ma bouche. Gris comme le dallage, je dois ressembler à une gargouille, la gueule ouverte sous une grande pluie d'orage.

Je tousse bruyamment, éructe des bulles mêlées à des matières. Tel un tonneau percé à coups de hache, je me vide par tous les orifices. Et cela fait des bruits disgracieux qui se confondent avec un vacarme de fer descendant, depuis le rez-de-chaussée, l'escalier de pierre qui conduit à la salle des tortures.

Une joue sur le carrelage près d'une grille où s'évacue l'eau, je vois venir des solerets d'acier articulés, en forme de longues poulaines pointues, armés d'éperons. Ces griffes d'animal fantastique s'arrêtent au ras de mon visage. Et au-dessus de moi, j'entends vrombir des milliers de mouches. De la pointe luisante et aiguisée d'un soleret, le personnage debout soulève ma lèvre cicatrisée qu'il contemple. Je sens le métal de son soulier contre mes dents.

— C'est bien lui. Relevez-le, ordonne-t-il au guichetier de la prison et au garde ecclésiastique qui ont assisté à mon supplice de l'eau.

Ils me hissent et me soutiennent sous les bras devant cet évêque entouré de mouches et dont l'esprit semble sculpté par l'inquisition. La lueur tragique des flambeaux éclaire son visage osseux et son front blême. Quoique vêtu de sa tenue d'apparat, Thibaut d'Aussigny n'a plus rien de sacré. Il paraît même sorti du règne humain. Les yeux vitreux, le regard fixe, il tient davantage du reptile. Un voile trouble couvre ses pupilles et il me renifle l'épiderme :

— Je reconnais cette odeur de feu, de corde et de torture, sentie à l'Hôtel-Dieu…

Je lui pisse dessus.

— Ah, par le cœur de Dieu ! Sale fils de putain ! C'est la deuxième fois !

Il me donne un coup dans le visage, de son poing ganté en peau de chien ornée d'une croix de métal sur la main qui me casse deux dents. Autour de lui, le nuage de mouches s'élève et bourdonne. L'évêque arpente la salle, épaules voûtées, les yeux fixés au sol. Les mouches le suivent. Son rire est un grincement de fer :

— Vous avez un mauvais passé : le meurtre d'un prêtre, un vol dans le coffre du collège de Navarre et…

Je tousse et réplique en gars qui connaît le droit :

— Cela ne vous regarde pas. Je suis un clerc qui a reçu la tonsure et votre arrestation est illégale. Je dépends de l'évêché de Paris.

Lorsque Thibaut d'Aussigny entre en fureur, les veines de son front gonflent. Il se retourne vers moi. Sa cruauté, son astuce, se lisent dans ses yeux :

— Je vous ai entendu déclamer sur une estrade que vous dépendiez de Saturne. Je vous mets en garde contre l'astrolâtrie. Je vous prive aussi de votre clergie pour avoir fait partie d'une troupe d'acteurs ambulants, ce qui vous est interdit en tant que serviteur de Dieu !

Il élève ses bras que les mouches suivent en colonnes :

— Les poètes tels que vous, les acteurs, sont propa-

348

gateurs du scandale et des plaisirs indignes, exception pour les conteurs d'histoires propres à renforcer la vertu et la foi ou qui popularisent la vie des saints. D'autre part, vous avez, dans ma juridiction, ordonné le vol d'un calice à l'église de Baccon…

— Ce n'est pas vrai !

— Quand on vous a trouvé dans le bois, vous étiez couché dessus ! hurle Thibaut d'Aussigny, de sa voix rouillée de gond de porte de cachot qui se referme.

Sa langue claque contre son palais :

— Les filous qui vous accompagnaient l'autre nuit ont été arrêtés et ils vous ont dénoncé !

— C'est faux ! C'est faux ! Qu'ils le répètent devant moi !

— Ah, cela ne va pas être facile, rit soudain l'évêque d'Orléans, puisque leurs langues sont là.

— Où ça ?

Horreur ! Je comprends tout d'un coup la présence des mouches. Agrafée par-devant et pendant jusqu'aux chevilles, toute sa chape est cousue de langues humaines !

— Ce sont les langues de tous ceux que j'ai fait parler, confirme l'évêque.

Les plus noires, les plus anciennes, racornissent, sèches, à ses épaules. Celles des suppliciés récents pendent, plus bas, dans des teintes claires. Plusieurs, fraîches, gouttent encore de sang brillant, cousues à la bordure près des chevilles.

— Ce sont celles qui vous ont dénoncé, rit Thibaut d'Aussigny. Regardez, quand je remue ma chape – la chose n'est-elle pas moult plaisante ? – on dirait qu'elles s'agitent et disent encore : « C'est lui ! C'est lui ! »

Il m'attrape par la nuque qu'il malaxe de sa peau de chien :

— Vous, le poète qui se rappelle parfois avoir été clerc, écrivez donc pour ces langues une ballade miséricordieuse et de pardon..., lâche-t-il en s'en allant, sonnant un grand bruit de ferraille sur le dallage et emportant avec lui le nuage de mouches bruyantes – sa cour.

## 79.

J'ai la tête face à celle d'un notaire épiscopal mais
à l'envers – pas celle du notaire mais la mienne
puisque je suis pendu par les pieds devant lui... Assis
sur une chaise et une écritoire aux genoux, il écrit ce
que je lui dicte, poignets liés, dans la salle de torture.
Reverra-t-on un jour un autre poète devant créer dans
cette posture ? Le bourreau m'a passé deux crochets
dans la chair des épaules où pendent, au bout de
cordes, deux lourds sacs de sable qui me déchirent les
muscles. Mon pauvre corps hissé par la poulie se dis-
loque fibre à fibre, nerf à nerf. Le sang me descend à
la tête congestionnée et la colère m'inonde le cœur.
Une ballade de pardon et puis quoi encore ?!... Le
délire que procure la faim, la fièvre, la douleur, accen-
tuent la vitesse de mon débit furieux que la plume du
notaire, sur le papier, tente de suivre. Je bave comme
un mufle de vache. Tiens, en voilà de la miséricorde :
 — Qu'en réalgar et en arsenic de roche, en orpiment,
en salpêtre et chaux vive, qu'en plomb bouillant pour
mieux les réduire en morceaux, qu'en suie et poix
délayées dans l'eau d'une lessive faite de merde et de
pisse de Juive, qu'en lavures de jambes de lépreux, qu'en
raclures de pieds et vieilles bottes, qu'en sang d'aspic et

drogues venimeuses, qu'en fiel de loups, de renards, de blaireaux, soient frites ces langues ennuyeuses !...

La plume du notaire file du papier à l'encrier et court aussi vite qu'elle peut tandis que je poursuis ma furie :

— Qu'en la cervelle d'un chat qui hait la pêche, noir et si vieux qu'il a perdu toutes ses dents, qu'en la bave et la salive d'un vieux chien qui ne vaut pas mieux, malade de la rage, qu'en l'écume d'une mule poussive coupée menu avec de bons ciseaux, qu'en eau où plongent groins et museaux de rats, grenouilles, crapauds et bêtes dangereuses ainsi que serpents, lézards et autres nobles oiseaux, soient frites ces langues ennuyeuses !...

Le notaire est en nage. Je sens son haleine et moi, je ne décolère pas. Les yeux hallucinés, je lui postillonne dans le visage :

— Qu'en sublimé dangereux à toucher et dans l'anus d'une couleuvre vivante, qu'en sang qu'on voit sécher dans les écuelles des barbiers lorsque la pleine lune arrive, l'un noir et l'autre plus vert que ciboulette, qu'en chancre et tumeur et en ces eaux claires où les nourrices décrassent les couches, qu'en bidets de filles d'amour – celui qui ne me comprend pas ne fréquente pas les bordels – soient frites ces langues ennuyeuses !...

— Pas si vite ! Pas si vite ! me crie le notaire dont on voit bien que ce n'est pas lui qui a les sacs de sable accrochés à la chair des épaules. Après *chancre et tumeur*, qu'avez-vous dit ?

— L'envoi ! Prince, passez tous ces friands morceaux, si vous n'avez pas d'étamine ni de tamis ou de filtre, par le fond d'une culotte merdeuse mais auparavant qu'en étrons de pourceaux soient frites ces langues ennuyeuses !!!

## BALLADE DES LANGUES ENNUYEUSES

En rïagal, en alcenic rocher,
En orpiment, salpestre et chaulx vive,
En plomb boulant, pour mieux les esmorcher,
En suye et poix destrempee de lessive
Faicte d'estronc et de pissat de Juisve,
En lavailles de jambes a meseaux,
En raclure de piez et vieulx houzeaux,
En sang d'aspic et drocques venimeuses,
En fiel de loups, de regnars, de blereaux,
Soient frictes ces langues ennuyeuses !

En servelle de chat qui hait pescher,
Noir et si viel qu'il n'ait dent en gencyve,
D'un viel matin – qui vault bien aussi chier –
Tout enraigé, en sa bave et sallive,
En l'escume d'une mulle poussive,
Detrenchee menu a bons cyseaux,
En eau ou ratz plungent groins et museaux,
Regnes, crappaulx et bestes dangereuses,
Serpens, laissars et telz nobles oiseaux,
Soient frictes ces langues ennuyeuses !

En sublimé dangereux a toucher
Et ou nombril d'une couleuvre vive,
En sang c'on voit es poillectes sechier
Sur ces barbiers, quant plaine lune arrive,
Dont l'un est noir, l'autre plus vert que cyve,
En chancre et fix et en ces cleres eaues
Ou nourrisses essangent leurs drappeaux,
En petiz baings de filles amoureuses
– Qui ne m'entant n'a suivy les bordeaux –
Soient frictes ces langues ennuyeuses !

Prince, passez tous ses frians morceaux
– S'estamine, sac n'avez ne bluteaux –
Parmy le fons d'unes brayes breneuses,
Mais paravant en estronc de pourceaux
Soient frictes ces langues ennuyeuses !

— Qui vous a donné le don d'écrire ?

— Mais, je ne sais pas !

— D'où tenez-vous ces pratiques ? De votre père pendu, de votre mère à la bouche pleine de terre ?

— Je ne sais pas.

— Pourquoi avez-vous fait graver un poème sur la loge de recluse d'Isabelle de Bruyère ? Qui l'a gravé ?

— Je ne sais plus…

— Pourquoi avez-vous fait violer cette nièce de Thibaut d'Aussigny ?

— Je ne sais pas !

— Est-ce une pratique de sorcellerie ?

— Mais non…

— Alors pourquoi l'avez-vous fait ?

— Je ne sais pas !

Pendu par les poignets joints de mes bras tendus en l'air et non par la gorge pour qu'on puisse écouter mes réponses, je monte et descends, nu, au bout d'une corde passant dans une poulie accrochée au plafond. Ensemble, le bourreau et le guichetier tractent la corde ou la relâchent doucement selon que, d'un signe de la main, le notaire, qui note ce que je dis, leur fait signe de me hisser ou de me laisser retomber sur un horrible instrument de torture – l'estrapade dite aussi « la torture aux glaces de Venise ».

C'est un haut trépied de bois surmonté d'une pyramide faite de quatre miroirs triangulaires. Leur sommet commun sort ou entre dans mon fondement, ce qui me déchire comme des lames de couteau.

Empalé, dire que je souffre un martyre est si peu dire… Le notaire consulte ses papiers et reprend le feu roulant des questions notées par Thibaut d'Aussigny qui m'accuse d'hérésie et de sorcellerie :

— Que savez-vous à propos des fées qui portent bonheur ou, dit-on, courent la nuit ?

— Mais rien !

Le notaire, déçu par ma réponse, baisse une main alors le bourreau et le guichetier relâchent un peu la corde et la pyramide en miroir m'entre dans le cul, de plus en plus profondément. Ils me hissent à nouveau pour me soulager pendant la question suivante :

— Que savez-vous des substances que les sorcières font absorber : poils, ongles et autres ?

— Mais rien…

— Que savez-vous de cette façon de récolter des plantes, à genoux face à l'Orient, et en récitant l'oraison dominicale ?

— Rien !

— De quelle manière baptise-t-on les personnages miniatures en cire ou autres ? Quel usage on en fait et quels avantages on en tire ?

— Mais je n'en sais rien !…

Je redescends sur les glaces de Venise. Lorsque je remonte, je vois couler dessus mon sang, mes excréments.

— Pourquoi êtes-vous poète ?

Ah, c'est bien le moment de me poser la question !…

— Vous a-t-on antérieurement défendu de vous livrer à cette pratique ?

— Peut-être.

— Qui vous a fait cette défense ?

— Mon tuteur, sans doute…

— Avez-vous promis de ne plus vous livrer à cette pratique et de ne plus en user désormais ?

— Je ne sais plus…

— Si oui, pourquoi avoir récidivé malgré cette promesse et abjuration ?

— Je ne sais pas !

Je contemple dans les miroirs triangulaires le reflet du chantier de mon anus, ne souhaite plus qu'une chose… que les deux autres abandonnent tout à fait la corde et que la pyramide me traverse jusqu'à la cervelle et qu'on en finisse ! Un chirurgien, adossé à la muraille, s'approche de moi tandis qu'on me hisse au plafond. Il écarte mes jambes et me diagnostique par en dessous. Les tortures sont conduites avec ses recommandations pour que les suppliciés restent en vie le plus longtemps possible. D'un balancement de la main, il fait signe au notaire qu'on a, là, peut-être dépassé les limites de résistance physique.

« T'es un dur à cuire, hein ! » me lance le bourreau alors que le guichetier (sans être tout à fait humain, il ne faut pas exagérer) paraît plus marqué par ce que j'endure sur cet instrument réputé pour arracher n'importe quel aveu à n'importe qui. Pendant que je suis là-haut, les poignets à la voûte, le notaire poursuit son interrogatoire :

— Connaissez-vous d'autres poètes comme vous ?

— Non !

— Dans quel but écrivez-vous ?

— Je ne sais pas !

— Il y a bien une raison. Laquelle ?

— Parle, me dit le guichetier.

— Mais je ne sais pas !…

82.

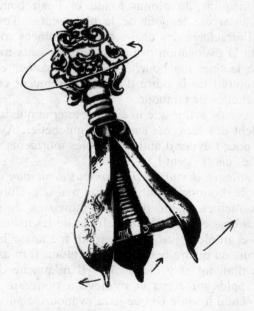

Puisque de toutes manières je ne réponds rien de satisfaisant aux questions, on me glisse une poire d'angoisse dans la bouche. En pivotant la partie supérieure comme une clé dans une serrure, les trois tiers de la poire de cuivre s'écartent au fur et à mesure qu'on fait tourner la vis centrale. Et quand ma bouche est maintenue toute grande ouverte, je ne peux rien articuler et l'on n'entend plus mes cris qui finissaient par fatiguer le bourreau.

Il n'y a pas que lui qui souffre ! Ah, j'en rirais si seulement je pouvais remuer la mâchoire… Mais la chaise à clous, l'élongation, les garrots, l'immersion, les fers brûlants, les rouleaux à épines, les tourniquets, les brodequins, le plomb fondu et l'eau bouillante m'ont aussi ôté le goût de la plaisanterie. Tous les jours, l'arrachage des chairs avec des pinces rougies. Pendant la dislocation des membres, les yeux me sortent de la tête, ma bouche se met à écumer et mes dents, autour de la poire d'angoisse, remuent comme des baguettes de tambour.

— Avoue, avoue que tu es un sorcier et que tu tiens ton talent des fées, me supplie le guichetier. Avoue à temps pour t'éviter d'autres horribles tourments.

— 'e 'uis 'i'ocent !

« *Sortilegis, devinis et invocanibus demonum* » psalmodie le bourreau qui incendie ma chevelure jusqu'aux racines. Il me place des morceaux de soufre sous les bras et les enflamme. Il me lie les mains dans le dos et m'élève jusqu'au plafond, me laisse là pendant trois ou quatre heures. À son retour, il m'asperge le dos d'alcool et y met le feu. Il m'attache de très lourds poids au corps et m'élève à nouveau. Il me laisse pendu jusqu'à ce que je m'évanouisse puis, pour me sortir de cet état, il me passe les genoux et les mollets dans des étaux à vis. Juin, juillet, août, septembre 1461… Tout un été, il me besogne à n'importe quelle heure du jour ou de la nuit dans la trop amou-

360

reuse prison qui met mon cœur en pièces. J'y perds vent et haleine. Ce calice volé (pas par moi !) en l'église de Baccon, je le bois jusqu'à la lie (l'hallali ?). Ah, quel exil sans charme pour un gars qui ricanait aux bergeries du roi René... J'y serais fort à mon aise maintenant plutôt que sous la griffe de l'évêque d'Orléans qui vient me visiter quelques fois. Il s'assoit dans un grand fauteuil et m'observe sans un mot pendant qu'on me tourmente puis il se lève et s'en va, entouré de son nuage de mouches vrombissantes. Sa chape cruelle, cousue de langues humaines, flotte derrière lui au-dessus de ses griffes en fer (enfer !) Il a ordonné que toute la vermine de ma cellule soit balayée et placée sur mon corps nu, la chair à vif, ce qui me fait souffrir... Mais, ce matin, le guichetier vient me voir en secret, enlève la vermine et la brûle en tas avec de l'huile sans cela elle m'aurait entièrement mangé et dévoré. Il me laisse aussi des feuilles de papier et de quoi écrire. La fumée noire de l'huile envahit le cachot, de son odeur âcre, et s'échappe entre les barreaux du minuscule haut soupirail. Dehors, elle s'enroule, prise dans des tourbillons et se dilue dans le vent qui emporte aussi les feuilles mortes. Tiens, voilà l'automne !

## 83.

Vingt fois, trente fois, sur toutes les feuilles de papier que m'a laissées le guichetier, j'écris avec sa plume d'oie (ferrée ?) le même appel au secours – trois dizains, un envoi – destiné à je ne sais qui, personne sans doute. Dans cette ballade, je m'adresse d'abord à un public de putains, puis de saltimbanques qui passeraient sur les routes, de clercs dévoyés, errants comme moi, dont j'implore le secours mais comment pourraient-ils me sauver ?

Les ceps aux chevilles, je me hisse sur la pointe des pieds pour atteindre le petit soupirail et lancer mon appel. La feuille de papier au bout des doigts et à demi sortie, j'attends qu'une bourrasque, un souffle de vent d'automne, la pousse et je la lâche. Je la regarde s'envoler, tournoyer. Je l'aide de la pensée : « Allez !... » puis en place une autre entre les barreaux. On dit bien que les naufragés jettent des bouteilles à la mer. Moi, je lance ma ballade au vent – *Autant en emporte ly vens !* Où iront-elles, ces feuilles de papier ? Dans les branches d'un arbre, sur l'eau d'un étang, dans l'un des estomacs d'une vache distraite ? Ma ballade sera-t-elle ramassée par une femme illettrée ? Pourvu qu'il ne pleuve pas. Je dis ça pour l'encre. Y aura-t-il quelqu'un, un frère humain, pour recevoir et savoir décrypter jusqu'au bout cet appel au secours d'un poète aux oubliettes ?

## ÉPÎTRE À MES AMIS

*Aiez pictié, aiez pictié de moy,*
*A tout le moins, s'i vous plaist, mes amis !*
*En fosse giz, non pas soubz houz ne may,*
*En cest exil ouquel je suis transmis*
*Par Fortune, comme Dieu l'a permis.*
*Filles amans jeunes gens et nouveaulx,*
*Danceurs, saulteurs faisans les piez de veaux,*
*Vifz comme dars, aguz comme aiguillon,*
*Gousiers tintans clers comme gastaveaux,*
*Le lesserez la, le povre Villon ?*

*Chantres chantans a plaisance, sans loy,*
*Galans rians, plaisans en faiz et diz,*
*Coureux alans, francs de faulx or, d'aloy,*
*Gens d'esperit, ung petit estourdiz,*
*Trop demourez, car il meurt entandiz.*
*Faiseurs de laiz, de motés et rondeaux,*
*Quant mort sera, vous lui ferez chaudeaux !*
*Ou gist, il n'entre escler ne tourbillon,*
*De murs espoix on lui a fait bandeau :*
*Le lesserez la, le povre Villon ?*

*Venez le voir en ce piteux arroy,*
*Nobles hommes, francs de quars et de dix,*
*Qui ne tenez d'empereur ne de roy,*
*Mais seulement de Dieu de paradiz !*
*Jeuner lui fault dimenches et merdiz,*
*Dont les dens a plus longues que ratteaux ;*
*Après pain sec, non pas asprés gasteaux,*

*En ses boyaulx verse eaue a groz boullon,*
*Bas en terre – table n'a ne tresteaux – :*
*Le lesserez la, le povre Villon ?*

*Princes nommez, ancïens, jouvenciaulx,*
*Impetrez moy graces et royaulx seaulx*
*Et me montez en quelque corbillon !*
*Ainsi le font l'un a l'autre pourceaux,*
*Car ou l'un brait, ilz fuyent a monceaux.*
*Le lesserez la, le povre Villon ?*

Ayez pitié, ayez pitié de moi, à tout le moins, s'il vous plaît mes amis !... Je gis dans une fosse, non pas à l'ombre du houx ni sous l'arbre des amours, mais en cet exil où j'ai été transféré par mauvaise Fortune avec la permission de Dieu. Filles qui aimez les jeunes gens fringants, les danseurs, les sauteurs faisant des cabrioles, vifs comme dards, subtils comme aiguillons, aux gosiers sonnant clair comme des grelots, le laisserez-vous là, le pauvre Villon ?...

Et vous, les chanteurs chantant pour le plaisir en toute liberté, les noceurs, rieurs plaisants en faits et dits, qui courez et allez sans or faux ni vrai, les gens d'esprit un peu distraits, vous attendez trop car il meurt entre-temps. Faiseurs de lais, de motets et de rondeaux, ce sera donc quand il sera mort que vous lui ferez des bouillons chauds ! Là où il couche, il n'entre soleil ni air, de murs épais on lui a fait des bandeaux : le laisserez-vous là, le pauvre Villon ?...

Ah, venez le voir en son triste état, nobles compères qui ne payez aucun impôt et ne dépendez ni d'empereur ni de roi mais seulement de Dieu de Paradis ! Il doit jeûner les dimanches et les mardis, ses dents sont plus longues que des râteaux ; après avoir avalé le pain sec, pas des gâteaux, il se verse des rasades d'eau dans les entrailles, assis par terre – il n'a planche ni tréteaux : le laisserez-vous là, le pauvre Villon ?...

Princes nommés, vieux ou tout jeunes, obtenez-moi des grâces et des sceaux royaux puis sortez-moi de là dans une corbeille quelconque ! Ainsi font les pourceaux l'un pour l'autre car ils accourent en masse quand l'un d'eux crie. Le laisserez-vous là, le pauvre Villon ?

## 84.

La nuit dernière – celle qui suivit l'envol des copies de ma ballade par le soupirail – j'ai fait un rêve. Moi qui espérais la visite improbable d'un acrobate marchant sur les toits, traversant les murs, il me vint mieux en rêve… C'était la nuit et j'étais accroupi. Les chaînes me serraient aux pieds. Je mâchais lentement du pain noir, réfléchissais, quand je sentis, dans mon rêve, une présence à l'intérieur du cachot :

— Là, qui êtes-vous ?

— Le roi de France, répondit une voix dans mon rêve.

Il était presque devant moi, un peu à gauche et à l'angle de deux murs. Sa main qui masquait une bougie allumée se retira sur le côté comme un voile alors la petite flamme dansante se mit à éclairer par instants une face qui ne correspondait pas au profil gravé sur les écus.

— Vous n'êtes pas Charles…

— Louis, dit le visage gris. Mon père est mort le 22 juillet dernier.

— Ah bon ? Je ne savais pas.

La flamme remuée par l'air du soupirail faisait tour à tour apparaître puis disparaître une figure taciturne semblant en pierre de calcaire. La bouche brûlante, j'accrochais le délire de mon rêve à cette vision discontinue qui tournoyait en mon esprit épuisé par les affres. Le cerveau fragile, le corps ruiné, je disais en songe à Louis XI : « Ainsi donc, c'est entre vos mains qu'est tombé mon appel au secours… »

— Que dis-tu ? Quel appel ?

Je m'étonnais à mon tour :

— Allons, sire, si vous n'aviez pas lu ma ballade, que feriez-vous dans ce cul de basse-fosse du château de l'évêque ?

— Sacré à Reims, je rentre travailler en Touraine. Nous ne nous sommes arrêtés ici que pour la nuit. Nous repartirons demain à l'aube… Pendant le dîner, Thibaut d'Aussigny a craché ton nom en jurant la Pâques-Dieu !… Mais Charles d'Orléans qui m'accompagne dit que tu es le premier rossignol de France, que tu innoves dans les idées et la forme, qu'avec toi, on n'en est plus au *Roman de la rose*, que ta poésie commence là où finit la féodalité. Il m'a récité plusieurs de tes ballades, m'a longuement parlé de ton œuvre.

— Mais il n'est pas descendu me voir…

— Il dit que tu l'as trahi.

— Et ça ne vous a pas empêché de ?…

— Je le trahirai aussi. Je n'ai que faire de ces seigneurs ornementaux.

Dans mon rêve, le nouveau roi, assis sur une pierre, était coiffé d'un chapeau à large bord orné d'images pieuses sans valeur. Il portait une grossière robe grise et, autour du cou, un simple rosaire de bois brut. Il était humble en paroles et en habit :

— Comment vas-tu ?

— Ma vie se dérobe, elle est finie. Personne ne me

tend la main, personne ne me donne rien. Toussant de froid, bâillant de faim, je n'ai couverture ni lit. Mes côtes ont l'habitude de la paille. Je n'ai que ce que vous pouvez voir sur moi.

— On dit que tu es célèbre à Paris.

— Ah oui, j'ai appris ça. Mon grand renom – mon *bruit*...

— Pourquoi es-tu devenu larron ?

Ah, ça recommençait les interrogatoires ! Le rêve virait au cauchemar. Thibaut d'Aussigny, après le bourreau, envoyait, en pleine nuit, le roi de France pour tourmenter, dans ses rêves, un malade déjà consumé par les angoisses morbides. Je répliquais, en songe et agacé, à cette image de gargouille encore baignée dans les sinistres lueurs d'une époque déclinante :

— Pourquoi m'appelez-vous larron ? Pour quelques pauvres vols, pour quelques pauvres crimes ?... Si, comme vous, j'avais eu une armée pour massacrer des peuples, pour piller les richesses étrangères, vous m'appelleriez sire !

Le roi au long nez avait souri tristement en scrutant devant lui, de ses grands yeux de statue. Il avait l'air profondément inquiet et dans une grande solitude. Il tourna la tête et me dévisagea longuement :

— J'ai l'impression d'avoir déjà croisé ton regard...

— Quelle mémoire ! J'avais six ans et vous quatorze. Vous chevauchiez derrière votre père lors de son entrée triomphale à Paris et j'étais parmi la foule.

— Ah oui, je me souviens. Je crois qu'une jeune femme posait une couronne sur ta tête. N'était-ce pas ta mère ?

À ce mot, j'enfouissais mon front entre les genoux

369

et, avec les mains, me bouchais les oreilles. « Tu l'aimais beaucoup ? » entendis-je quand même entre mes doigts. Je ne répondais rien.

— Moi, dauphin, j'ai conspiré contre mon père pour avoir la couronne le plus tôt possible. Sa longévité m'exaspérait. Lui, fut roi à dix-neuf ans et Charles VI à douze ans alors qu'il m'aura fallu attendre d'avoir près de la quarantaine. Je deviens monarque à un âge où la majorité de mes ancêtres avaient quitté le monde. La fin de l'attente fut saluée par moi avec soulagement.

Je relevais le front et l'observais. Il me souriait sans remords :

— La dernière fois que je l'ai vu, c'était il y a quinze ans. Je venais d'injurier sa femme – la trop belle Agnès Sorel. J'avais tiré mon épée et l'avais poursuivie jusque dans les bras de mon père qui m'a dit : « Louis, les portes sont ouvertes, et si elles ne sont pas assez grandes, je vous ferai abattre seize ou vingt toises de mur pour passer où mieux vous semblera... » Depuis, je n'ai cessé d'avoir hâte qu'il crève.

Je changeais de position et continuais d'écouter les étranges confessions du nouveau roi dans mes rêves :

— Malgré tout, un jour de printemps, je lui ai adressé une communication par l'intermédiaire d'un moine. Je ne reçus pas de réponse et jamais ne revis mon messager. Des années plus tard, c'est lui qui m'a envoyé une lettre que je n'ai pas voulu lire. Je me suis levé, ai appelé les gardes et ordonné que le messager fût cousu dans un sac et jeté à l'eau avec la lettre.

Une joue contre le mur de droite, je ricanais dans les bras de Morphée : « Ben, dis donc, quelle famille !... »

— La crainte que je le fasse tuer, enlever, empoisonner, faisait claquer les dents gâtées de mon père, frémir ses lourds genoux. Je jouais de sa peur panique, je l'entretenais, l'exaspérais avec un art sadique. Depuis le Dauphiné, je multipliais les pièges autour de lui comme une araignée tisse sa toile, continua Louis en faisant courir les doigts d'une main sur un mur... Je subornais ses domestiques tandis que ses cheveux blanchissaient. Je suivais au jour le jour son déclin, ne rougissais pas d'étaler mon impatience monstrueuse. Il prit en défiance son médecin qu'il fit enfermer. Un de ses chirurgiens s'enfuit. Perdu en ses velours dont le poids l'écrasait aussi, il prêtait un visage d'assassin envoyé par moi à chacun de ceux qui l'entouraient et, littéralement, il se mourait de peur. Obsédé par la terreur du poison, il finit par refuser toute nourriture, continua de trembler. J'avais des espions chez mon père jusque dans son lit – madame de Villequier. Sa maîtresse me racontait qu'avec d'énormes poches d'insomnie sous les yeux et les lèvres pendantes, les joues labourées par les rides de l'angoisse, lorsque, par exemple, on le soutenait, affamé dans un verger, et qu'on lui prescrivait : « Sire, prenez au moins une pomme à cet arbre », il répondait : « Non. Louis a deviné que j'irais vers ce pommier et il a fait empoisonner le fruit que j'aurais choisi. » Lorsqu'on lui conseillait : « Buvez entre vos mains un peu d'eau à la rivière », il refusait : « Louis en a contaminé la source comme les Juifs ont répandu la Peste dans les puits des capitales d'Europe. » Il devenait fou tel Charles VI. La mâchoire à moitié paralysée, à l'aube du 22 juillet, il a demandé quel jour on était. « Le jour de la glorieuse Madeleine, sire », lui a-t-on répondu. Alors, enfin, il s'est éteint en gémissant : « Je remets à Dieu, la vengeance de ma mort… ». J'ai fait mourir de faim mon père.

L'épaule droite contre un mur du cachot, je me demandais si parmi les pires Coquillards que j'ai pu rencontrer, il y en avait un seul qui avait fait ça à son père… Dehors, le vent qui bruissait dans les feuillages nocturnes se mêlait à la voix de Louis XI :

— Le jour de son enterrement, j'ai préféré aller à la chasse, vêtu d'une tunique rouge et blanche et coiffé d'un chapeau aux mêmes couleurs – les couleurs de la France…

Je dressais l'oreille.

— Villon, je sais que tu mêles à tes ballades tous les patois : poitevin, limousin, picard, flamand, normand, breton, angevin, lorrain et des quantités de jargons… Nous travaillons en même temps, moi à l'œuvre d'unité de la nation et toi à l'œuvre d'unité de notre langue. Je serai haï comme homme et admiré comme ouvrier de l'unité nationale. Toi, tu es méprisable par tes mœurs et admirable comme ouvrier de l'unité de notre langue. Nous sommes tous les deux sales, crapuleux, au chapeau gras. Nous sommes tous les deux larrons de quelque chose : moi, de provinces et de morceaux de royaume, toi…

— … de rôts et de fromages.

— Je fixerai la patrie, tu fixes la langue nationale. Nous sommes tous les deux bons forgerons mais comment finirons-nous, François ?… Moi, je me vois souvent, en songe, le corps vieilli et débile tassé dans un fauteuil. Les chemins des environs de ma forteresse seront semés de chausse-trappes que seuls, quelques rares élus pourront franchir. Mon château sera entouré d'un fossé et d'un mur fiché de broches à plusieurs dents. Pour empêcher la mort d'y venir, à l'intérieur de l'enceinte, une grille de fer constituera une seconde ligne de défense. Au bord des créneaux, cent archers auront l'ordre de tirer sur tout ce qui bouge. À mon tour prisonnier de mes craintes comme un homme qui a perdu la raison, pour tromper la maladie, je m'habillerai de soies et de satins aux riches couleurs doublées de précieuses fourrures. Je ferai assassiner mon frère cadet pour qu'il ne prenne pas ma place. Oncques, homme n'a craint la mort autant que moi ! Je ne négligerai aucune des ressources célestes ou autres susceptibles de prolonger la vie. Entouré de savants et d'astrologues, dans le pommeau de mon épée j'aurai bien des reliques : une dent de saint Pierre, du sang de saint Basile et des cheveux de Monseigneur saint Denis, une petite goutte de la sainte ampoule. J'enverrai des navires jusqu'aux îles du Cap-Vert pour y chercher des tortues de mer trois fois centenaires et prendrai des bains dans le sang de ces animaux en buvant celui de nourrissons pour allonger mes jours. Je me délecterai des cris de leurs parents torturés, dans la pièce d'à côté, pour m'endormir... J'ai tellement peur de ma mort !

Le vent avait repris dans les feuillages. Il sifflait entre les barreaux du soupirail. Le bruit, sur les graviers, d'une courte ondée m'avait réveillé. Mais je ne voyais plus devant moi vaciller la lueur de la simple bougie de Louis XI. Je me frottais les yeux. Le roi n'était plus là. Alors, assis et recroquevillé, les bras entourant mes jambes, je posais une joue sur mes genoux et j'écoutais les poils pousser dans ma peau moite.

# 85.

Ce matin, quand la porte de mon cachot s'ouvre, je me frotte à nouveau les yeux. Un flot de lumière brutale jaillit soudain, déferle. Le long du couloir, des bavures de clarté font croire que toutes les portes sont ouvertes jusqu'au dehors. Dans la lumière intense et folle, la masse ondulante gris pâle du guichetier me jette des hardes et m'annonce :

— Tu es libre. Je n'ai jamais dit ça à aucun prisonnier de l'évêque… Louis XI te libère en vertu de son droit de nouvel avènement. À l'aube, quand il est parti, il a précisé à monseigneur : « Et gardez bien qu'il n'y ait point de faute ! »

Ce n'est pas possible… Les larmes me montent aux yeux, mon cœur bat la chamade et mon visage pâlit au point que je suis incapable de dire un mot. Je suis libre. Le guichetier me remet une lettre qui l'atteste. Longeant les cellules closes où gémissent tous les autres séquestrés, j'avance doucement dans le couloir comme un vieux.

*… l'an soixante et ung,*
*Lors que le roy me delivra*
*De la dure prison de Meung*

375

*Et que vïe me recouvra,*
*Dont suis, tant que mon cueur vivra,*
*Tenu vers lui m'usmilier,*
*Ce que feray jusqu'il mourra :*
*Bienfait ne se doit oublier.*

Mes os se cariant et mes blessures criant, le long du goulet souterrain, je geins à petite voix et m'arrête dehors pour regarder le ciel. Malheureux rendu à la lumière, mes jambes pour toute monture, je vais haillonneux et hagard par des sentiers de mousse. Des rocs et des cailloux encombrent le chemin et tordent mes chevilles douloureuses. Ruine, épave au vague et lent dessein, je vois passer une procession de religieux aux soutanettes écarlates, surplis jolis et lourds encensoirs bercés de leurs mains appalies. Un glas lent se répand du clocher de l'église de Baccon et plane sur la campagne toute en sèves, en fleurs, en fruits, des feuillages aux écorces. L'or des pailles s'effondre au vol siffleur des faux. L'automne fait voler la grive à travers l'air atone et le soleil darde un rayon monotone. Les muscles meurtris et déjà essoufflé, je m'assois sur une grosse pierre. Des voyageurs me dépassent. Le monde est si beau… Aux Chartreux et aux Célestins, aux mendiants et aux dévotes, aux flâneurs et aux élégants, aux serviteurs et aux filles légères qui portent tuniques et robes moulantes, aux bêtas qui se meurent d'amour et chaussent sans se plaindre des bottes trop étroites, je crie à toutes gens merci. Aux putains qui dévoilent leurs seins pour avoir plus de clients, aux voleurs, aux fauteurs de troubles, aux bateleurs qui exhibent des guenons, aux fous et aux folles, aux sots et aux sottes, qui passent, six par six, en se moquant avec leurs vessies et leurs marottes, je crie à toutes gens merci.

Des pistils poussent leur haleine poivrée. Vers les buissons, dansent des papillons. Je songe à ceux qui m'ont fait du mal – l'évêque, son bourreau et même le guichetier. Alors… Sauf à ces traîtres chiens qui m'ont fait ronger de dures croûtes, si longtemps, soir et matin. Aujourd'hui, je les crains moins que trois crottes. Je ferais bien pour eux des pets et des rots mais je ne puis car je suis assis. Bref, pour éviter les querelles, je crie à toutes gens merci. Mais, quand même, ah, ceux-là… si on leur brise les quinze côtes avec de gros maillets massifs et durs, des boules de plomb et autres balles du même genre, je crie à toutes gens merci.

... son cœur se serrer pour bien des jours à venir.

Les étoiles pendant fort longtemps, ... les ...
jour une lanterne, des papillons. Je songe à cela qui
m'enchantait un matin. Il y eut un pourtant ... matin ...
aurores. Mais ... tout à ces étoiles ... encore qui
m'emplit d'une immense douce ...

Je partis. Aujourd'hui ... les signes humains que toute
chose. Je lisais bien noir sur les ... et des ...
n'était ce que ... ne se suffisent. Étroit pour ... les
oignaisons. Je n'ai ... toutes ... hier, ...
maintenant ... Tous les ... son feu brisé ... quand ...
vivre de plus tendres, plaisir et de là, des ... les
grands chapitres belles de notre partie, ...
sans inceste. ...

## 86.

A Chartreux et a Celestins,
A Mendïans et a Devoctes,
A musars et clacque patins,
A servans et filles mignoctes,
Portans seurcoz et justes coctes,
A cuidereaux d'amours transsiz,
Chauçans sans mehain fauves boctes,
Je crye a toutes gens mercys.

A fillectes moustrans tetins
Pour avoir plus largement hostes,
A ribleurs, menneurs de hutins,
A batelleurs trayans mermoctes,
A folz, folles, a sotz, a soctes,
Qui s'en vont cyfflant six a six
A vecyes et marïoctes,
Je crye a toutes gens mercys.

Synon aux traitres chiens matins
Qui m'ont fait ronger dures crostes,
Macher mains soirs et mains matins,
Que ores je ne crains troys croctes.
Je feisse pour eulx pez et roctes...
Je ne puis, car je suis assiz.

*Auffort, pour esviter rïoctes,*
*Je crye a toutes gens mercys.*

*C'on leur froisse les quinze costes*
*De groz mailletz fors et massiz,*
*De plombees et telz peloctes !*
*Je crye a toutes gens mercys.*

Je suis devenu courbé et bossu, j'entends très mal,
ma vie décline, je perds mes cheveux sur le dessus.
Chacune de mes narines coule, j'ai des douleurs dans
la poitrine, je sens mes membres tout tremblants. Je
suis impatient à parler. Mes dents sont jaunes et
puantes comme des fosses d'aisance. Mon corps est
devenu froid, maigre et sec. C'est la fin du mirage. Je
rentre à Paris en cet automne 1461. Au bout de ma
course, épuisé, je suis si las que c'est pitié. Les pieds
bandés dans d'infâmes chiffons, mon vêtement est
léger comme une brume. J'erre seul, promène ma
plaie le long des étangs. Dans les villes gothiques tra-
versées, les enfants me tirent la langue et les filles se
moquent de moi. Je laisse passer la moquerie devant
mes yeux comme les nuages. Si on me hue parmi les
rues, je hoche la tête en souriant...

Quelquefois, noir et flou, je regarde dans les logis
par les fenêtres. Ô, ces morceaux friands ! Ces tartes,
ces flans ! Pour manger ces morceaux chers, on ferait
bien un mauvais fait. Mais moi, de repas, souvent
qu'une botte de foin. Je soupe de rondeaux, d'effets de
lune sur les vieux toits. Dans un trou en vogue de
Château-Gaillard, à travers une vitre jaune, le soleil

s'écoule comme de l'urine. Je tousse. Je suis d'une maigreur saisissante et quand je psalmodie une de mes ballades pour obtenir une aumône, on entend à peine ma voix détimbrée. L'aubergiste ramasse dans une écuelle les reliefs d'une table, me la jette comme à un chien.

— Est-ce que je peux avoir aussi du vin ?

On me pousse sans seulement me répondre un pichet de boisson du puits que je néglige en me levant :

— C'est assez d'eau pour moi. Thibaut d'Aussigny m'en a ôté le goût.

Dehors, des femmes me remettent un morceau de pain ou une petite pièce de monnaie puis, s'informant où je vais, hochent la tête : « Vous n'y êtes point encore ! » Tout me repousse et tout me navre. L'été ne fut pas adorable après cet hiver infernal et quel printemps défavorable ! Et l'automne commence mal. Le froid gèle ma chair jusqu'aux os et la fièvre envahit mes jambes qui se déchirent aux roseaux. Je croise des merciers qui portent la balle sur le dos et des Écorcheurs dont je parle la langue lorsqu'ils me crient de m'arrêter.

— Faites pas chier, les *vendangeurs*, les *envoyeurs* !... Et laissez mon peu de *liqueur* m'emmener jusqu'au prochain village avant la *torture*.

« Tu es un Coquillard ? » s'étonnent-ils tandis que je continue à me traîner, usé, fini, délabré. Moi, ce que je veux, c'est revoir Paris.

Je pousse une porte rouge et tombe tout du long sur un carrelage orné d'animaux fabuleux où mon visage rebondit durement.

— François !

Le bois d'un fauteuil grince aussitôt puis c'est un feulement de tissu de soutane qui se précipite vers moi, se penche et m'envahit comme un voile : « François… » Plus maigre que Chimère parmi les personnages légendaires du dallage, mes hardes humides fument et sentent. Une voix venue de l'enfance appelle quelqu'un qui accourt : « Guillemette ! Guillemette !… Préparez vite des draps où coucher l'enfant, ceux taillés dans la fine étoffe de lin. Et, du coffre, tirez un oreiller ! Vous viendrez ensuite m'aider à le porter. » Les fleurs et les fruits embaument autour de moi dans cette salle à manger brune où se répand aussi un parfum d'église. Je reconnais l'odeur de cire de la longue table de noyer. Un poing tétanisé me caresse doucement le crâne. Chauve, maigre à faire peur, l'âme pourrie, je tousse comme un moribond dans les bras du chanoine qui n'en revient pas :

— Comme tu as changé…

383

Il m'a toujours dit ça. Je pourrais en rire mais je réponds :

— Mes jours s'en sont allés si vite.

Alité dans ma petite chambre au pavage en terre cuite vernissée, entre les effluves réconfortants d'un bol de tisane d'orge et ceux d'une écuelle en bois emplie de potage aux amandes, je reprends doucement mon souffle. Sous le duvet d'oie de l'édredon, je regarde devant moi ma table écritoire verte près de la fenêtre donnant sur la rue Saint-Jacques. L'autre fenêtre, à ma gauche, verse sur la quiétude du cloître Saint-Benoît. Les cloches de la Sorbonne sonnent. Je retrouve leurs sons clairs d'enclumes. Sur la plaque en marbre veiné de la petite cheminée, j'observe un berceau qu'enfant j'avais confectionné avec des arêtes de poisson et de la glu. En cette chambre pleine de l'ombre des souvenirs, je me rappelle ma première nuit ici à six ans. Depuis, ô quel rêve m'a saisi ? ! Dans l'âtre, les chenets à tête d'ange retiennent des bûches de hêtres qui doucement crépitent. Je m'endors.

## 89.

Un mois plus tard, j'ose une première sortie dans Paris par la petite porte au fond du cloître. Comme on recherche sans doute encore un des voleurs du collège de Navarre, je dois être discret.

J'ai trouvé, pliée dans le coffre de ma chambre, une ancienne robe de bure à grand capuchon dont j'ai recouvert profondément ma tête et j'ai chargé mon cou d'un crucifix du chanoine qui pend sur ma poitrine. En sandales de corde, je vais ainsi déguisé dans les rues tortueuses, boueuses et populeuses de *ma* ville. Je retrouve le fond quotidien des cris de Paris. Triste et gai, fol et sage, quel joli paysage. Le grincement des moyeux des lourds chariots entre les noires échoppes des forgerons ! Je passe devant des établis de marchandes de tripes, de poissons, de fruits. Partout, la foule et des animaux de toutes sortes. On chasse des écoliers qui mangent en franche repue des noix dans les jardins des bourgeois. Des sergents leur courent après :

— Tudieu ! Tristes sires, voulez-vous rendre cela !

— On doit vivre sur les gens gras ! rient les enfants en franchissant les murets.

— Non mais, écoutez-les ! On croit entendre Villon !

— C'est lui qui avait raison ! crient les garnements. Quand il reviendra, il vous foutra son pied au cul à tous !

Je baisse le front sous la capuche de ma soutane, me cache le visage entre les mains. Ce vent de liberté qui souffle sur la ville m'étourdit, me donne des vertiges. Les rues ont des maisons étranges que j'avais oubliées, des pots de chambre vidés sur les têtes et des chants de clercs dans les tavernes dont les paroles sont... de moi. Deux étudiants éméchés sortent de *La Truie qui file*, un hanap d'hypocras à la main et ils pissent dans la rue. L'un dit à son voisin :

— Là-bas, ce n'est pas Villon ?

— Où ça ? Le vieux curé voûté qui se soutient contre le mur ? T'es fou, toi ! Moi qui l'ai bien connu, je peux te dire que ce n'était pas ça, Villon. Ah, ah, ah !...

Puis, retournant dans la taverne, il se moque de son camarade devant les autres attablés : « Il faut qu'il arrête de boire, lui ! Il voit des Villon partout. »

Ça rigole dans le bouge. À travers une fenêtre entrouverte, j'en entends un s'exclamer :

— François Villon ? À l'heure qu'il est, dans je ne sais quelle cour, il doit culbuter des princesses et des chambrières en leur gueulant des ballades ordurières !

— Ou alors, il a monté un bordel à Babylone..., rêve quelqu'un à voix haute.

Par la petite porte de la rue aux fers, j'entre dans le cimetière des Saints-Innocents. Les charniers au-dessus des arcades et les fosses communes à découvert… Les chèvres errantes dont des filles vendent le lait entre les croix et les chapelles… Je délaisse, le long du mur d'enceinte, les cris des marchandes de cheveux sous les galeries gothiques décorées de *La Danse macabre*. Je vais vers le reclusoir, remarque que la loge de Jeanne la Verrière a été détruite mais reconnais la maçonnerie toujours debout de celle d'Isabelle de Bruyère.

Au pied de cet édifice exigu, assise par terre sur des débris d'ossements, une pauvre fille adossée et sans bras, âgée de quinze ou seize ans, enfile une aiguille et coud fort adroitement avec ses pieds. Prenant au passage une rose sur une tombe, je m'approche de la loge d'Isabelle. La manchote couturière lève ses yeux vers ma soutane puis, avec ses jambes, la couverture de laine qu'elle rapièce.

— C'est pour elle, me dit l'infirme en cognant l'arrière de son crâne contre un des murs de la loge.

Sur le rebord des ouvertures, je constate que des mains furtives et charitables ont déposé entre les barreaux des petits bols de bouillie d'avoine, de soupe, de compote…

— C'est parce qu'elle n'a plus de dents, m'explique la couseuse invalide. Elle est aussi devenue aveugle. De toute façon, personne ne vient plus la voir depuis que sa mère s'est jetée du pont Notre-Dame dans les eaux de la Seine. Il y a encore trois ou quatre ans, quelquefois la nuit, elle criait : « François ! » mais maintenant, c'est fini. Je crois qu'elle est muette et sourde aussi. Le gars qui lui a fait autant de peine devait être un beau saligot… Y'en a qui disent que c'est Villon : vous savez, le poète des tavernes et des brigands… Des troubadours comme ça, moi, je ne vois pas à quoi ça sert, conclut-elle en mordant un angle de la couverture et croisant ses jambes pour se lever. « Tenez, mon père, èche que vous voulez bien la pacher vous-même entre les barreaux parche que moi… » s'excuse-t-elle en me tendant sa bouche retenant la courtepointe en laine. Et elle s'en va – à pied évidemment – alors que des garnements qui la croisent s'amusent à marcher sur les mains :

— Bande de vauriens, vous finirez pendu comme Villon le sera et mériteriez des coups de pied !

Je me hisse sur la pointe des sandales pour passer la couverture entre les barreaux et tenter d'apercevoir Isabelle dans sa loge. Vue du dessus, je la découvre en partie. Hideuse édentée grise, assise sur son petit banc de pierre, ses cheveux ternes, si longs et sales, s'étalent en vagues poussiéreuses autour d'elle, pleins de toiles d'araignée. Il règne dans ce réduit sombre une odeur de pisse ammoniaquée et de merde froide. Il y en a tant que ses jambes fossilisées dans les déjections y sont englouties jusqu'au-dessus des mollets. Vêtue de loques, qui furent blanches, décomposées et collées comme soudées à la peau, immobile, elle ne relève pas la tête vers moi. Je lance à travers les barreaux la rose rouge qui tombe entre ses mains à l'abandon sur les genoux. Après un long moment, au contact des pétales, ses doigts remuent un peu. Ses ongles qui ont tellement poussé – de la longueur d'un avant-bras et formant de grandes boucles noires – ressemblent à des pattes d'insecte. Les mains se referment doucement sur ma fleur puis la recluse ne bouge plus. Où sont ses rires, ses rondeurs de caille élancée, la fraîcheur moqueuse et joyeuse de ses baisers ?… Les bras étendus autour de la loge, je palpe du bout des phalanges mon rondeau gravé. Les années et une mousse en ont adouci la rugosité des lettres. *Mort, j'appelle de ta rigueur…*

Et je m'en vais, laisse là mon cœur mort vivant enchâssé dans ce cimetière. Je suis comme au sortir d'un accident.

## 90.

— Est-ce que c'est toi, Couille de Papillon ? Mais oui… Pierret, regarde qui voilà : c'est Couille de Papillon !

Sur une rive de la Seine en bord d'eau, dans cette cabane au dallage démoli et crasseux, le larron en makellerie me dévisage et bascule à l'arrière du crâne son long bonnet rouge :

— Ben dis donc, moi, je ne t'aurais pas reconnu… Est-ce que tu reviens d'une guerre ou alors de croisade ? Est-ce que tu t'es battu avec des bêtes sauvages durant toutes ces années ?

Comme réponse, j'esquisse un sourire triste tandis que sa femme l'engueule : « Mais fiche-lui la paix avec tes questions ! Il n'est pas venu pour parler… »

Le petit mari au visage fripé, assis sur un banc, reprend ce qu'il était en train de faire – plumer une poule fumante (volée peut-être) au-dessus d'une bassine emplie d'eau bouillante. Les plumes trempées se collent à ses doigts qu'il agite, remuant la vapeur qui se répand dans la cabane.

La grosse Margot me tend sa main comme un nuage. En soutane, je grimpe les quelques marches qui mènent au réduit bas de plafond où elle trône sur une paillasse en feutre de seigle. Alors que je soulève un pan du rideau taché, elle ôte sa robe jaune et molle puis brait : « Je suis contente que tu sois revenu, Couille de Papillon. » Je plonge ma tête entre ses énormes seins lactés, aux tétons poilus, que je rabats sur mes oreilles, m'y absente du monde : « Margot… » J'enfouis mon nez sous ses aisselles : « Margot… » Douce et maternelle, elle caresse mon pauvre crâne nu et se retourne pour m'offrir son gigantesque cul. Ses longs cheveux noirs et frisés recouvrent par endroits les plaques de graisse qui circulent sous la peau de ses épaules au sol. Un bras tendu en arrière, elle soulève le devant de ma soutane et fouille, s'étonne. Elle tourne vers moi les crevasses de son gros nez violet où poussent des poils :

— Eh bien, Couille de Papillon ?

Avachi sur son dos, je suis sans force ni élan. Son mari arrive, soulève le rideau : « Que se passe-t-il ? »

— Il n'est pas très motivé, mon troubadour…

— Ah, effectivement, constate le mari par lui-même. Mais regarde, me dit-il, si je te trais un peu, ça devrait t'aider.

Je trouve la situation gênante. Manquerait plus qu'un de leurs enfants arrive… Margot ressent mon embarras de poète délicat et tandis que Pierret lui ouvre aussi l'anus pour faciliter mon entrée, d'un grand coup de fesse, elle l'envoie valdinguer :

— Non mais, de quoi il se mêle celui-là ? Va plutôt vider la volaille !

Le mari tombé en bas des marches se relève alors que je m'excuse auprès de la grosse prostituée :

— Pardon Margot, ça ne vient pas de toi mais je n'ai plus le croupion chaud. Les stupeurs du rut ne sont plus pour moi…

Elle se retourne alors sur le dos et je m'allonge à sa

droite, me tasse, recroquevillé contre elle qui m'enlace de ses bras gras à l'intérieur desquels je sanglote longuement :

— Ma bonne mère me berçait ainsi quand j'étais petit et me racontait des contes de fées... Elle me disait, elle-même, en être une et qu'elle m'avait donné le pouvoir d'enchanter... Elle me disait que, quand il neigeait et qu'on voyait passer de gros flocons, c'était des femmes qui tombaient du ciel... Le soir, elle me racontait des fables et des contes. J'avais si peur d'une croquemitaine nommée Ullengry que je criais quand j'étais seul, la nuit...

En bas, Pierret, le poing enfoui dans la volaille, en retire les entrailles :

— Je croyais qu'il n'était pas venu pour parler, lui !

La grosse Margot tourne vers moi ses petits yeux pétillants et ses dents cassées ou gâtées :

— Continue, Couille de Papillon ! Parle si ça te fait du bien...

Lorsque le cœur vidé en elle à défaut des..., je descends en soutane vers le dallage brisé et laisse cinq sous sur la table poisseuse, le petit larron en makellerie me propose du cru d'Argenteuil que je refuse puis m'accompagne jusqu'à la clôture de son jardinet. Et là, pendant que je m'éloigne dans les lueurs vertes et roses du soir, il agite tel un mouchoir ses boyaux de poule :

— Reviens ici quand... même si tu n'es pas en rut !

## 91.

*En l'an de mon trentïesme aage*
*Que toutes mes hontes j'euz beues,*
*Ne du tout fol ne du tout saige,*
*Non obstant maintes peines eues,*
*Lesquelles j'ay toutes receues*

*Soubz la main Thibaut d'Aussigny…*
*S'evesque il est, signant les rues,*
*Qu'il soit le mien, je le regny.*

*Mon seigneur n'est ne mon evesque,*
*Soubz luy ne tiens s'il n'est en friche.*
*Foy ne luy doy n'ommaige avecque :*
*Je ne suis son serf ne sa biche !*
*Peu m'a d'une petite miche*
*Et de froide eau tout ung esté :*
*Large ou estroit, moult me fut chiche –*
*Tel luy soit Dieu qu'il m'a esté !*

En ma trentième année, toutes hontes bues, ni tout à fait fou ni tout à fait sage malgré tant de peines subies : lesquelles j'ai toutes reçues sous la main de Thibaut d'Aussigny… S'il est évêque bénissant les rues, qu'il soit le mien, je le nie.

Il n'est pas mon seigneur ni mon évêque, je ne tiens de lui que terre en friche. Je ne lui dois ni foi ni hommage et ne suis ni son serf ni sa biche ! Il m'a repu d'une petite miche et d'eau froide tout un été. Généreux ou avare, il a été pour moi très chiche – que Dieu soit avec lui tel qu'avec moi il a été !

Et si quelqu'un voulait me blâmer et dire que je le maudis, il n'en est rien si l'on me comprend bien. Voici tout le mal que j'en dis : s'il m'a été miséricordieux alors que Jésus, le roi de Paradis, ait la même pitié envers son âme et son corps…

Mais s'il a été dur et cruel envers moi, bien plus que je ne le dis ici, je veux que l'Éternel soit semblable avec lui et de la même manière ! L'Église nous demande de prier pour nos ennemis. Soit, je prie Notre Seigneur de lui faire ce qu'il m'a fait !

Grâces à Dieu… et merde à Thibaut qui m'a fait boire tant d'eau et mâcher maintes poires d'angoisse, qui m'a mis aux fers… Quand il m'en souvient, ah oui, je prie pour lui *et reliqua*, que Dieu lui donne ce que je pense *et cetera* !

Et parce qu'aujourd'hui je me sens faible de biens et de santé, tant que j'ai encore ma raison – pour peu que Dieu m'en ait prêté – j'ai consigné dans ce testament définitif, seul valable et irrévocable, mes dernières volontés !

— Tu as rédigé un nouveau testament ? s'étonne Robin Dogis, mes feuilles de papier entre les mains. Mais, t'en avais déjà écrit un, il y a sept ans.

— Celui-ci est beaucoup plus long : deux mille trois vers et plus amer aussi. Le petit était une plaisanterie torchée en une nuit de réveillon de Noël tandis que ce grand là, il m'aura fallu plus de deux saisons pour en arriver au bout. Qu'est-ce que t'en penses ?

— La première partie est sombre…, commente le gros rouquin dans la salle à manger du chanoine à qui il passe les feuilles au fur et à mesure qu'il les a lues. Et ça tient aussi du règlement de compte vengeur… Tu as inventé ou tu es vraiment tombé entre les griffes de Thibaut d'Aussigny ?

— Non, je n'ai rien inventé.

— Alors comment se fait-il que tu sois là ? Je croyais que, de la prison de l'évêque à Meung, aucun…

— C'est grâce à un rêve. Je te raconterai. Et vous, chanoine, vous trouvez ça comment ?

Mon tuteur, dans son fauteuil près du feu de la cheminée, tourne les pages sans commentaire. Moi qui n'ai jamais pu lui raconter mon voyage, il découvre en ces huitains successifs ce que j'ai enduré. Ses poings tétanisés en tremblent. Assis à sa gauche, en bout de table pour lui refiler les feuilles de papier, Robin, dans sa tenue de charcutier, perçoit le malaise qu'il tente de distraire :

— C'est bien d'avoir ponctué ton testament de ballades. Ça donne de l'air...

Ils paraissent tous les deux très marqués par cette oppressante méditation consacrée essentiellement à mes horreurs commises, à la fuite du temps, aux méfaits de l'amour... Pendant qu'ils sont penchés sur le constat ricanant et si désabusé de mon existence, tout en arpentant le carrelage décoré de motifs du bestiaire, je ris trop fort : « Et puis, vous verrez à la fin, prévoyant mon dernier hoquet, j'organise mes obsèques ! » Dogis lit à voix haute :

> Icy se clost le testament
> Et finist du povre Villon.
> Venez a son enterrement,
> Quant vous orrez le carrillon...

— Et là, regarde Robin, dans le dernier envoi, je raconte même ma mort. Ah ! Comme ça, c'est fait... « Prince vif comme le faucon, écoutez ce qu'il a fait au moment de mourir : il a bu un gros coup de rouge quand il a quitté ce monde. »

> Prince, gent comme esmerillon
> Sachiez qu'il fist au departir :
> Ung traict but de vin morillon,
> Quant de ce monde voult partir.

398

Mon ami charcutier a donné la dernière page au chanoine qui la parcourt en soupirant : « Tu t'enfermes vivant dans la tombe de ce testament et je regrette, dans la description de ta mort, une absence totale de Dieu… »

Je m'énerve :

— Quel Dieu ? Celui qui a pour évêque Thibaut d'Aussigny ? ! Je ne l'ai pas tellement vu à Meung alors pourquoi je l'inviterais à mon décès ?

— Bon, on n'en est pas là ! … s'exclame Dogis pour empêcher que la conversation s'envenime. En tout cas, maintenant que je t'ai trouvé, François, viens ce soir dîner chez moi. Et ne vous inquiétez pas maître Guillaume, je le ramènerai avant le couvre-feu.

Je grommelle :

— Dîner chez toi ? Je n'en ai pas tellement envie. Quand on sait ce que tu donnes à manger…

— Je ne servirai pas de pâté ! Oh, là, là…, fait-il, les yeux au ciel. Je ferai une soupe de légumes, ça te va ? Et puis il y aura aussi deux copains qui seront contents de te voir. Il y en a un surtout qui t'admire tellement !

## 92

Des deux copains de Dogis, celui qui m'admire tellement ne me plaît pas du tout. L'autre – Hutin du Moustier, coiffé d'une faluche portant le ruban aux couleurs de la faculté du *Cheval Rouge* – a l'air d'un brave gars mais le Roger Pichard, lui, m'agace. Il parle fort, gueule tout le temps, recouvre son crâne d'un broc renversé et plaque, de chaque côté de son front, deux petits pains blancs pour imiter les cornes du casque du lieutenant-criminel de Paris :

— T'as vu, je suis Jean Bezon ! Attention, Villon, si je t'attrape, tu es mooort !… Ah, ah, ah !

Il court autour de la table en criant qu'il va m'arrêter et me pendre, il fait chier. Évidemment, le broc tombe et se casse. Il laisse les débris là, tape du poing sur le bois, me postillonne dans le visage :

— Il paraît que t'es un dur, hein, Villon ! Moi aussi, je suis un dur. Tu veux faire un bras de fer ?

Il m'emmerde. Le haut du crâne déjà dégarni à vingt ans – « T'as vu, je suis chauve comme toi ! » – cet étudiant agité de la Sorbonne a des yeux très mobiles. Il est tout le temps en mouvement.

« C'est parce qu'il est content de te voir… » l'excuse Robin en nous servant à boire. « Dites donc, les

401

gars, c'est la sixième bouteille… » Puis il apporte le chaudron sur la table.

— De la soupe aux choux ? s'étonne Pichard. Ben, ils sont où tes pâtés de gibier ?

— Ah non, pas ce soir…, plaisante le charcutier. Maître François, le délicat ménestrel, ne supporte plus ne serait-ce que la simple vue d'une de mes terrines sous prétexte qu'il aurait été traumatisé dans sa jeunesse…

— Traumatisé par une terrine ? Un Coquillard ?

L'étudiant de la Sorbonne n'en revient pas. Assis à ma droite et face à Hutin, il tourne la tête vers moi et paraît comme figé. Il me fixe longuement en silence pour essayer de comprendre. Ça fait un peu de repos. J'en profite pour rappeler à Robin que :

— J'ai laissé sur ton lit, le manuscrit de mon *Grand Testament*. Tu pourras trouver quelqu'un pour le recopier et le diffuser dans les tavernes ?

— Oui, je demanderai à Guy.

— Tabarie ?

— Oh, ne lui en veux pas…, soupire Robin, en bon camarade. Quand il s'est retrouvé nu sur le « grand tréteau » des caves du Châtelet, entouré de bourreaux, bien sûr qu'il a multiplié les aveux… Depuis, sa mère a remboursé un quart du vol alors que, paraît-il, vous n'aviez laissé à Guy qu'une petite part. Il a été surpris quand il a entendu parler de cinq cents écus… Mais il est quand même revenu sur ses déclarations pour dire que tu n'étais pas dans le coup.

— Ah bon ?

— Je ne boufferai plus jamais de pâté ! s'anime à nouveau Pichard. Tes terrines, Dogis, c'est de la merde et des fois elles sentent la bite ! Maintenant, je ne mangerai plus que du potage. Il reste du vin pour faire chabrol ? demande-t-il, finissant son écuelle. C'est ce que je préfère dans la soupe…

— Non, mais j'ai de l'eau-de-vie.

Nous faisons tous les quatre, plusieurs fois, chabrol à la gnôle – des demi-écuelles. Mêlé au reste de soupe chaude, ça saoule presque autant que les questions de Pichard : « Est-ce que c'est vrai que c'est toi qui as mangé la main droite de Bezon ? Pourquoi tu t'habilles d'une soutane ? Parle-nous des Coquillards. Tu as tué beaucoup de gens ? Tu bois combien d'hypocras avant d'écrire une ballade ? Elles sont comment les putains de ton bordel à Babylone ? C'est vrai que tu as couché avec Agnès Sorel ?… »

— Oui et avec Charles VII aussi.

— Charles VII ?

— J'ai également été attaqué par une poule géante plus grande que moi…

— Oh ?

— J'ai vu, lors de sa pendaison, Colin de Cayeux arracher une joue de son bourreau avec les dents… J'ai suivi des rues de villes où j'avais les pieds qui baignaient dans le sang jusqu'aux chevilles. J'ai…

— Hips ! Mais arrête de leur raconter n'importe quoi, François ! rigole Dogis assis face à moi et dos à la fenêtre qui donne sur son jardinet. Déjà qu'à Paris, blurp, la jeunesse a beaucoup tendance à inventer ta vie…

— Avez-vous, hips, été torturé par Thibaut d'Aussigny ? demande, d'une voix timide, Hutin du Moustier qui me vouvoie.

Il a un long cou étroit et de grandes oreilles, un œil droit et l'autre un peu penché, des lèvres sensuelles resserrées en cul de poule. Il dégage une dignité et dif-

403

fuse autour de lui une odeur de poudre de pierre. Je demande à Robin :

— As-tu des nouvelles de Dimenche ?

— Le Loup ? Il s'est marié, a des enfants et habite Beauvais. Il travaille à la cathédrale.

« Toi, tu as été torturé ! » reprend, en cognant du poing sur la table, l'excité brutal Roger Pichard qui en a un sérieux coup dans le nez. Il roule des yeux furibonds en tendant un doigt vers moi : « L'évêque d'Orléans empale ses victimes sur une pyramide faite de miroirs ! Est-ce que tu as eu droit à ça ? »

Les yeux brumeux, je vide le fond de bouteille de gnôle dans mon écuelle que je porte à mes lèvres. Elle y heurte soudain, brutalement, mes dents cassées et abîmées parce que l'autre taré qui m'admire tellement m'assène une violente claque sur l'épaule. L'eau-de-vie gicle sur mes paupières et me brûle la rétine à cause de ce con qui maintenant se lève et hurle : « Tu t'es fait enculer par les glaces de Venise !!! Ah, les sales vaches de dignitaires religieux. Faire ça à Villon… Putain, si j'en tenais un ! Je te jure, je le tue ! » La cheminée refoule sa fumée dans la petite chambre de Robin. Je vois, à travers la fenêtre, le jour baisser. Les cloches des églises vont bientôt sonner le couvre-feu de sept heures. Je veux rentrer. Je n'avais pas envie d'aller à ce dîner du 3 décembre 1462. Mon admirateur ivre et délirant, à force de gueuler comme ça, va me créer des emmerdes. Je sens ces choses là. Je suis fils de fée. Je me lève :

— Hips ! Bon, salut les gars.

« Attends, je t'accompagne. J'ai promis au chanoine », se dresse Dogis en titubant et remontant, sous son gros ventre, la ceinture où pend sa dague. Il couvre ses épaules d'une cape pendant que Roger

Pichard gueule : « Nous aussi, on t'accompagne. On sera ton escorte ! Et si on croise un évêque, bling, bling, bling ! » Il lance des coups de pied et de grands coups de poing vers un mur où son ombre gesticulante disparaît quand Robin souffle les chandelles de la chambre. Dans le noir, mon ami d'enfance demande tandis que nous descendons l'escalier :

— Maître Guillaume range-t-il toujours ses tonneaux de Clos aux bourgeois dans la remise du cloître Saint-Benoît ? Parce que je me disais qu'on pourrait en mettre un en perce pour boire un coup, là-bas.

— Oui mais alors, discrètement, dis-je en me retenant contre le mur pour ne pas tomber. Le chanoine sera couché alors vous ne ferez pas les cons, hein !

— Ah ben, non, tu plaisantes ?

— Bien sûr…

— Oh ben, tiens !

Richard sourit. — Nous suis[...] on l'accompagne. On serra on s'ecnte l'Eti a un croi[...]an eveque, bibe[...] jette chaque Dfjance d s coin de pied et de grands coups de p[...]ing verrai tran on son coup p[...]ticuliere disparut quand Rable sortie les chanaelles. Je la relan[...]is[...] dans le non[...] fion[...]m d celinstee dem[...]le nodis[...]que non[...]la perdons l'escalier[...]

— Mitre Guill[...]me, tranpe-t-il, rappons[...]es non[...]ngeux de class qu'l imp[...]ois dans la tonise d'ol[...]tra Sambenoche? Rance que je me dresse qu'on pourra[...]en mettre u[...]on pie[...]e pour baue un coup le bas.

— Out laissalais d[...]cr[...]temen[...], di[...]le en me bras[...] puti coup, Je me non u[...] pas tehan[...]r à e oln htende san[...]qu[...]he dilors vous ne m[...]nie[...] pas les cous[...], ilnla

— Mon[...]on, m[...]nrphch[...] alors[...]

— Bien, bien.

— Ob top, il est[...]

## 93.

En quittant l'immeuble de la charcuterie à l'enseigne du *Chariot*, rue de la Parcheminerie, Roger Pichard m'engueule :

— Mais pourquoi tu rentres sagement en respectant le couvre-feu et à l'heure promise à ton tuteur ? Jamais Villon n'aurait fait ça !

Il est saoul et poursuit : « François Villon n'en n'aurait rien eu à foutre des ordres et des promesses. S'il était là, tu verrais le bordel qu'il foutrait dans les rues ! » Du Moustier et Dogis – bien torchés aussi – acquiescent d'un hochement de tête en gars qui savent ce que Villon aurait fait à ma place. C'est quand même incroyable, ça !

Je constate que je suis débordé par le personnage légendaire que je deviens pour la jeunesse à Paris. Tout le monde semble mieux savoir que moi comment j'agirais. On marche sur la tête ! me dis-je en tournant à droite, rue Saint-Jacques.

Je regarde, par les fenêtres aux vitraux monotones, les bourgeois à table. Un hibou s'envole. La rue monte, droite et blanche, jusqu'au bout de la ville – les portes fermées des remparts – et c'est la nuit. Mais le jeune Hutin (qui se dissipe) et Robin font du

407

chahut. Bras dessus, bras dessous, ils gueulent une effroyable ballade dont les vers sont de…

*Vente, gresle, gesle, j'ay mon pain cuyt !*
*Je suis paillart, la paillarde me suyt !*
*Lequel vault mieulx ? Chascun bien s'entressuyt ;*
*L'un vault l'autre : c'est a mau rat mau chat !*
*Ordure aimons, ordure nous affuyt ;*
*Nous deffuyons honneur, il nous…*

— Chut, taisez vos gueules ! leur dis-je, me retournant vers eux en soutane. De par le droit canon, tout blasphémateur public après le couvre-feu risque sept ans de pénitence !

Et l'autre Roger Pichard qui continue à me bousculer le crucifix et à me faire chier avec *son* Villon que je ne connais plus, pas : « Tu sais ce qu'il ferait, Villon ? Tu sais ce qu'il ferait, Villon ?… »

— Mais tu m'emmerdes. C'est moi, Villon !

— François Villon n'écouterait personne…, dit-il en allant d'un pas décidé vers l'ouvroir de Ferrebouc à l'enseigne du *Mortier d'Or*. Imagine ! Un gars qui a enculé Charles VII… Villon, s'il voyait qu'un notaire pontifical fait encore travailler ses clercs à une heure où les notaires royaux risqueraient une amende pour travail nocturne, voilà ce qu'il ferait, Villon !…

Je l'appelle :

— Allons, fou, où vas-tu ?

Il entre dans l'ouvroir et déclenche un bordel de tous les diables :

— Bande de cocus ! lance-t-il, se moquant des clercs au travail. Vous allez vous user la vue ! continue-t-il en crachant dans des registres et renversant toutes les écritoires.

Des clercs se jettent sur lui pour l'empêcher de déchirer les parchemins d'un gros livre de comptes épiscopaux. Il se bat contre eux, les rosse – « Salauds ! Tenez, ça c'est de la part de Villon ! C'est pour lui avoir foutu une pyramide dans le cul ! » – mais il recule sous leur nombre vers le seuil de la rue Saint-Jacques. Toute l'étude, chandelle à la main, sort. Les coups pleuvent. Le frêle Hutin du Moustier est attrapé et jeté comme un chiffon dans la maison alors qu'il crie : « Au meurtre ! On me tue, je suis mort ! » Le notaire apostolique François Ferrebouc, attiré par le tintamarre, apparaît dans l'embrasure et lance son poing, droit devant lui. Dogis reçoit le coup en plein visage et tombe. Vexé de se voir sortir ridicule de l'échauffourée, il se relève et sort sa dague. Holà ! Moi, je ne veux pas d'histoires... Et tandis que brillent les lames dans le noir, dos courbé, je remonte vite la rue jusqu'à Saint-Benoît.

## 94

Je suis à l'abri sous le toit de chaume de la remise du cloître et adossé à des tonneaux quand Dogis, tremblant, et Pichard arrivent. Robin suffoque dans la nuit :

— J'ai piqué un des personnages considérables du monde judiciaire. Le coup de dague a peut-être été mortel ! Ils ont gardé Du Moustier qui va balancer nos noms…

De ses mains pleines de sang, le charcutier s'agrippe aux manches de ma soutane qu'il remue et souille de l'hémoglobine du notaire apostolique tandis que je soulève une bougie, allumée à la veilleuse qui brûle jour et nuit dans un godet de verre fixé à l'un des murs extérieurs de l'église. Je contemple la flamme qui se dresse et tord sa langue de feu :

— Cette affaire est grotesque, s'annonce méchante, et m'y voilà mêlé. Je serai pris et que va-t-on faire de moi ?…

Dogis se sent aussi dans un piège et en veut à Pichard d'avoir tout déclenché :

— Hips ! Si tu n'avais pas joué le Villon dans cet ouvroir, on n'en serait pas là !

411

— Et toi, blurp, tu gueulais des vers de qui, rue Saint-Jacques ? !

— Jamais François Villon, hips, n'aurait foutu comme toi le bordel chez Ferrebouc !... Ou alors, à la bombarde turque tirée à dos d'éléphant !

Ils parlent de moi, devant moi, comme s'ils parlaient d'un autre. Le ton monte. Ils sentent la vigne à plein. Les « hips » et les « blurp » s'accélèrent alors qu'ils se bousculent de leurs mains saoules. « Je vais faire de toi du pâté de lapin ! » À travers les cerisiers du cloître, je découvre maître Guillaume apparaissant sur le seuil de sa maison, une chandelle au poing. Leurs cris l'auront réveillé. « Tu sais ce qu'il ferait, là, Villon ? Je vais te dire, moi, ce qu'il ferait, là, Villon... » Pour éviter le pire, j'interviens et propose que tout le monde se sépare.

J'entre dans la maison à l'enseigne de *La Porte Rouge*. Dans la quasi obscurité, mon tuteur à tête de cerise découvre les taches de sang sur les manches de ma soutane. Devant sa chandelle, assis sur un banc et les coudes écrasant le noyer de la table, il pleure dans ses poings vibrionnants, crispés d'angoisse pour moi. Je m'approche de lui et caresse ses épaules secouées de spasmes incontrôlables :

— Ça va aller, maître Guillaume... Ça va aller.

## 95.

Et me revoilà dans un cachot, un de ceux de la prison du Petit Châtelet où l'on enferme les criminels. À l'intérieur de cette « fossé » suintante d'humidité, sur une botte de paille dont il fait litière, le jeune et frêle Hutin du Moustier, pâle, est sincèrement désolé :

— Je vous demande pardon, maître François, mais j'avais tellement peur d'être torturé. Quand ils m'ont réclamé les noms de ceux qui étaient avec moi, j'ai…

— Ne t'en fais pas, petit, un jour ou l'autre c'était prévu. Depuis l'enfance, je tourne autour du gibet comme autour d'un centre où je dois finir ma vie. C'est de mon humaine beauté l'issue.

Ici, la nourriture est maigre, voire inexistante. Nous sommes tributaires de l'aide éventuelle de visiteurs miséricordieux. Dans les fers, sur les dalles, je grelotte, le visage renfrogné, velu et enrhumé. Je songe aux clercs, aux écoliers, qui contempleront piteusement leur bon poète faisant l'i et tirant la langue, cravaté de chanvre.

Par un soupirail creusé dans l'un des murs, un rayon de clarté hivernale diffuse sa lumière qui rebondit et devient poudreuse au contact des épaules étroites de Hutin ébrouant son odeur minérale :

— Ferrebouc n'est pas mort de sa blessure mais il a porté plainte et Pichard a trouvé refuge dans une franchise. Il a touché l'anneau de Salut de l'église des Cordeliers.

— Ah bon ? C'est un comble. Mais il n'y restera pas longtemps car s'il n'a pas attaqué de voyageurs sur les grands chemins ni dévasté le champ d'un paysan, il est mêlé à l'agression d'un notaire pontifical alors...

— Dogis se cache.

La très épaisse et lourde porte du cachot s'ouvre. Elle tourne sans bruit, ses serrures étant comme ses gonds huilés.

— Tiens, quand on parle des loups...

Robin, déconfit, entre suivi de Roger Pichard, ravi de me voir :

— Ah, chouette ! J'espérais que tu serais là.

Je hoche la tête d'un air dubitatif. Derrière eux, le guichetier du Châtelet – Étienne Garnier, la cinquantaine avachie – joue aux osselets. Vêtu d'un tablier de cuir, il lance en l'air des vertèbres humaines qu'il récupère sur le dos de sa main en nous annonçant :

— Vous avez déjà été jugés. Verdict : « Inutiles au monde ». Vous êtes tous les quatre condamnés à être étranglés et pendus.

Le charcutier rouquin, coiffé à la brosse, fait la gueule. Hutin du Moustier se met à trembler. Seul, Roger Pichard est hilare :

— Oh, je ne le crois pas ! Je vais être étranglé en même temps que François Villon. Jamais, je n'aurais pu rêver ça !

Si la situation n'était pas si tragique, ce gars finirait par me faire rire. Il roule des yeux en secouant ses mains, tout excité à l'idée de crever à mes côtés.

Étienne Garnier se marre en lançant ses vertèbres en l'air :

— Demain, avec un ou deux autres patients, vous verrez de loin le sol à cause de la patte du bourreau.

— Sauf si vous faites appel..., précise, près du guichetier, un notaire du parlement couvert de fourrures. Qui veut faire appel ?

— Je fais appel ! lance Dogis.

— Je fais appel..., supplie Du Moustier.

— Et toi ? demande l'homme de justice à Pichard.

— Moi, je fais comme lui ! répond mon trop zélé admirateur en me désignant.

Je soupire : « Je fais appel, bien sûr... »

— Alors toi, la Jeanne des mauvais lieux, tu rêves ! s'esclaffe devant moi, le guichetier aux osselets. Avec ton passé et ta réputation... J'entends déjà les rires des honnêtes bourgeois qui te verront les couilles par en dessous quand tu seras à l'arbre sec en chemise. Fameux ménestrel, je vais t'apporter de quoi leur écrire une ballade à ces passants. On la clouera sur la potence.

— Oh oui, c'est une bonne idée ! fait Pichard, tout enthousiaste.

## 96.

*Frères humains qui après nous vivez,*
*N'ayez les cœurs contre nous endurcis,*
*Car, si pitié de nous pauvres avez,*
*Dieu en aura plus tôt de vous merci.*
*Vous nous voyez ci attachés, cinq, six :*
*Quant de la chair que trop avons nourrie,*
*Elle est piéça dévorée et pourrie,*
*Et nous, les os, devenons cendre et poudre.*
*De notre mal personne ne s'en rie ;*
*Mais priez Dieu que tous nous veuille absoudre !*

*Si frères vous clamons, pas n'en devez*
*Avoir dédain, quoique fûmes occis*
*Par justice. Toutefois, vous savez*
*Que tous hommes n'ont pas bon sens rassis.*
*Excusez-nous, puisque sommes transis,*
*Envers le fils de la Vierge Marie,*
*Que sa grâce ne soit pour nous tarie,*
*Nous préservant de l'infernale foudre.*
*Nous sommes morts, âme ne nous harie,*
*Mais priez Dieu que tous nous veuille absoudre !*

*La pluie nous a débués et lavés,*
*Et le soleil desséchés et noircis.*
*Pies, corbeaux nous ont les yeux cavés,*
*Et arraché la barbe et les sourcils.*
*Jamais nul temps nous ne sommes assis :*
*Puis çà, puis là, comme le vent varie,*
*À son plaisir sans cesser nous charrie,*
*Plus becquetés d'oiseaux que dés à coudre.*
*Ne soyez donc de notre confrérie,*
*Mais priez Dieu que tous nous veuille absoudre !*

*Prince Jésus, qui sur tous a maîtrie,*
*Garde qu'Enfer n'ait de nous seigneurie :*
*À lui n'avons que faire ni que soudre.*
*Hommes, ici n'a point de moquerie ;*
*Mais priez Dieu que tous nous veuille absoudre !*

## 97.

Le 4 janvier 1463 au matin, la lourde porte de notre cachot s'ouvre sur l'ondulante silhouette de plantigrade du guichetier Étienne Garnier qui lance ses osselets en l'air :

— Villon, tu as de la chance et ton tuteur, le chanoine de Saint-Benoît, ne doit pas y être pour rien !... Ferrebouc, à l'Hôtel-Dieu, a affirmé devant lui que tu n'as pas participé à l'échauffourée et comme Guy Tabarie est revenu sur ses déclarations concernant ta présence au cambriolage du collège de Navarre, tu échappes encore à la corde. Il n'y a vraiment de la chance que pour la racaille...

Un notaire, sous d'encombrantes fourrures d'hiver et papier cacheté à la main, s'approche aussi pour lire la décision du tribunal en appel :

*Examinée par la Cour, la condamnation faite à l'encontre de maître François Villon d'être pendu et étranglé.* Finaliter *: la dite condamnation est mise à néant mais au regard de la mauvaise vie et réputation nuisible du dit Villon, nous le bannissons jusques à dix ans de la ville, prévôté et vicomté de Paris.*

C'est inouï. Une nouvelle fois, je ne serai pas saisi par la corde à quatre brins qui fait dresser les cheveux sur la tête quand le gosier est encerclé et aussi se tendre la queue au sortir des cachots épais... Garnier s'adresse ensuite à chacun des trois autres :

— Du Moustier, appel rejeté ! Et la Cour t'ajoute dix livres d'amende pour avoir appelé à tort et voulu gagner du temps contre le bourreau royal. On te le fait payer. Es-tu solvable ?

— Ben non, pour financer mes études, je travaillais et dormais sur des péniches de carriers...

— Alors, au pied du gibet, tu auras d'abord la langue trouée d'un fer chaud.

— Non !!!

Le frêle et délicat Hutin, recroquevillé et blotti contre la muraille, s'étouffe avec des boulettes de linge arrachées à sa chemise : « Je ne veux pas qu'on me fasse mal, je ne veux pas qu'on me... » Deux sergents à tunique blanche, qui attendaient dans le couloir, arrivent, le prennent par les aisselles et l'embarquent tandis que le guichetier continue :

— Pichard ! Appel rejeté plus trente livres d'amende pour « fol appel ». Es-tu solvable ?

L'étudiant de la Sorbonne aux yeux hallucinés et tournoyants ne répond rien. Garnier en déduit : « Soixante coups de fouet devant les bois de justice ! Faut varier les plaisirs... Allez, sors d'ici ! Ne fais pas patienter la foule. »

Les dents du haut mordant sa lèvre d'en bas, Roger Pichard hoche la tête en se tournant vers moi et regrettant : « C'est dommage que tu ne viennes pas. » Qu'est-ce que vous voulez répondre à ça ? Même si je m'en sors plutôt bien, je vais quand même devoir dix ans de bannissement à cet admirateur. J'aurais

420

presque autant été emmerdé par ceux qui m'idolâtrent et m'inventent une légende fabuleuse de licorne du mal que par ceux qui m'ont claqué la porte au cul.

— Toi, qui n'en as plus besoin, me demande l'étudiant turbulent, est-ce que je peux prendre cette « Ballade des pendus » qui traversera les siècles ? On la clouera au pilier près de mon nœud coulant !

Je la lui tends. Il se courbe, tout sautillant comme sur des lames de ressort, et rougit d'excitation en contemplant, près de son nez, la feuille de papier :

— Oooh ! Les copains ne vont pas en revenir : « Regardez, les gars. François Villon a écrit l'"Épitaphe de Roger" ! » Maintenant, je peux mourir…

Sans me dire adieu, il part, tel un gosse avec un cerf-volant dans les mains. Bon. Garnier lève les yeux au ciel et soupire :

— Dogis, appel rejeté ! Amende de quatre-vingts livres pour « fol appel ». Solvable ?

— Il n'y aura qu'à saisir ma charcuterie.

— Alors, en route ! Suis ces gaillards…

Robin vient d'abord vers moi et me prend dans ses bras. C'est la première fois. Pendant sa longue effusion, il me chuchote à l'oreille : « Pense à récupérer ton *Testament* sur mon lit pour l'apporter à Guy. Sous la boîte à sel de la cheminée, tu trouveras des écus pour ton voyage. Tu demanderas la clé de la chambre à mon commis. Dis-lui aussi de me décrocher de l'arbre sec et de me cuisiner aux airelles. Mais un peu d'airelles ! Il en met toujours trop… » Puis il se recule de moi et me dit à voix haute :

— J'ai été content de te connaître, François. Et excuse-moi d'avoir insisté pour t'inviter à dîner mais je ne pensais pas que ça finirait comme ça. Trois pendus et un banni… Pour une fois que je faisais de la soupe de légumes, t'avoueras…

Dogis en allé rejoindre les autres sur la charrette des suppliciés, le guichetier du Petit Châtelet fait sauter ses osselets en m'annonçant :

— Toi, la Jeanne des bas-fonds, c'est demain à l'aube, que Bezon et des sergents du Prévôt viendront te chercher pour te foutre, une bonne fois, à la porte de Paris.

« Demain matin ? Ah non, c'est impossible !… » Je songe au manuscrit de mon *Grand Testament* que je veux récupérer pour le donner à Tabarie, à ce que je dois dire au commis de Robin, aux écus cachés sous la boîte à sel. « Il me faut encore une grâce… J'ai deux feuilles de papier et un peu d'encre. Je vais tout de suite écrire, sous forme de ballade, une requête à la Cour pour la remercier de m'avoir sauvé la vie mais aussi pour lui demander un délai de trois jours !… » dis-je au notaire. « J'en ai pour quelques minutes. » Près de lui, Étienne Garnier en laisse tomber ses osselets – vertèbres humaines qui se cassent sur les dalles :

— Mais t'es fou, toi ! Tu rêves tout debout !

— Vous m'aviez déjà dit ça, Garnier, pour mon premier appel et puis…

— Ah, moi, je te déconseille d'interjeter encore. Ça va finir par les énerver, surtout en vers !… s'ébroue-t-il d'un grand rire qui résonne dans les geôles du Châtelet (ce qui n'arrive pas souvent). Imagine la tête des juges… Enfin, si ça t'amuse, *amen*, mais fais vite. On ne va pas rester là une semaine à attendre que te vienne l'inspiration !

Assis à même la paille et sous le soupirail qui dispense sa lumière au poète, je pose les papiers contre

422

mes genoux devant les deux sceptiques qui me regardent. Cette requête à la Cour du tribunal doit d'abord être une louange, un grand numéro de lèche roublarde qui les flatte avant d'en arriver à ma demande. Je nommerai la Cour de Justice : « Mère des bons et sœur des bienheureux anges ». Je me concentre et me lance :

Vous tous mes cinq sens – yeux, oreilles et bouche, le nez et vous aussi, le toucher – et tous mes membres qui ont péché, que chacun, pour sa part, dise ces mots : « Cour souveraine, à qui nous devons la vie, vous avez empêché notre destruction. La langue à elle seule ne saurait suffire à vous remercier aussi tout en moi élève la voix, fille du Roi notre sire, mère des bons et sœur des bienheureux anges. »

Cœur, éclatez ou percez-vous d'une broche mais à tout le moins ne soyez pas plus endurci que la dure roche grise qui, dans le désert, calma la soif du peuple des Juifs ! Fondez en larmes et demandez pardon comme un humble cœur qui tendrement soupire ! Louez la Cour de Justice associée au Saint-Empire pour le bonheur des Français, le réconfort des étrangers, créée là-haut au ciel dans l'empyrée, mère des bons et sœur des bienheureux anges !

Et vous, mes dents, que chacune quitte sa place ! Avancez toutes ensemble, rendez grâces plus fort que les orgues, les trompes ou les cloches, et cessez dès lors de mâcher ! Pensez que je serais mort, foie, poumons et rate qui revivez ! Et vous, mon corps, si vil, plus méprisable qu'un ours ou qu'un porc qui se roule dans la fange, louez la Cour, avant que cela n'aille plus mal, mère des bons et sœur des bienheureux anges !

Prince, accordez-moi un délai de trois jours pour me

préparer et prendre congé des miens ; sans eux, je n'ai pas d'argent ni ici ni au Pont-au-Change. Cour éclatante, dites *soit* sans me repousser, mère des bons et sœur des bienheureux anges !

## 98.

## REQUÊTE À LA COUR DE PARLEMENT

Tous mes cinq cens – yeulx, oreilles et bouche,
Le nez et vous, le sensitif, aussi –
Tous mes membres ou il y a reprouche,
En son endroit chascun dyë ainsi :
« Souveraine court, par qui sommes icy,
Vous nous avez gardez de desconfire.
Or la langue seule ne peut souffire
A vous rendre souffisante louanges :
Si parlons tous, fille du souverain Sire,
Mere des bons et seur des benois anges. »

Cueur, fendez vous ou percez d'une broche
Et ne soyez, au moins, plus endurcy
Qu'au desert fut la forte bize roche
Dont le peuple des Juifz fut adoulcy !
Fondez larmes et venez a mercy
Comme humble cueur qui tendrement souspire !
Loez la Court conjoincte au Saint Empire,
L'heur des François, le confort des estranges,
Procree lassus ou ciel empire,

*Mere des bons et seur des benois anges !*
*Et vous, mes dens, chascune si s'esloche !*
*Saillez avant, rendez toutes mercy*
*Plus haultement qu'orgue, trompe ne cloche,*
*Et de mascher n'ayés ores soucy !*
*Considerez que je feusse transy,*
*Foÿë, poumon et rate qui respire !*
*Et vous, mon corps, qui vil estes et pire*
*Plus qu'ours ne porc qui fait son nyc es fanges,*
*Louez la Court avant qu'il vous empire,*
*Mere des bons et seur des benois anges !*

*Prince, trois jours ne vueillez m'escondire*
*Pour me pourvoir et aux miens adieu dire :*
*Sans eulx argent je n'ay, icy n'aux changes.*
*Court triumphant,* fiat, *sans me desdire,*
*Mere des bons et seur des benois anges !*

## 99.

Jamais deux sans quoi ?... Après, tout d'abord, la grâce de Charles VII à la suite du meurtre de Sermoise puis mon appel accepté par le Parlement pour l'affaire Ferrebouc, voilà que le tribunal me laisse un délai de trois jours... Je vais finir par trouver la justice de mon pays trop indulgente !

La tête du guichetier du Châtelet quand il est venu m'annoncer ça ! Il n'arrivait pas à y croire. S'il ne les avait pas déjà cassés, il en aurait perdu ses osselets. « Ben, mon salaud... Ce n'est pas croyable. Ma parole, un jour ou l'autre, tu seras béatifié comme Jeanne ! »

Il m'a, tout à l'heure, raconté la pendaison des trois autres. Il paraît que Dogis, au pied de la potence, aurait réclamé à manger des airelles. « Mais pas trop », aurait-il précisé. Du Moustier, blessé à la langue et terrorisé aussi par le vertige à mi-hauteur de la longue échelle, n'aurait pas voulu grimper plus haut. Il a fallu le pendre à un barreau. La foule a beaucoup ri. Il paraît qu'elle n'a plus ri du tout lorsque Pichard, le chanvre à la gorge, s'est mis, tout là-haut, à déclamer au peuple : « Frères humains qui après nous vivrez !... n'ayez les cœurs contre nous endur-

427

cis… car, si pitié de nous pauvres avez, Dieu en aura plus tôt de vous, merci !… » Après que le bourreau ait fait basculer l'échelle, il paraît que tous les gens se sont signés en murmurant : « Prions Dieu que tous les veuille absoudre… »

Étienne Garnier revient me voir une dernière fois avec deux sergents chargés de m'escorter (car il ne s'agirait pas que je m'évapore dans Paris durant ces trois jours…) En sortant du cachot, je rends au guichetier sa plume d'oie, son encre et la dernière feuille de papier sur laquelle j'ai écrit quelque chose que je lui récite dans le visage :

— Que dites-vous de mon appel, Garnier ? Fis-je sens ou folie ? Toute bête tient à sa peau. Lorsqu'on la contraint, la force ou la lie, elle se libère si elle peut. Quand on m'a injustement condamné à cette peine arbitraire, fallait-il que je me taise ? *Estoit il lors temps de moi taire ?…* […] Pensiez-vous que sous mon bonnet, il n'y avait pas assez de bon sens pour déclarer : « Je fais appel » ? Si, si, je vous le certifie, bien que je ne m'y fie pas trop… à mon bon sens. Mais quand on m'a dit devant notaire : « Pendu serez ! », je vous demande un peu : fallait-il que je me taise ? *Estoit il lors temps de moi taire ?…*

Je ne lui dis pas la suite. Il n'aura qu'à la lire. Plus de temps à perdre. Trois jours, ce sera court pour tout régler.

— Garnier, ma dernière ballade aura été pour un geôlier. N'est-ce pas amusant ?

« *Estoit il lors temps de moi taire ?* » sera mon dernier refrain. D'ailleurs, j'ai ensuite écrit : Fin. Il est maintenant temps que je me taise. Déjà, je n'écrirai plus jamais de vers !

## 100.

Que dictes vous de mon appel,
Garnier ? Fis je sens ou follye ?
Toute beste garde sa pel :
S'elle peult, elle se deslye.
Quant a ceste paine arbitraire
On me jugea par tricherie,
Estoit il lors temps de moi taire ?

Se feusse des hoirs Hue Cappel,
Qui fut extraict de boucherie,
L'en ne m'eust parmy ce drapel
Fait boire en cette escorcherie.
Vous entendés bien joncherie !
Ce fut son plaisir voluntaire
De me juger par fausserie :
Estoit il lors temps de moi taire ?

Cuidés vous que soubz mon cappel
N'eüst tant de philosophie
Comme de dire : « J'en appel » ?
Si avoit, je vous certifie...
Combien que point je ne m'y fie.
Quant l'en me dist devant notaire :

« *Pendu serés* », *je vous affie,*
*Estoit il lors temps de moi taire ?*

*Prince, se j'eusse eu la pepye,*
*Pieça je feusse ou est Clotaire,*
*Aux champs, debout comme une espie :*
*Estoit il lors temps de moi taire ?*

*Explicit* (Fin).

# 101.

Les trois jours sont passés... 8 janvier 1463 à l'aube, en longue robe noire, un baluchon sur l'épaule et, dans ma bourse, les écus de Dogis aux trois fleurs de lys, je fais mes adieux à maître Guillaume. Sous l'enseigne de *La Porte Rouge*, nous nous enlaçons sans rien dire. Finalement, on ne s'est jamais beaucoup parlé tous les deux et c'est au moment de se quitter qu'on s'en rend compte. Adieu... Je ne suis pas en grande forme et le chanoine est très âgé. Alors, dans dix ans... Il est inutile de rêver, c'est la dernière fois qu'on se prend dans les bras...

Jean Bezon sur son cheval, encombré de ceintures et d'armes, assiste à la scène puis remue le moignon de son bras mutilé :

— Allez, on y va !

C'est la cérémonie d'avant bannissement. On me passe une corde symbolique au cou. Quelqu'un badigeonne d'huile mon front puis m'oblige à le frotter contre le bois d'un pilier de la potence de Saint-Benoît-le-Bétourné. La tête baissée et les pupilles relevées, j'aperçois, là-bas, mon tuteur encore sous son enseigne. Poings entièrement paralysés au bout de ses bras le long de la soutane, de sa tête de cerise, il

431

regarde ce spectacle judiciaire – un cauchemar auquel il n'aurait jamais voulu assister. Pleurant les frasques de son filleul dévoyé, il n'attend plus, pour lui-même, que la mort et rentre chez lui.

Ça grésille dans une bassine. Un bourreau en sort, au bout d'une tige, un fer rougi et, alors qu'on me bloque la tête, il me l'écrase sur le front, me marque du signe infamant des bannis de la capitale – la lettre majuscule « P » pour Paris et sa région. Le fer brûle, attaque l'os, la cervelle a chaud… mais je ne pousse aucun cri. Je sais maintenant, dans la douleur, continuer à respirer…

Ensuite, nous remontons la rue. Le lieutenant criminel, coiffé de son casque à cornes, roule ses yeux globuleux sur les serruriers, marchands de bois dits « bûchers », fileuses et ouvrières, raccommodeurs d'habits, qui me regardent passer.

Bezon tire les rênes de son cheval et dans une confusion de cape marron, de tunique à blason orange, de cotte de mailles, il tend son moignon vers moi et tonne, au petit matin, d'une voix qui laisse impression sur les gens :

— Observez-le bien !… et rappelez-vous qu'en cas de retour, chacun d'entre vous peut tuer un banni comme un chien en toute impunité !

J'accueille la semonce avec désinvolture. À l'ombre bleutée des remparts, sur les planches du pont-levis de la porte Saint-Jacques, on me tend un registre et me dit : « Tu vas signer. » Je trace une grande croix m'excusant de ne plus savoir écrire.

Deux hommes d'armes à cheval me mènent toute la matinée jusqu'aux limites de la prévôté. Je marche, derrière la monture de l'un d'eux, au bout d'une longe

432

attachée à mes poignets. En haut d'une colline, au moment de séparer, ils me délient :

— Alors maintenant, tu vas tout droit et tu ne reviens plus avant dix ans…

Ils me recommandent à Dieu puis tirent les rênes et font volte-face vers Paris. Ils rentrent au pas de leur cheval, tout en se tournant pour me regarder…

# 102.

… Ils raconteront plus tard qu'ils furent les derniers à voir Villon, que j'étais en haut de la colline et que ma robe, qui prenait le vent, s'envolait. Ils diront que je paraissais de plus en plus petit au fur et à mesure que leur monture avançait, que j'avais l'air de contempler une dernière fois la ligne des remparts de Paris, très au loin, et qu'ils m'ont vu ensuite me retourner vers le reste du monde immense. Ils rappelleront que la voix d'un oiseau chantait dans l'éclat du soleil de janvier, que la clarté du ciel rongeait mes contours et que j'ai commencé à descendre l'autre versant de la colline. Ils décrieront d'abord la disparition de mes pieds, de mes jambes derrière la crête puis de mon buste tout entier. Ils affirmeront qu'à un moment, il ne restait plus que la silhouette de mon malheureux crâne qui semblait flotter en l'air comme l'astre Saturne puis ils jureront la Pâques-Dieu qu'ils ont vu très nettement ma tête se dissoudre brutalement dans la lumière comme on entre dans l'éternité… et que, dès lors, personne n'eut plus jamais de nouvelles de moi.

VILLON (1431-?)

Remerciements pour leur collaboration plus ou moins volontaire à :

Jean Favier, *François Villon* (Fayard) / Marcel Schwob, *Villon François* (Allia) / Geremek, *Les Marginaux parisiens aux xIVe et xVe siècles* (Flammarion) / Jean Verdon, *Le Plaisir au Moyen Âge* (Perrin) / Jean Deroy, *François Villon Coquillard et auteur dramatique* (A.-G. Nizet) / Jelle Koopmans et Paul Verhuyck, *Le Recueil des repues franches de maistre François Villon et de ses compagnons* (Droz) / Jules de Marthold, *François Villon* (Librairie des bibliophiles parisiens 1921) / Paul Murray Kendall, *Louis XI* (Fayard) / Jacques Levron, *Le Bon Roi René* / Simone Roux, *Paris au Moyen Âge* (Hachette littératures) / Laurent Albaret, *L'Inquisition : rempart de la foi ?* (Gallimard) / Philippe Erlanger, *Charles VII* (Perrin) / Régine Pernoud, *Jeanne d'Arc* (Folio) / *Les Saints-Innocents* (Délégation à l'action artistique de la ville de Paris) / Jean Dufournet, *Villon : poésies* (Flammarion) / Jean-Claude Mühlethaler, *François Villon : lais, testament, poésies diverses* (Champion classiques) / Jean Dérens, Jean Dufournet et Michael Freeman, *Villon hier et aujourd'hui* puis *Villon : Paris sans fin* (Bibliothèque historique de la Ville de Paris) / Claudine Boulouque, Roger Jouan, de la Bibliothèque historique de la Ville de Paris / Arthur Rimbaud, *Œuvres complètes – Un cœur sous une soutane* (Pléiade / Gallimard) / Paul Verlaine, œuvres poétiques complètes (Pléiade / Gallimard) / F. V. : troubadour (1431-ap. 1463).

# La fin d'un poète

## *Ô Verlaine !*
### Jean Teulé

Les derniers mois de Verlaine furent à l'image de sa vie, extravagants. Tombé au fond de la déchéance morale et matérielle, malade, méprisé par les gloires de l'époque, il bénéficia tout à coup d'une vague de sympathie parmi les étudiants et la jeunesse du quartier latin, devenant leur idole en quelque semaines. Jean Teulé raconte cette période baroque de la vie d'un homme qui oscilla jusqu'au tombeau entre l'ignoble et le sublime, à travers le regard du jeune Henri-Albert Cornuty – un adolescent de Béziers qui monta à pied à Paris dans le seul but de rencontrer l'auteur de *Romances sans paroles*.

*(Pocket n° 12827)*

# Faites de nouvelles découvertes sur
# www.pocket.fr

- Des 1<sup>ers</sup> chapitres à télécharger
- Les dernières parutions
- Toute l'actualité des auteurs
- Des jeux-concours

POCKET

Il y a toujours
un **Pocket** à découvrir

Imprimé en mars 2007 en Espagne par LIBERDÚPLEX
St. Llorenç d'Hortons (Barcelone)
Dépôt légal : mars 2007
Suite du premier tirage : avril 2007

 12, avenue d'Italie - 75627 PARIS Cedex 13